Els van Wageningen

Hoopvolle toekomst

Zomer & Keuning

www.kok.nl
ISBN 978 90 597 7565 7
NUR 301

Omslagontwerp: Julie Bergen
Omslagillustratie: Getty Images / fStop

HOOFDSTUK 1

U kent mij vast nog wel. Ik ben Else-Marie Verbeke. Op het moment dat ik dit schrijf, ben ik bezig aan de laatste weken op de vrouwenafdeling van de gevangenis. Penitentiaire inrichting noemen ze dat zo mooi, maar het is en blijft een gevangenis. Mijn straf zit er nu bijna op. Ik heb een moord gepleegd. Een vroeger klasgenootje dat ik in de massagepraktijk tegenkwam. Het was de perfecte moord. Zelfs de commissaris van politie feliciteerde mij ermee, al ging hij daarmee eigenlijk buiten zijn boekje. Ik werd verliefd op Mark van der Klooster, de wijkagent die bij het buurtonderzoek betrokken was. Mark en ik kregen een relatie, maar daar rustte geen zegen op. Mijn geweten ging spreken, en nog geen jaar na de moord op Marion van der Laan kwam ik tot de conclusie dat ik een enorme fout had gemaakt. Op het huwelijksaanzoek van Mark zei ik in eerste instantie ja, maar nog diezelfde nacht kwam ik tot het besef dat ik open kaart moest spelen. Dat heb ik gedaan. Mijn geweten kwam daarmee tot rust, zeker nadat ik me bij de politie had aangegeven. De gebeurtenissen van de jaren die ik heb gezeten, ga ik niet vertellen. Maar toch zijn er dingen die voor het vervolg van mijn levensverhaal van belang zijn geweest. Dus u krijgt van mij een kleine terugblik.

Nadat ik mijzelf had aangegeven bij het wijkbureau, werd ik in hechtenis genomen. Mark heb ik die dagen niet gezien. Later begreep ik van zijn collega Marianne dat hij door Jeroen met onmiddellijke ingang was overgeplaatst naar een ander bureau in Utrecht. Ik legde een schriftelijke bekentenis af, waarin ik alles vertelde wat er met Marion gebeurd was. Toen begon het wachten totdat de zaak werd heropend. In afwachting van het onderzoek werd ik overgeplaatst naar de echte gevangenis. Daar ontmoette ik twee vrouwen die een belangrijk deel van mijn leven zouden uitmaken: Johanna en Hellen. We keken elkaar verlegen aan toen we elkaar voor het eerst ontmoetten. Nieuwsgierig ook. Waarvoor zouden zij hier zijn? Zouden ze hetzelfde van mij denken? Dat deden ze, en daar kwam ik al snel achter.

Hellen was het slachtoffer geworden van een liefdeloze relatie. Zij moest voor het gezinsinkomen zorgen terwijl haar partner heel de dag op de bank lag, televisie keek en bier dronk. Was hij in een heel gewelddadige bui, dan sloeg hij haar om het minste of geringste in elkaar. Hellen mocht geen contact meer hebben met haar ouders, broer en zus, en ook vriendinnen werden geweigerd. Toen hij voorstelde dat ze als prostituee zou gaan gaan werken, sloegen bij Hellen de stoppen door. Moest ze het kleine restje zelfrespect dat ze had, ook nog kwijtraken? Toen hij zijn roes weer lag uit te slapen, pakte ze een mes en stak ze hem dood.

Het verhaal van Johanna, een al wat oudere vrouw, eindigde ook met de dood. Een van haar zoons zat gevangen in een vreselijk huwelijk. 'Hij deed alles voor dat mens. Ze hoefde maar met haar vingers te knippen, of mijn jongen vloog al,' vertelde ze met onbewogen stem. 'Hoe vaak ik niet tegen hem heb gezegd: 'Knul, ga toch weg bij dat mens.' Maar dan kreeg ik te horen: 'Ik houd van haar, moeder. Bemoei je er maar niet mee.' Ze behandelde hem als een voetveeg.' De woede in haar stem was nog te horen. Om de lieve vrede te bewaren bemoeide moeder Johanna zich er niet mee. Maar het verdriet van haar kind ging haar moederhart niet voorbij, en op een dag vermoordde ze in kille woede haar schoondochter.

Het verhaal van Hellen kon ik enigszins begrijpen, maar dat die lieve, oude vrouw die naast mij aan tafel zat, een moordenares was... Ik schrok van mijn eigen gedachten: ik was zelf immers geen haar beter dan Johanna. Mijn oordeel moest ik maar voor me houden.

Het was alsof Johanna mijn gedachten kon lezen, want ze keek me spottend aan. 'Dat had je niet gedacht, hè, van een braaf, lief oud mens als ik?'

Wat moest ik hierop nu antwoorden? Ik deed er het zwijgen toe. Ik voelde dat mijn wangen dieprood kleurden. Ook ik vertelde mijn verhaal. Maar we veroordeelden elkaar niet. We zaten alle drie in hetzelfde schuitje. Vanaf die dag waren Johanna, Hellen en ik onafscheidelijke vriendinnen voor de rest van ons leven.

Buiten de muren van de gevangenis ging het leven door. Bob, de vroegere vriend van mijn zakenpartner Annet de Vries, zou mijn zaken behartigen. Bob was ook de vader van mijn vriendinnen Anne en Lotte. Hij was een filmacteur die zijn carrière had verlegd. In plaats van vóór de camera stond hij er nu achter. Bob was filmregisseur, en de opnamen van zijn eerste film hadden bij ons in Utrecht plaatsgevonden. Zo was de vriendschap tussen ons en zijn dochters ontstaan.

Toen Bob de naam van zijn advocaat noemde, keek ik hem verbijsterd aan. 'Dat meen je niet.' Ik stikte bijna in mijn verontwaardiging. 'O nee. Je bedoelt toch niet die malloot, Bob? Zeg me dat je een grapje maakt.'

Maar Bob meende het. Goed, zijn advocaat was een van de beste strafpleiters van ons land. De jaren die ik als secretaresse bij een advocatenkantoor heb doorgebracht, lagen nog vers in mijn geheugen. Ik heb niet op de afdeling Strafrecht gewerkt, en ik heb dus nooit met die man te maken gehad. Maar hoe kan iemand zijn vak serieus nemen als hij daarnaast in allerlei televisiespelletjes komt opdraven? Dat is de vraag die ik mijzelf meer dan eens heb gesteld wanneer ik zijn naam weer eens bij een of ander programma vermeld zag. Deze advocaat zou dus mijn zaak behandelen?

Bob, die de ontsteltenis op mijn gezicht las, probeerde mij gerust te stellen. 'Neem nu mijn echtscheiding met Lies. Heb je daar ooit iets over in de kranten of de bladen gelezen?'

Ik wilde protesteren, zeggen dat het niet van belang was, maar moest hem wel gelijk geven. Bob had toen al een verhouding met mijn praktijkgenote Annet, en ik begreep van haar dat Lies behoorlijk wat noten op haar zang had gehad. Inderdaad, er was geen woord over de echtscheidingsperikelen van Bob en Lies in de pers verschenen. Toch bleef ik Bob sceptisch aankijken.

Hij legde zijn beide handen op de mijne en keek me recht in de ogen. 'Heb een beetje vertrouwen in me, Else-Marie. Dat is alles wat ik van je vraag.' Ik voelde het als een terechtwijzing, en als antwoord knikte ik slechts. Ik moest immers dankbaar zijn dat iemand als Bob zich mijn lot aantrok.

De grote meester behandelde mijn zaak niet rechtstreeks. Hij liet het aan kantoorgenoot Gert-Jan over. Op de achtergrond hield hij echter alles nauwlettend in de gaten. Ik werd uitgebreid psychisch onderzocht. Tijdens dat onderzoek kwamen nog meer verdrongen herinneringen uit mijn jeugd naar boven. Dingen die Marion met mij had uitgespookt. Alles werd beschreven en vastgelegd. Het zorgde er wel voor dat in mijn zaak strafvermindering werd bepleit, die door de rechtbank ook werd toegewezen. Tegen het vonnis ging ik niet in beroep. Ik was schuldig en kon daaraan niets afdoen. De ouders van Marion moesten leren leven met het besef dat ze hun dochter nooit meer levend zouden terugzien. Goed beschouwd hadden ze zelfs geen graf om naartoe te gaan om bloemen neer te leggen. Ik moest leren leven met het feit dat ik een misdaad had gepleegd die door geen enkele gevangenisstraf, hoe lang ook, uitgewist kon worden. Ook al kon ik na een aantal jaren de gevangenisdeur achter mij dichttrekken, de last van mijn geweten was de zwaarste straf die een mens kan krijgen. Niemand kan je daarvan bevrijden.

Het leven ging gewoon door, ook op onze afdeling. Ik moest voor controle naar de gynaecoloog. Ook daar hebben ze in het gevangeniswezen een oplossing voor: een ziekenhuis speciaal voor gevangenen. Met een busje werd ik erheen gebracht voor een kleine gynaecologische ingreep: het verwijderen van mijn spiraaltje en het inbrengen van een nieuw.

De arts vroeg me wanneer ik het spiraaltje had gekregen.

Ik moest daar diep over nadenken. Ik was toen nog getrouwd met Bram. Na enig tel- en rekenwerk kwam ik op een jaar of vijfenhalf uit, als het geen zes jaar geweest zou zijn.

De beste man werd rood en wit tegelijk, en ik keek hem verbaasd aan.

'Weet je niet dat het spiraaltje na vijf jaar aan vervanging toe is?' vroeg hij.

Nonchalant haalde ik mijn schouders op. Ik zag het probleem niet zo. Maar tien minuten later was het dus wel mijn probleem.

'Ik kan geen nieuw spiraaltje bij je inbrengen,' zei de gynaecoloog op ernstige toon.

Ik schrok en dacht meteen aan kanker. Dat gebeurt me nou altijd. Ik kom namelijk uit een risicofamilie, en waarom zou die gevreesde ziekte mijn deur voorbijgaan?

Hij stelde me meteen gerust. Nee, kanker was het niet. Hij keek mij nogmaals ernstig aan en vroeg toen wanneer ik voor het laatst ongesteld was geweest. Weer zo'n vraag waarop ik het antwoord schuldig moest blijven. Het voordeel van een spiraaltje is dat het bloedverlies niet zo heftig meer is. In mijn geval betekende het dat het wel negentig procent minder was. Spottend zei ik altijd: 'Te veel voor een inlegkruisje en te weinig voor een maandverbandje.' Wanhopig probeerde ik terug te rekenen, maar het was alsof mijn hoofd gevuld was met wattenbollen in plaats van hersenen. 'Ik weet het echt niet,' stamelde ik dan ook.

De arts knikte slechts. 'Ik kan me vergissen, maar ik vermoed dat je zwanger bent.'

Ik moet hem glazig hebben aangekeken, want er kwam een vage glimlach op zijn gezicht. Hij schakelde het echoapparaat aan, en voordat ik het goed en wel doorhad, zag ik op het scherm mijn ongeboren zoon of dochter. Ik dacht eerst nog dat de gynaecoloog een grapje maakte, maar toen ik mijn kindje op het scherm zag, kon ik me niet meer goed houden. Aan de omvang van het hoofdje kon de arts berekenen hoever mijn zwangerschap al gevorderd was, en dat was weer van belang voor de uitgerekende datum. Als zwangere gedetineerde kon ik geen verloskundige bezoeken. Ook vanwege mijn leeftijd – ik was de dertig al gepasseerd – vond de arts het noodzakelijk dat ik bij hem onder controle bleef.

Ik liet alles over me heen komen, maar het werd een vreemde middag. In plaats van een spiraaltje te krijgen kom je met een stapeltje echofoto's terug. Bij terugkomst mocht ik niet meteen naar mijn afdeling. Ik werd bij mevrouw Van Zanten verwacht. Het bleek dat de assistente haar had ingelicht over mijn zwangerschap. Nog steeds overweldigd door de gebeurtenissen liet ik alles maar gebeuren. Ik had een brief van de arts voor mevrouw Van Zanten bij me, en die overhandigde ik haar nu. Glimlachend nam ze de brief in ontvangst. Ze legde ze voor zich neer. Ze knikte me bemoedigend toe, en dat was de druppel die de emmer deed overlopen. Daar kwamen de tranen. Van verdriet, geluk, ik wist het zelf niet eens.

Mevrouw Van Zanten kwam achter haar bureau vandaan en sloeg een arm om mij heen. Ze sprak me langzaam en troostend toe. 'Jouw kindje is net zo welkom als andere kindjes.'

Vragend keek ik haar aan.

'Je bent de eerste niet, Else-Marie, en je zult ook beslist de laatste niet zijn.' Ze pakte een tissue van haar bureau en gaf mij die om mijn tranen te drogen en mijn neus te snuiten.

Het huilen luchtte enorm op. 'De vraag is,' ging mevrouw Van Zanten voorzichtig verder, 'of je het kindje wilt houden.'

Verontwaardigd keek ik haar aan. 'Natuurlijk,' antwoordde ik. Hoe kon ze nu denken dat ik het wilde laten weghalen?

Een trieste glimlach kwam om haar mond. 'Ik heb ook vrouwen gezien die het niet wilden en bewust voor een abortus kozen.' In de stilte die viel, nam mevrouw Van Zanten mij peinzend op.

Ik schudde mijn hoofd. 'Ik zou het niet kunnen. Nog een moord op mijn geweten?' Het klonk wrang, maar ze begreep me.

'De vader, moet die ingelicht worden?'

Weer keek ik haar als verdoofd aan. Mark, drong het langzaam tot mij door. Hoe zou Mark reageren? 'Ik weet het niet,' stamelde ik verward.

Mevrouw Van Zanten gaf mij een schouderklopje. Ik moest er nog maar eens een nachtje over slapen, desnoods twee. Met deze boodschap werd ik naar de afdeling teruggebracht.

Natuurlijk wilden Johanna en Hellen weten hoe het was gegaan, maar ik had de fut niet om alles te vertellen. Ze zagen wel dat ik met rust gelaten wilde worden, en dat deden ze gelukkig ook. Geen lastige vragen waarop ik het antwoord toch niet geven kon. Ik had genoeg om over na te denken. Het was dan ook niet raar dat ik me al vrij vroeg terugtrok op mijn kamer. Daar kon ik mijn gedachten de vrije loop laten. Ik werd moeder, ik kreeg een kindje. Ik sloot mijn ogen, en mijn handen gleden over mijn buik. Er was aan de buitenkant nog niets te zien, terwijl ik volgens de berekening van de arts al bijna drie maanden zwanger was. Ik verbaasde me erover dat ik nog niets gemerkt had. Maar ja, ik had ook geen vergelijkingsmateriaal van zussen of vriendinnen. Dat ik de signalen van mijn lichaam niet had opgepikt... Mevrouw Van Zanten had beloofd mij een zwangerschapsboek te bezorgen. Dan kon ik de groei en ontwikkeling van mijn kindje volgen. Ineens bedacht ik dat ik natuurlijk geen cursus zwangerschapsgymnastiek kon volgen. Misschien bestonden er wel boeken met oefeningen die ik zou kunnen doen. En hoe moest het met de babyuitzet? Toen kwam de belangrijkste vraag bij me boven: zou ik mijn kindje mogen houden en opvoeden? Ik kon me geen voorstelling maken van het wezentje dat in mij groeide. Maar het bewijs had ik bij me in de vorm van een aantal echo's. Het gezicht van Mark kwam me weer voor de geest, en ik wist niet wat ik moest doen. Ik besloot een zwangerschapsdagboek te gaan bijhouden. Het leek me dat je in de loop van de tijd dingen vergat, en dan zou een dagboek uitkomst bieden. Niet alleen voor de mooie momenten, maar ook voor de moeilijkheden. Ik probeerde iedere dag een stukje te schrijven, al waren het maar een paar regels. Mijn kindje noemde ik Kruimeltje.

'Kruimeltje!' Johanna verslikte zich in haar koffie toen ze de naam voor het eerst hoorde. Ze vond het maar een raar idee dat je een ongeboren kind een troetelnaampje gaf. 'Dat deden ze in mijn tijd niet.' Haar ogen kregen een vochtige glans.

De andere vrouwen vonden het geweldig, en ik werd verwend tot en met.

Al met al was het een vreemde gewaarwording. Ik, die zo graag kinderen wilde, eerst getrouwd met een man die daar heel anders over dacht. Toen kwam Mark in mijn leven en nu, eigenlijk op de valreep, toch nog een zwangerschap.

Bob dacht er anders over. 'Ik vind dat je Mark moet inlichten,' was zijn eerlijke mening. Toen ik niets zei, ging hij verder: 'Als je het niet doet, ontneem je hem zijn kans op vaderschap.'

Ik voelde me als een kind dat stevig de les werd gelezen.

Na een aantal minuten stilte sprak Bob op zachte toon: 'Jij moet die beslissing nemen.'

Er kwam een flauwe glimlach om mijn lippen, maar daar bleef het bij. Toen ik echter op mijn kamer was en ik er goed over nadacht, moest ik Bob gelijk geven. Ik besloot Mark een brief te schrijven. Maar mijn brief kwam ongeopend retour. Dat was een tegenvaller.

Mevrouw Van Zanten wist raad. 'Je schrijft hem opnieuw, maar nu verstuur je de brief aangetekend.'

Dankbaar keek ik haar aan, en ik ging aan de slag. Maar ook deze brief kwam na een tijdje retour. Mark had geweigerd het poststuk aan te nemen. Verslagen zat ik aan het bureau bij de directeur. Ze keek mij fronsend aan. 'Ik heb nog een idee,' sprak ze opgewekt. 'We laten ons niet zo snel uit het veld slaan. Ik bel Mark op.'

Ik durfde er niet op te hopen, maar mevrouw Van Zanten ging voortvarend te werk. Op haar bureau stond een driedelige *Wie is wie in de wereld van justitie*, met daarin ook de adressen en telefoonnummers van de politiebureaus in Nederland. De spanning werd ondraaglijk voor mij toen ze het wijkbureau belde. Ze zette haar toestel op de luidspreker, zodat ik kon meeluisteren. Ik barstte bijna in tranen uit toen ik de stem van Mark hoorde.

Toen mevrouw Van Zanten had uitgelegd dat zij de directeur van de vrouwengevangenis was, veranderde de toon van Mark. 'Als u belt namens mevrouw Verbeke... Met haar wil ik niets meer te maken hebben.'

Mevrouw Van Zanten probeerde Mark ervan te overtuigen dat ze iets heel belangrijks wilde vertellen, maar ze kwam er niet tussen. Ook ik waagde een poging om ertussen te komen: 'Mark, ik ben...' Maar voordat ik het woordje 'zwanger' kon uitspreken, had hij de verbinding al verbroken.

Mevrouw Van Zanten zat als versteend naar haar toestel te kijken. 'Wat een onbeschofte vlegel. Ik kan nog één ding doen, Else-Marie, en dat is persoonlijk langs het wijkbureau gaan. Of anders zijn hoofdcommissaris inlichten.'

'Dank u wel voor uw moeite, mevrouw Van Zanten. Ik ben u erg dankbaar wat u voor mij heeft gedaan.' Ik aarzelde even. 'Ik denk niet dat het nog iets uitmaakt. Mark heeft een keuze gemaakt.'

'Denk er nog eens over na. Mocht je van gedachten veranderen, dan weet je me wel te vinden.' Mevrouw Van Zanten stond op, en ik volgde haar voorbeeld.

Tijdens het bezoekuur klaagde ik Marianne mijn nood. Ik had stilletjes verwacht dat Marianne zou voorstellen het aan Mark te vertellen.

Dat deed ze echter niet. Ze draaide wat nerveus rond op haar stoel, en er viel een stilte. 'Ik had het je graag willen besparen,' was alles wat ze zei.

Vragend keek ik haar aan.

Ze beet op haar lip. 'Mark heeft een nieuwe relatie, en het is behoorlijk serieus.'

Het duizelde me. Ik voelde een golf van misselijkheid naar boven komen. Er kwam een kronkel in mijn maag, en wanhopig probeerde ik de misselijkheid weg te slikken. Woede maakte zich van mij meester. Ik zat hier nog geen zes maanden, en Mark had al een ander? Misschien had ik het wel verwacht, maar nu Marianne het recht in mijn gezicht zei, werd ik met mijn neus op de feiten gedrukt.

'Hij heeft Marieke ontmoet tijdens zijn overplaatsing. Ze heeft Mark opgevangen, en ja...' Marianne zweeg verder, en ik deed alle moeite om mijn tranen in te slikken.

'Is hij gelukkig met haar?' kon ik nog uitbrengen terwijl alles om mij heen duizelde.

Marianne boog haar hoofd. 'Ze praten al over samenwonen.'

Nu begreep ik alles, en tegelijkertijd niets. Terug in mijn kamer liet ik mijn tranen gaan. Wat deed het pijn te beseffen dat Mark begonnen was aan een leven zonder mij. Ik had te veel van hem verwacht, te lang gehoopt en gewacht, uitvluchten voor hem verzonnen: te druk met zijn werk, te emotioneel, gebrek aan moed. Van zijn kant had ik niets meer te verwachten. Ik streelde mijn buikje. Er begon zich nu een lichte welving af te tekenen. 'Kruimeltje,' zei ik, en ik zuchtte eens diep. 'We staan er nu alleen voor, maar ik beloof je, we zullen het wel redden, jij en ik, wij samen.'

Er brak een moeilijke tijd voor me aan. Gelukkig kon ik met mijn verhaal altijd bij Johanna en Hellen terecht, en ook de andere vrouwen steunden mij waar ze maar konden. Het gaf mij het gevoel dat ik er ondanks het definitieve verlies van Mark niet alleen voor stond. Ik had Anne gevraagd of zij een borduurpakket wilde kopen. Samen met Bob ging zij naar de handwerkwinkel, en zo kreeg ik het pakket in handen. Tijdens het dagelijkse uurtje creativiteit werkte ik eraan. Het borduren was een vorm van ontspanning, die ik nu hard nodig had.

Johanna, die dol op breien was, en dan het liefst sokken, kon haar hart ophalen. Zij breide het ene paar sokjes na de andere, in alle kleuren van de regenboog. Er werden lakentjes gemaakt en dekbedovertrekken voor Kruimeltje.

Als ik al die vrouwen zag die zo hun best deden om mijn kindje een warm onthaal op deze wereld te kunnen geven, werd ik vervuld met een diepe dankbaarheid. Ik kreeg van Johanna een houten muziekdoosje met het overbekende Wiegelied van Brahms cadeau. Het deksel was van spiegelglas, en er stonden twee schaapjes op. Als het muziekdoosje speelde, draaiden de schaapjes rond. 'Er waren twee uitvoeringen,' vertelde Johanna glunderend toen ze me het cadeautje overhandigde. 'Een blauwe en een roze. Maar Kruimeltje is een jongetje.'

Ja, Kruimeltje was een jongen, en ik wist ook al hoe ik hem ging noemen. Naar mijn vader. De naam van Marks vader wist ik niet, anders had ik hem ook vernoemd. Over meisjesnamen dacht ik niet na. Ik wist zeker dat het een jongetje was. Ik heb de gynaecoloog ook niet naar het geslacht gevraagd. Kruimeltje was een jongen, daar was geen speld tussen te krijgen.

Het was vrijdag, en het begon na het middageten. Ik voelde me niet zo lekker en weet het aan de nasi. 'Vond je ook niet dat de nasi sterk gekruid was?' vroeg ik in de loop van de middag aan Hellen.

Ze haalde haar schouders op. Hellen vond van niet, maar eigenlijk was zij niet zo'n goede graadmeter. Hellen verklaarde altijd dat zij in het verkeerde land geboren was. Zij hield van sterk, pittig en gekruid, en ze vond de Hollandse keuken maar smaakloos. Uitgerekend aan Hellen vroeg ik of zij de nasi ook zo gekruid vond. Natuurlijk niet, en dus dacht ik dat het aan mij lag. Ik voelde me misselijk en had rugpijn. Wat verlangde ik naar een lekkere ontspannende massage. Met spijt bedacht ik dat Annet hier heel goed in was geweest. Annet had mij nooit opgezocht of iets van zich laten horen, maar wat verlangde ik op dat moment naar haar handen. Kruimeltje was actiever dan ooit. Meer dan twintig weken was ik nu onderweg, zoals Johanna het heerlijk ouderwets noemde. 's Middags besloot ik een uurtje te rusten en probeerde ik me met mijn yogaoefeningen wat te ontspannen. Dat lukte altijd, maar vandaag niet. Ik was ongedurig, maar misschien is dat niet het goede woord ervoor. Mijn moeder had het er altijd over, en ze bedoelde dan dat ze geen rust in haar lijf had.

Met moeite at ik een paar boterhammen. Ik spoelde alles weg met een kop thee en een beker melk. Het zweet brak mij uit. Wat voelde ik me lomp en zwaar, net een kamerolifantje. Met enige zelfspot bedacht ik hoe ik eruit zou zien op het einde van mijn zwangerschap. Bij de laatste controle was, wat het mijn gewicht betrof, alles in orde. Geen suiker in mijn plas, en de gewichtstoename viel ook binnen de curve. Die dag was het alsof Kruimeltje me in de weg zat. Ik schreef wat in mijn zwangerschapsdagboek en zocht vroeg mijn bed op. Ik had een extra kussen gekregen, en als ik op mijn zij wilde, legde ik het kussen eronder zodat mijn buik een steuntje had. Johanna keek me bezorgd aan toen ze me welterusten kwam wensen.

Midden in de nacht werd ik wakker. Ik had buikpijn, en Kruimeltje was beweeglijker dan ooit. Weer probeerde ik me te ontspannen. Ik moet toch in slaap gedommeld zijn. Ik werd weer wakker, en de pijn werd steeds erger. Het zou mijn blindedarm toch niet zijn? Opeens stonden de tranen in mijn ogen. Zulke hevige buikpijn had ik nog nooit gehad. Ik hoorde mezelf kreunen.

Het duurde niet lang of mijn deur werd opengemaakt, en Willem stapte binnen. 'Wat is er aan de hand, Else-Marie?' vroeg hij terwijl hij op de rand van mijn bed ging zitten.

Ik probeerde overeind te komen en vertelde hem van de pijn. 'Het komt vast door de nasi. Die is niet goed gevallen.'

Willem keek me ernstig aan.

'Mag Johanna even bij me komen?' vroeg ik hem.

Toen Johanna bij me was, trok ze het dekbed weg en vroeg ze of ze mijn buik mocht voelen. Ze vroeg van alles over de pijn, en ik kreeg langzaam het vermoeden dat die pijn toch niet van de nasi kwam.

Toen Johanna ook nog een blik van verstandhouding wisselde met Willem, begon ik in paniek te raken.

Johanna pakte me bij mijn schouders en dwong me haar aan te kijken. 'Jij hebt geen buikpijn. Jouw Kruimeltje wil eruit.'

'Dat kan niet,' stamelde ik. 'Ik ben net tweeëntwintig weken zwanger.' Wanhopig keek ik Johanna aan.

Ze ging op de rand van mijn bed zitten.

Willem mompelde dat hij een ambulance ging bellen.

De rustgevende aanwezigheid van Johanna deed haar werk. Ik werd wat kalmer, maar ik wist dat ik Kruimeltje ging verliezen. In mijn paniek wist ik niet wat ik moest doen.

Gelukkig wist Johanna haar kalmte wel te bewaren. Ze pakte mijn weekendtas en stopte er wat spulletjes in.

Ik zat maar op de rand van het bed en huilde: 'Moesje, moesje.'

Johanna kwam naar me toe en sloeg haar armen om me heen. 'Stil maar, kindje,' zei ze, en ze wiegde me zacht heen en weer.

Ik klemde mij aan Johanna vast alsof ik op deze manier Kruimeltje bij me kon houden. Ik vroeg me af of Johanna mee mocht naar het ziekenhuis. Normaal gesproken word je ten tijde van de uitgerekende datum in het ziekenhuis in Den Haag opgenomen. Maar met een vroeggeboorte zouden ze die reis toch niet ondernemen? Ineens stond Willem weer bij mijn bed.

Johanna pakte mijn ochtendjas van de kapstok en sloeg die om mijn schouders. Buiten mijn kamer stond een rolstoel klaar.

Zoals ik al had verwacht, mocht Johanna niet mee. Ze hield mijn hoofd in beide handen en gaf mij een kus. 'Ik zal aan je denken, meisje, en de anderen ook. Vergeet dat niet.'

Daarna reed Willem me naar de ambulance. Het personeel was heel vriendelijk en behulpzaam. Ik kan niet anders zeggen.

Maar wat voelde ik mij eenzaam. Natuurlijk, Willem was bij me, maar als ik mijn ogen sloot, zag ik Mark voor me. Nooit gedacht en verwacht dat me dit zou overkomen.

In het ziekenhuis stonden ze ons al op te wachten.

Ik werd meteen naar de verloskamer gebracht, en met Willem wachtte ik op de komst van de arts.

Gelukkig liet die niet lang op zich wachten. Ze onderzocht mij zorgvuldig.

Het hartje van Kruimeltje klopte niet meer, en er was inderdaad sprake van weeën.

'Krijg ik nu een keizersnede?' vroeg ik haar.

De gynaecologe schudde haar hoofd. 'Nee, mevrouw Verbeke, voor het verwerkingsproces is het beter dat u uw kindje op eigen kracht ter wereld brengt. Ik weet dat het lichamelijk zwaar is, om over het geestelijke aspect maar te zwijgen, maar toch is het beter zo.'

Willem werd na een paar uur afgelost door Truus.

Ik kreeg een kamer apart, ver weg van de vrolijkheid en blijdschap die er op een kraamafdeling heerst.

Bob, laat ik Bob niet vergeten. Hoe hij het voor elkaar heeft gekregen bij me te komen, is me nooit duidelijk geworden. Hij was er ineens, met zijn fotocamera. 'Voor later, voor je album.'

Flauwtjes glimlachte ik naar hem. Een betere begeleider bij de bevalling heb ik me niet kunnen wensen. Als ik het niet meer zag zitten, sprak Bob me op zijn kalme en rustige manier moed in. Ik mocht in zijn arm knijpen als de pijn te erg werd. Hij veegde met een nat washandje het zweet van mijn voorhoofd. Bob masseerde mijn pijnlijke onderrug. Maar Bob was ook koppig. Hij was nog steeds van mening dat Mark op de hoogte moest worden gebracht, desnoods door hemzelf.

Spottend antwoordde ik: 'Je weet wat ik allemaal heb gedaan om hem over Kruimeltje te vertellen. Mark wilde zelfs niet luisteren naar mevrouw Van Zanten. Denk jij dat je meer kans maakt?'

'Ja, ik weet zeker dat ik Mark ervan kan overtuigen dat hij nu bij jou moet zijn.'

'Wie is er hier nu koppig? Jij zegt wel dat ik het ben, maar als ik het zo bekijk, ben jij de koppigste van ons twee.'

'Als jij nu ja zegt, spring ik in mijn auto en haal ik hem hierheen, al moet ik hem aan zijn blonde haardos meetrekken.'

Gelukkig was ik net iets koppiger dan Bob. Ik hield voet bij stuk. Bob drong niet verder aan. Hij wist wanneer bij mij de grens bereikt was. Bob was er ook bij toen na die eindeloze bevalling Kruimeltje geboren werd, de volgende dag.

Het moment staat me nu nog helder voor de geest. De stilte was oorverdovend toen Kruimeltje ter wereld kwam. Geen gehuil ten teken dat alles goed was met de nieuwe wereldburger, alleen doodse stilte. Het bleek dat de navelstreng om het halsje van Kruimeltje was gedraaid. Ik kreeg hem in mijn armen, en met verwondering staarde ik naar mijn kereltje. De moederkoek moest er nog uit. Mijn lichaam ging aan het werk. Ik kon mijn ogen niet van Kruimeltje af houden. Wat was hij mooi, en lief. Alles erop en eraan. Met tranen in mijn ogen keek ik naar Bob.

Bob had wat foto's gemaakt, maar nu legde hij zijn toestel weg. 'Else-Marie, het is geen kereltje, hoor.'

Niet-begrijpend keek ik van Bob naar Kruimeltje.

Bob boog zich voorover. 'Het is een meisje. Je hebt een dochter gekregen.'

Ik keek naar de arts voor een bevestiging, en zij knikte slechts. Ik was met stomheid geslagen. Ik was moeder geworden van een dochter. Voorzichtig gaf ik een kus op haar bolletje. 'Barbertje Wilhelmina van der Klooster,' sprak ik met trillende stem van de doorstane emoties. 'Ik noem je Barbara.'

'Dat is een mooie naam voor zo'n mooi meisje. Mag ik vragen hoe je eraan komt?'

'Barbertje, zo heet de moeder van Mark, en Wilhelmina is de naam van mijn moeder.'

Ik slikte een denkbeeldige brok weg.

Bob veegde een lok uit mijn gezicht, en vermoeid keek ik hem aan. Ik mocht Barbara vasthouden zolang ik wilde. Toch wilde ik haar zo snel mogelijk aangekleed zien.

Bob rommelde in de weekendtas die Johanna had meegegeven. Daar vond hij wat kleertjes, veel te groot natuurlijk, maar met liefde gemaakt door de vrouwen.

Geholpen door een verpleegkundige heb ik Barbara gewassen en aangekleed.

Bob heeft overal foto's van gemaakt. Dat deed hij met zo'n fijngevoeligheid dat ik me daarover later vaak heb verbaasd. Helemaal niet opdringerig of zo. En hij was een steun en toeverlaat. Bob heeft Barbara ook aangegeven bij de Burgerlijke Stand. Dat was ik niet verplicht, omdat Barbara was overleden voor de vierentwintig weken. Maar ik wilde dat mijn dochter begraven zou worden, en daarbij is een bewijs van de Burgerlijke Stand nodig. Een zogeheten akte van een levenloos geboren kind, een stukje papier, maar voor mij het bewijs dat Barbara had bestaan. Ik had niets anders. Bob heeft alles geregeld wat de uitvaart betrof. Ik was zo blij dat hij dit allemaal deed. Eerlijk gezegd weet ik niet of het allemaal zo gepast en met eerbied was verlopen, als ik alles alleen had moeten doen. Het werd een korte en sobere plechtigheid op een begraafplaats in Utrecht. Ik had gevraagd of iedereen een witte roos wilde meenemen. Wit, de kleur van de onschuld, als van een onbeschreven blad. Het leventje van Barbara was immers al voorbij voordat het goed en wel begonnen was? Bob droeg het kistje naar het grafje. Ik was er in een rolstoel, mevrouw Van Zanten, de heer Veenstra, Marianne, Anne en Lotte, en natuurlijk Yvonne en Linda. Bob voerde namens mij het woord. Ik was daar zelf niet toe in staat. Ik had een gedichtje gemaakt, en Anne droeg dat voor.

Voor Barbara

Wat hield ik van je,
voordat je zelfs was geboren.
Nu heb ik je verloren,
mijn lieve meisje.
Geboorte en sterven,
begin en einde,
twee uitersten
in het leven,
die op één moment
samenkwamen.
Mijn dromen zijn voorbij.
Wat doet het een pijn.
Een bloem is gestorven,
voordat zij zelfs maar
mocht groeien, mocht bloeien
en stralen in de zonneschijn.

Ik was blij dat ik naar het ziekenhuis terug kon. Er kwam nu wel een probleem om de hoek kijken. Ik kon niet langer in het ziekenhuis blijven, want daar moest vierentwintig uur per dag een bewaker bij me zijn. Spottend bedacht ik dat ze bang waren dat ik de kuierlatten zou nemen. Dat was niet eerlijk, want zo zijn de regels nu eenmaal. Omdat ik toch nog kraamvrouw was, had mevrouw Van Zanten het volgende geregeld. Ik kwam terug in de ziekenboeg van de gevangenis en er kwam iedere dag een kraamverpleegkundige om mij te verzorgen. Laura was een al wat oudere vrouw die meer dan eens had geholpen bij het kramen van doodgeboren kindjes. Kraamhulp associeerde ik altijd met beschuit met muisjes, geboortefeesten en felicitatiekaarten. Na het verlies van Barbara besefte ik dat het ook anders kan gaan, maar dat je lichaam hetzelfde doormaakt als bij de geboorte van een levend kindje. Laura nam niet alleen de verzorgende taak op zich, praten was ook een belangrijk deel van haar werk. Althans, ik praatte en zij luisterde.

Ik vertelde haar alles over Mark en Barbara en ik liet haar de foto's zien. Ik vertelde haar over de vrouwen en de cadeautjes die ik had gekregen. Met spijt vertelde ik van de geboortemerklap die ik aan het borduren was. 'Ik kan dat ding net zo goed weggooien. Wat moet ik er nu nog mee?'

Laura zat op de rand van mijn bed en legde haar hand op mijn arm. 'Niet weggooien. Je moet hem afmaken. De andere spulletjes gooi je toch ook niet weg? Barbara is geboren, en jij hebt met liefde die merklap geborduurd. Als je hem af hebt, is het ook een soort bevestiging dat ze heeft bestaan, en het is goed voor de rouwverwerking.'

'Misschien heb je wel gelijk. Als ik hem weggooi, is dat ook weer definitief, en kan ik het niet meer terugdraaien.'

Ik zou de merklap afmaken en laten inlijsten. De gesprekken met Laura deden mij goed, en met dankbaarheid denk ik aan haar terug. Ook zij heeft me geholpen het verdriet om het verlies van Barbara een plekje te geven. Ieder jaar kreeg ik speciaal verlof om op de geboortedag van Barbara het grafje te bezoeken. Ik ging dan met een witte roos naar de begraafplaats. Op haar tweede sterfdag bezocht ik het grafje samen met Willem. Willem liet mij alleen, en ik legde de witte roos neer. Wat waren die twee jaar snel voorbijgegaan. Plotseling hoorde ik voetstappen achter me. 'Ik kom er zo aan hoor, Willem,' antwoordde ik zonder om te kijken.

'Else-Marie, ik ben het, Mark.' Van schrik draaide ik me om. Te snel, want ik kreeg sterren en vlekken voor mijn ogen. Het is dat Mark me bij mijn arm greep, anders was ik gevallen. Ik snakte naar adem. Het zweet brak me uit, en ik werd wit om mijn neus. Van verbijstering kon ik geen woord uitbrengen.

Willem stond ineens achter Mark.

Ik wilde hen aan elkaar voorstellen, maar nog steeds zat mijn keel dicht.

Mark stelde zich zelf aan Willem voor. 'Ik ben de vader van Barbara.'

Willem knikte kort toen Mark voorstelde dat hij met mij op het bankje plaats zou nemen. 'Ik blijf in de buurt,' zei Willem.

'Dat begrijp ik,' antwoordde Mark. 'Ik ben zelf ook politieman.'

Ik kreeg een vuurrode kleur, en op een pijnlijke manier werd ik eraan herinnerd dat ik een misdadiger was. Misschien bedoelde Mark het niet zo, maar zo voelde het wel. We gingen zitten, en nog steeds kreeg ik geen zinnig woord uit mijn keel.

Mark daarentegen begon te praten. 'Dit is wat er in je brieven stond, en wat de directeur mij wilde vertellen?'

Ik knikte slechts.

'Waarom die ene witte roos?'

Ik haalde diep adem en vertelde het verhaal erachter.

'Ik zou willen dat ik je brief had gelezen,' zei hij daarna.

Ik haalde mijn schouders op. 'Had het voor jou dan iets uitgemaakt?'

Mark aarzelde voordat hij antwoordde. 'Dan was ik naar je toe gekomen.'

'Niet voor mij, maar voor Barbara?' Het was een vraag, maar het antwoord wist ik al.

'Het was toch ook mijn verantwoordelijkheid.' Zijn stem klonk zacht nu. Het was wel een eerlijk antwoord.

Ik vertelde dat Bob zelfs nog geprobeerd had mij er tijdens de bevalling van te overtuigen dat ik hem moest bellen.

'Ik was meteen gekomen.' Het klonk oprecht uit zijn mond, maar toch schudde ik mijn hoofd.

'Je had een nieuw begin gemaakt, en ik wilde je vriendin niet opzadelen met een ex en een kind.' Het klonk hard, maar ik kon niet verbloemen dat het me veel pijn had gedaan dat Mark mij geen tweede kans kon geven. Ongemakkelijk zaten we naast elkaar.

Mark ging verder en vertelde hoe hij achter Barbara's bestaan was gekomen. Uit mezelf zou ik er niet naar hebben gevraagd. Op het wijkbureau hadden ze het over kinderen gehad. Mark had de opmerking gemaakt dat hij het altijd spijtig had gevonden dat hij nooit vader was geworden. Marianne had hem daarbij vreemd aangekeken. Ze had op het punt gestaan iets te zeggen, maar had haar mond gehouden. Later had Mark haar apart genomen en gevraagd wat er aan de hand was. Marianne had eerst geweigerd iets te zeggen. Ten slotte had Mark haar zo onder druk gezet dat ze over Barbara had gesproken. Mark had daarna bij Burgerzaken geïnformeerd en had een paar maanden geleden voor het eerst het grafje bezocht. 'Je hebt haar naar mijn moeder vernoemd.' Ik hoorde een trilling in zijn stem en zag dat zijn ogen vochtig werden.

'Ik heb een zwangerschapsdagboek bijgehouden en ik heb ook echo's en andere foto's. Ik wil me niet opdringen, maar als je wilt, kan ik wel kopieën maken en je die toesturen.'

'Als je dat wilt doen, heel graag. Ik woon nog steeds op hetzelfde adres. Als ik nu post van je krijg, zal ik die beslist niet terugsturen.'

'Dat zal ik doen.'

Mark wilde alles weten over de zwangerschap, de bevalling en de moeilijke dagen erna.

Zo goed als ik kon, gaf ik antwoord op zijn vragen.

We hebben daar lang gezeten, en ik voelde me meer met Mark verbonden dan ooit tevoren. Ten slotte stonden we op en namen we afscheid van elkaar.

De ontmoeting met Mark maakte veel in mij los. Een paar dagen later nam ik mijn doos en haalde ik het dagboek en de foto's eruit. De secretaresse van mevrouw Van Zanten kopieerde alles en zorgde ervoor dat het pakket met de post werd verzonden. Via Bob kreeg ik een tijdje later te horen dat alles goed bij Mark was aangekomen.

Mark vroeg of hij voortaan het grafje mocht onderhouden. 'Dat is het enige wat ik nog voor onze dochter kan doen,' waren zijn woorden. Ik was ontroerd door dit gebaar en stemde toe. Belangrijker was dat Mark mij als moeder van zijn dochtertje accepteerde. Het was alsof Mark en ik communiceerden door middel van witte rozen. Wanneer ik bij het grafje kwam, en er lag een roos, dan wist ik dat die van Mark was. Lag er geen roos, dan wist ik dat hij nog moest komen.

HOOFDSTUK 2

Annet de Vries, mijn vroegere compagnon van de massage-praktijk. Een vriendin voor het leven, maar ook dat was verleden tijd. Ze heeft mij nooit opgezocht of een teken van leven gegeven. Na het verbreken van haar relatie met Bob is zij ook uit mijn gezichtsveld verdwenen. Ik vond het spijtig voor haar. Annet was wanhopig op zoek naar geluk in haar leven. Ik heb nooit begrepen dat een intelligente vrouw als Annet altijd op de verkeerde mannen viel. Wat dit laatste betreft: laat Bob het maar niet horen. Hij heeft voor Annet wel zijn vrouw verlaten. Als Bob langskwam tijdens het bezoekuur, hadden we het over van alles en nog wat, behalve over Annet. Het was alsof zij nooit deel had uitgemaakt van zijn leven. De dochters van Bob, Anne en Lotte, waren maar al te blij dat de relatie voorbij was. Ze hadden een enorme hekel aan Annet en konden moeilijk verkroppen dat Bob hun moeder voor haar had verlaten.

Johanna had een abonnement op een aantal bladen. Juist, 'de bladen'. Iedere week tijdens het bezoekuur bracht een van haar kinderen deze mee. Ze waren een welkome afwisseling van het andere leesvoer. Ik had mij er nooit voor geïnteresseerd, maar op een dag keek Johanna van zo'n blad op. 'Else-Marie, jij hebt het wel eens over Annet gehad. Een van je praktijkgenoten, toch?'

Verstoord keek ik op uit een boek en ik knikte.

Johanna kwam overeind. 'Is dit haar misschien?'

Ik nam het blad van haar aan en keek naar de foto: Annet in vol ornaat tijdens een feest. Nieuwsgierig las ik het artikel. Na het mislukken van de relatie met Bob had Annet een nieuwe liefde gevonden. Het toeval wilde dat Peter Konings, net als Bob, regisseur was. En een heel bekende, tot in Amerika toe. Het was een droomwens van Annet dat zij eens tot de hoogste klasse van

Nederland zou behoren. Zo te zien was zij hard op weg zich daarin een plaatsje te veroveren. 'Ik hoop dat Peter een blijvertje is,' zei ik tegen Johanna terwijl ik het blad aan haar teruggaf.

Johanna smulde van mijn achtergrondverhaal over de mislukte liefdes van Annet. Johanna wist alles over Peter, en zij verzekerde mij dat dit voor Annet wel eens de liefde van haar leven zou kunnen zijn.

Ik keek Johanna sceptisch aan. Die verhalen had ik al zo vaak van Annet gehoord.

'Deze Peter,' antwoordde Johanna, en ze tikte met haar wijsvinger op zijn foto, 'is gescheiden. Annet hoeft hem dus niet te delen met een andere vrouw.' Johanna meende het serieus, en ik moest mijn lachen inhouden.

'We zullen wel zien,' zei ik voordat ik verder las in mijn boek.

Toch kreeg Johanna gelijk. Annet stond steeds vaker in een blad, zelfs geregeld op de voorkant. Ik vroeg me wel eens af of ze eigenlijk nog wel tijd overhield om de praktijk draaiende te houden. Samen met Peter liep ze het ene feest na het andere af. Annet zag er altijd uit om door een ringetje te halen. In bepaalde bladen heb je een rubriek waarin een kapper en een kledingadviseuse cijfers geven. Annet kwam er altijd in voor en kreeg nooit minder dan een acht.

Tijdens een van Bobs bezoeken vroeg ik hem waarom hij niets gezegd had over de nieuwe liefde van Annet. Hij haalde nonchalant zijn schouders op. 'Zij speelt geen enkele rol meer in mijn leven. Waarom zou ik jou dan lastigvallen met haar wel en wee?'

'We zijn ooit begonnen als vriendinnen, en ja, ik wil toch graag op de hoogte blijven,' antwoordde ik op zachte toon.

Al die verhalen over Peter en haar heb ik nooit gelezen, maar ik werd door Johanna wel op de hoogte gehouden. Ik heb één keer een uitzondering gemaakt. Dat was toen haar huwelijksreportage werd gepubliceerd. Alle bladen besteedden er uitgebreid aandacht aan, en het was zelfs op televisie in een of ander showprogramma. Weer smulde Johanna ervan, en ze vond het jammer dat Annet mij nooit opzocht.

Natuurlijk was ik blij voor Annet. Als iemand haar het liefdesgeluk gunde, was ik het wel. Toch kwam het duveltje van de jaloezie om een hoekje kijken. Wat zou ik graag ook iemand hebben die mij het gevoel gaf zo bijzonder te zijn. Ik had een paar moeilijke dagen, want ik wist maar al te goed dat ik met de moord op Marion het liefdesgeluk verspeeld had. Mark kwam weer in mijn gedachten. Ik probeerde hem snel uit mijn hoofd te bannen, maar dat bleek makkelijker gezegd dan gedaan. Naast het verlies van Barbara moest ik leren accepteren dat ik de rest van mijn leven alleen zou blijven. Niemand wil toch een moordenares als echtgenote?

De eerste herfststormen raasden over ons land. Dit was voor een aantal vrouwen een moeilijke periode. Het besef dat de avonden korter werden, minder zonneschijn, regen en kou, somberheid waren redenen genoeg voor irritaties die tot conflicten en ruzies leidden. Het was een jaarlijks terugkerend gebeuren en het was voorbij wanneer de novemberstormen zich aandienden. De nazomer was dan voorgoed voorbij en we waren weer gewend aan het dagelijkse ritme. Het is overduidelijk dat er, als je dag en nacht op elkaars lip zit, meningsverschillen ontstaan. Weglopen konden we niet, en dus moesten we elkaars nukken en eigenaardigheden verdragen. Deze gedachten hielden mij bezig toen ik op een schitterende herfstmorgen in de plantsoenendienst aan het werk was. Er was weinig eer te behalen aan mijn werk. De ene dag alle bladeren bij elkaar vegen en de oprijlaan schoon zien te houden. Een herfststorm die nacht, en de volgende dag kon ik opnieuw beginnen. Het enige voordeel was dat ik lekker buiten bezig was. Met de lange wintermaanden voor de boeg kon ik nu van wat extra uren frisse buitenlucht genieten. Ik was zo in gedachten verzonken dat ik Truus niet zag naderen. Zij kwam mij halen, en verwonderd keek ik op.
'Je advocaat heeft zich gemeld. Hij wacht op je in de bezoekkamer.'
Nieuwsgierig volgde ik Truus naar binnen. In stilte vroeg ik me af wat Gert-Jan voor nieuws had. Het moest wel belangrijk zijn. Anders was hij niet naar mij toe gekomen. Het bleek om een brief van Annet te gaan. Althans, van haar advocaat. Ik kon mijn ogen niet geloven. Ik zal u de juridische details besparen, maar ik moest binnen twee maanden het appartement ontruimen. Verslagen keek

ik Gert-Jan aan. Toen voelde ik een enorme woede naar boven komen. 'Hoe kan ze dit nu doen? Ik kan moeilijk naar mevrouw Van Zanten gaan en verlofdagen opnemen om mijn spullen te pakken.'

Gert-Jan kalmeerde mij. 'Bob heeft al een oplossing bedacht. Er komt een verhuisbedrijf dat alles inpakt en naar een opslagruimte brengt. De temperatuur daar is net als in een woning en wordt automatisch geregeld.'

Door zijn uitleg werd ik wat rustiger, al bleef het vanbinnen stormen. Goed, er werd gewerkt aan een oplossing, al was het dan niet de ideale. Ik had niet zo veel spullen, maar wel dingen van bijzondere waarde. Voor mij dan. Ik moest meteen denken aan het trouwservies van mijn ouders. In gedachten zag ik al een verhuizer alles ruw inpakken. De scherven zouden in het rond vliegen. Maar mijn handen waren gebonden, en ik moest blij zijn dat Bob met een oplossing was gekomen. 'Heeft Yvonne hier geen inspraak in?'

Gert-Jan schudde zijn hoofd. 'Ik heb navraag gedaan bij de Kamer van Koophandel. Massagepraktijk Iris is sinds kort een eenmanszaak, met Annet als eigenaar. Yvonne de Wit staat nu op de loonlijst.'

Er verscheen een bittere trek om mijn mond. Waarschijnlijk kon Yvonne de druk van het ondernemerschap niet meer aan, en had Annet haar uitgekocht. Anders had Yvonne beslist tegen deze gang van zaken geprotesteerd. Waarom had Yvonne me dit tijdens haar laatste bezoek niet verteld? Ik rekende terug. Het was een hele tijd geleden dat Yvonne me had bezocht.

Gert-Jan stelde nog meer vragen. Zo wilde hij graag weten hoe het pand verdeeld was.

Helaas kon ik hem daar geen antwoord op geven. 'Annet heeft, voordat wij aan Iris begonnen, bij een bank gewerkt. Zij was daar hoofd hypotheken, en zij heeft de financiële afwikkeling geregeld. Omdat ik na mijn scheiding geen dak boven mijn hoofd had, zijn we overeengekomen dat ik voor een luttel bedrag de bovenetage zou huren. Dat bedrag werd van mijn salaris ingehouden.'

'Jullie zijn toch wel zo verstandig geweest een en ander op papier te zetten?'

'Nee, dat zijn we niet geweest. Dat hoefde immers niet. We waren vriendinnen en zakenpartners. Dat vonden we niet nodig.'

Gert-Jan zweeg terwijl hij druk bezig was met het maken van aantekeningen. Zijn gezicht sprak boekdelen.

'Achteraf gezien hadden we dat beter wel kunnen doen. Tja, dat heeft nu jaren als juridisch secretaresse gewerkt.'

'Ik vrees dat we geen rechtszaak tegen Annet kunnen beginnen.'

'Dat ben ik ook niet van plan, Gert-Jan. Geen haar op mijn hoofd die daaraan denkt.'

Tijdens het eerstvolgende bezoek van Bob probeerde hij mij moed in te praten. Ik hoefde me nergens zorgen over te maken. Hij zou er persoonlijk op toezien dat de verhuizers voorzichtig met mijn spulletjes zouden omgaan. Dat was in ieder geval een pak van mijn hart. Ik maakte me ook zorgen over de financiën. Ik moest nog zo lang hier blijven, en dat alles zou een flink totaalbedrag worden.

Hierin stelde Bob mij ook gerust. Hij zou het allemaal voorschieten.

Daar was ik het niet mee eens. Ik had best wat op de spaarrekening staan. Mijn ouders hadden mij wat geld nagelaten, en ik had dat niet over de balk gegooid. Door de jaren heen was het toch een aardig spaarsommetje geworden.

Bob wilde er niets van horen. 'Maak je geen zorgen. Het komt allemaal goed. Het belangrijkste is nu dat we je spullen zien weg te krijgen. Tegen de tijd dat je vrijkomt, zien we wel verder.'

Daar raakte Bob een heikel punt. Ik begreep best dat Annet wilde uitbreiden, maar het had een veilig gevoel gegeven dat ik, wanneer straks mijn straf voorbij zou zijn, naar mijn eigen stekje terug kon. Nu viel dat allemaal weg. Maar hoe langer ik erover nadacht, des te meer kwam ik tot de overtuiging dat er ook een positieve kant aan het verhaal zat. Misschien was het wel beter ergens anders opnieuw te beginnen, in een andere provincie wellicht.

Johanna en Hellen zegden spontaan toe dat ik de proefverloven bij hen mocht doorbrengen.

Dit aanbod, hoe lief bedoeld ook, wees ik beslist van de hand. We zagen elkaar al bijna vierentwintig uur per dag. Zij moesten na hun vrijlating ook allebei verder met hun leven. Daar waren de proefverloven voor bedoeld. Dan moest je niet opgescheept zitten met een maatje uit de gevangenis.

De dag van de verhuizing naderde snel. Bob hield mij op de hoogte. Hij had het zo geregeld dat de verhuizers één dag voordat hij op bezoek kwam, alles zouden inpakken. Zo hoefde ik maar één dag in spanning te zitten. Wat was ik blij toen hij me met een stralende lach bezocht.

'Alles is prima verlopen,' zei hij nadat we elkaar hadden begroet. Ik kreeg de hartelijke groeten van Yvonne. Ze zou mij binnenkort weer eens komen opzoeken. Het was zo druk in de praktijk. Bob was heel de tijd bij het inpakken aanwezig geweest. Annet had zich deze dag niet laten zien. Inderdaad wilde Annet de praktijk uitbreiden, en daarbij kwam de vrijgekomen bovenverdieping nu goed van pas.

Johanna, die van alles op de hoogte was, had geen goed woord over voor de houding van Annet. Volgens Johanna had Annet gevoel voor stijl en klasse, maar dit vond zij stijlloos. Het is maar goed dat Annet mij nooit heeft opgezocht, want ik vermoed dat Johanna wel een hartig woordje met haar had gewisseld.

Yvonne heb ik ook nooit meer gezien. Voor ons, gevangenen tussen vier muren, leek de tijd soms stil te staan, terwijl het leven buiten verderging zonder zich om ons te bekommeren.

HOOFDSTUK 3

Als ik terugdenk aan meneer Veenstra, springen de tranen me in de ogen. Wat heb ik veel van hem gehouden. Hij had beloofd dat hij mij zou komen bezoeken. En meneer Veenstra heeft woord gehouden. Eén keer in de maand meldde hij zich bij de bewaking.

'U komt voor Else-Marie Verbeke?' zei de dienstdoende bewaker dan.

Meneer Veenstra schoof zijn hoedje wat naar achteren, zijn wandelstok fier voor zijn buik en zei verontwaardigd: 'Je zult mevrouw Verbeke bedoelen.'

Dat spelletje tussen de bewakers en meneer Veenstra herhaalde zich iedere keer. Via hem bleef ik toch op de hoogte van het reilen en zeilen van de massagepraktijk. Meneer Veenstra had de keuze: of op zoek gaan naar een andere praktijk of bij Yvonne of Annet de behandeling voortzetten. Na veel aarzelingen had Yvonne de kans gekregen om zich waar te maken. Na een aantal behandelingen had meneer Veenstra het voor gezien gehouden. 'Het is best een aardig meisje,' legde hij zijn besluit uit. 'Maar er is maar één Else-Marie.' De heer Veenstra besloot op zoek te gaan naar een ander adres. Ik wist wel iemand, en ik heb hem daarnaartoe verwezen. Ik wist zeker dat mijn favoriete patiënt daar in goede handen zou zijn. Meneer Veenstra heeft mijn raad opgevolgd en hij was dik tevreden met zijn nieuwe masseur.

Ik kan mij nog heel goed herinneren dat ik hem de betekenis van Valentijnsdag had uitgelegd en dat hij mij een plantje liet bezorgen. Meneer Veenstra wist ook dat deze dag een speciale betekenis voor Mark en mij had. De eerste Valentijnsdag in de gevangenis was extra moeilijk voor mij. Mijn gedachten waren bij Mark, en ik vroeg mij af of hij ook aan mij zou denken. Twee jaar eerder werden wij op Valentijnsdag een stel, en begon op die dag de gelukkigste periode van mijn leven. Die dag was ik stil en teruggetrokken, en de anderen lieten me gelukkig met rust.

Tijdens het middageten kwam Jaap met een bos bloemen naar me toe.

'Zijn die voor mij?' stamelde ik met een hoofd als een biet.

De ogen van Jaap glinsterden ondeugend, en plagend antwoordde hij: 'Van een stille aanbidder. Het is immers Valentijnsdag vandaag.'

Dat wist ik maar al te goed. Ik kon niet geloven dat deze bos van Mark zou zijn. Dat waren ze ook niet. Op het kaartje stond in een bibberig handschrift: *Voor mevrouw Else-Marie Verbeke, van F.V.*

Het boeket kreeg een ereplaatsje in onze ontmoetingsruimte, zodat alle vrouwen ervan konden genieten. Ik wist meteen van wie dit boeket afkomstig was. Dit was het handschrift van meneer Veenstra. Ieder jaar kreeg ik met Valentijnsdag een boeket bloemen bezorgd.

Het kon niet altijd blijven duren. Op een morgen werd ik bij mevrouw Van Zanten geroepen. Toen ik bij haar aan het bureau plaatsnam, zei mijn gevoel dat er slecht nieuws op komst was.

Mevrouw Van Zanten keek mij ernstig aan voordat ze het woord nam. 'Ik ben vanmorgen gebeld door de oudste dochter van de heer Veenstra. Haar vader is vannacht rustig en vredig in zijn slaap overleden.' Mevrouw Van Zanten zag dat ik me goed wilde houden, en zei op zachte toon: 'Huil maar, Else-Marie. Ik weet maar al te goed hoe belangrijk hij voor je is geweest. Het geeft niet dat je je emoties laat zien.' Ze kwam overeind en pakte een paar tissues. Mevrouw Van Zanten sloeg troostend een arm om me heen. Nadat ik wat was gekalmeerd, nam ze weer plaats achter haar bureau. Weer kwam er een ernstige blik in haar ogen. 'Het was de laatste wens van de heer Veenstra dat jij aanwezig zou zijn bij de condoleance en op de begrafenis. Je krijgt speciale toestemming om deze bij te wonen. Willem en Jaap gaan met je mee.'

Zachtjes antwoordde ik: 'Dank u wel.' Verslagen liep ik terug naar de afdeling.

De anderen probeerden me te troosten.

Aan de ene kant vond ik dit fijn, maar aan de andere kant, wat heb je nu aan goedbedoelde opmerkingen als: 'Het was zijn tijd. Hij heeft niet geleden'? Ik had een dierbare vriend verloren, en niemand kon dat gemis goedmaken.

Op de dag van de begrafenis was ik nerveus. Het was een vreemde gewaarwording onder de mensen te zijn. Het was de eerste keer na de begrafenis van Barbara dat ik naar buiten mocht. Natuurlijk werden wij iedere dag gelucht, maar het is toch anders wanneer je de straat op gaat.

De begrafenisdienst van meneer Veenstra werd in de kerk gehouden. Na de dienst was er gelegenheid om de familie te condoleren in het zalencomplex naast de kerk. Voor de aanvang van de dienst was er ook nog de mogelijkheid om afscheid te nemen.

'Wil je daar ook naartoe?' vroeg Jaap toen we uitstapten. Ik schudde mijn hoofd en zocht steun bij Willem. Ik wilde me meneer Veenstra herinneren zoals ik hem kende, en ik was bang dat een afscheidsbezoek dit beeld zou beïnvloeden.

Het is raar dat mensen zich altijd het weer herinneren, als het om een begrafenis of crematie gaat. Het was een stralende dag met veel wind. Meneer Veenstra was een natuurmens, en ik wist dat hij veel van de Hollandse luchten hield.

Het was al aardig druk in de kerk toen wij binnenkwamen. Stil en onopgemerkt zochten we een plaatsje op de achterste bank. Het orgel speelde zachtjes een bekende melodie. Het verbaasde mij niets dat er veel mensen bij de dienst aanwezig waren. Meneer Veenstra had een uitgebreid sociaal netwerk en was een innemende persoonlijkheid.

Als laatste kwam de familie binnen, en ik herkende mevrouw Veenstra onmiddellijk. Ondersteund door twee vrouwen nam zij op de voorste bank plaats. Na een poosje zweeg het orgel. De dominee kwam binnen met een paar ouderlingen. De dienst was begonnen. Het was een indrukwekkende preek, die de dominee hield. Soms heb je het gevoel dat iemand die voor een groep mensen staat, alleen tegen jou praat. Dat gevoel had ik tijdens de dienst heel sterk. Het ging over zonde, maar ook over berouw en vergeving. Centraal in de preek stond het thema 'geloof, hoop en liefde'. De psalmen en gezangen die werden gezongen, alles ademde de sfeer van meneer Veenstra. De dienst was voorbij voordat ik er erg in had.

Van de begrafenis zelf is niet veel bij mij blijven hangen. Ik was met mijn gedachten vooral bezig met de dienst. Daarna kwam het moeilijkste moment, het condoleren van de familie. Mevrouw Veenstra nam mij oplettend op toen ik mij aan haar voorstelde. 'Ik ben blij je te ontmoeten,' zei ze vriendelijk. 'Zodra ik in de gelegenheid ben, kom ik even naar je toe.'

Ik knikte slechts en liep achter Willem aan naar een tafeltje, wat verder naar achteren. We dronken een kopje koffie. Voorzichtig keek ik naar de mensen. Meneer Veenstra was geliefd geweest. Dat was zeker.

Voordat ik het goed en wel besefte, liep mevrouw Veenstra mijn richting uit. Ze knikte vriendelijk naar Jaap en Willem en nam tegenover mij plaats. 'Ik ben blij dat je gekomen bent, Else-Marie,' begon ze, terwijl ze haar handen op de mijne legde. 'Frederik heeft veel over je verteld, en je bent dan ook totaal geen vreemde voor mij.'

'Ik zal zijn bezoekjes missen. Ik keek er altijd naar uit.'

'Hij ook. Tijdens het koffiedrinken zei hij altijd: 'Straks ga ik weer naar mijn vriendinnetje toe.' Andere mensen keken dan wel eens raar op, maar mijn man zei er meteen achteraan: 'Met toestemming van mijn vrouw.'

Ja, zo was meneer Veenstra, een man met een opgewekt karakter en een groot gevoel voor humor. Ik vertelde mevrouw Veenstra een van mijn dierbaarste herinneringen aan haar man: toen ik had opgebiecht dat ik een moord had gepleegd, en hij mij in bescherming had genomen. Maar ook dat hij eens overstuur van de bingo was gekomen omdat de overbuurvrouw een oogje op hem had. Mevrouw Veenstra glimlachte. 'Niet meteen kijken, hoor, maar die vrouw zit tegenover je, met die wrat op haar kin.' Behoedzaam keek ik langs haar heen, en ik zag haar meteen.

Mevrouw Veenstra wilde nog iets zeggen, toen ze op haar schouder werd getikt door een vrouw. 'Moeder, er zijn mensen die afscheid van u willen nemen.'

Mevrouw Veenstra draaide zich om en stelde mij aan haar oudste dochter voor. Haar ogen lichtten op. 'Ben jij Else-Marie? Mijn vader heeft het zo vaak over je gehad. In de goede zin van het woord, hoor,' zei ze er vlug achteraan, toen ze zag dat ik verlegen naar de grond keek.

Na het tweede kopje koffie besloten wij ook te vertrekken. Mevrouw Veenstra omhelsde me hartelijk, evenals haar beide dochters. Mevrouw Veenstra fluisterde me toe dat ze mij graag wilde schrijven. 'Dat zou Frederik gewild hebben.' Ik kon van haar niet verwachten dat ze mij zou bezoeken. Ze heeft haar belofte gehouden. Tot haar overlijden kreeg ik trouw iedere veertien dagen een brief met haar belevenissen.

HOOFDSTUK 4

Bob maakte de ene film na de andere, en allemaal wonnen ze wel één of meer prijzen. Langzamerhand vergat men dat Bob ooit acteur was geweest. Over al die prijzen vertelde hij niet veel, maar Johanna las alles wat er in de bladen over hem verscheen. Overigens was dat niet veel. Bob leefde voor het filmvak, en de rest – en daar bedoel ik dan de feestjes en premières mee – vond hij bijzaak. Hij probeerde er altijd onderuit te komen, als het enigszins mogelijk was. Na de breuk met Annet had hij zijn villa in Loenen verkocht en een huis gekocht in Breukelen. Hij leefde daar niet als een kluizenaar, maar toch wel in afzondering en rust. 'Dat heb ik nodig om mezelf aan het werk te houden,' had hij me eens toevertrouwd. 'Voor het overige leidt alles mij af.'
Als er weer een première van zijn film op het programma stond, diende Bob steevast een schriftelijk verzoek in bij mevrouw Van Zanten of ik daarbij mocht zijn. Mevrouw Van Zanten antwoordde schriftelijk per kerende post dat het verzoek was afgewezen. Toch probeerde Bob het iedere keer weer, helaas zonder succes. Maar zodra de film op video was verschenen, en later op dvd, waren wij de eersten die hem konden zien. We organiseerden dan een filmavond en hadden zo onze eigen première. Vooral Johanna genoot hiervan. Zij keek echt naar zo'n avond uit. Zij fantaseerde over hoe het zou zijn als ze nog eens een echte première mocht bijwonen. Bob had mij beloofd dat, zodra we onze straf hadden uitgezeten, en zijn volgende film in première zou gaan, Johanna een speciale uitnodiging zou krijgen. Ik hoopte dat Bob zijn belofte zou nakomen, want Johanna was in de wolken toen ik het haar vertelde. Van opwinding kreeg ze een rode kleur op haar wangen. Hellen en ik waren zelfs even bang dat die opwinding Johanna te veel zou worden. Johanna was tenslotte niet meer een

van de jongsten. Maar het had gelukkig geen nadelige gevolgen voor haar gezondheid.

We probeerden ook gezellige avonden te organiseren met z'n allen. Maar na een tijdje raakten de ideeën op. Bovendien waren we met heel veel vrouwen, en iedereen had wel haar eigen idee van een leuke avond. Vanuit de groep werd mij gevraagd of ik daarom iets kon organiseren. Dat wilde ik wel, maar hoe pak je zoiets aan? Ik kreeg al snel steun van Hellen, en ook Johanna was meteen bereid om mee te denken, als vertegenwoordigster van de oudere garde. Mevrouw Van Zanten steunde het initiatief ook. 'Ik zal eens kijken of daarvoor niet zoiets als een potje bestaat.' Dat bestond inderdaad, hoewel er niet veel in zat. Er werd dus een hoop creativiteit van ons gevraagd.

'Een leesclub oprichten.' Met dat idee kwam Hellen op de proppen.

'Een lezing organiseren?' bedacht Johanna.

'Dat zal wel prijzig zijn,' aarzelde ik. En wie wilde er nu een bezoek brengen aan gedetineerden?

'Maar ik weet wel iemand die dat dolgraag zou willen,' opperde Bob toen ik hem van de ontwikkelingen van onze cultuurcomité vertelde. 'Els. Dit is nu echt iets voor haar. Ze schiet helemaal in de stress als ze een interview moet geven voor de lokale omroep of een krant. Maar lezingen geven vindt ze het einde. Ze doet eigenlijk niets liever. Het liefst nog in een bibliotheek, want dan is ze onder gelijkstemde zielen, zoals ze dat zelf zegt. Vrouwengroepen, ook zoiets. Zal ik haar eens polsen?' Verwachtingsvol keek Bob mij aan.

Ik was overdonderd door zijn enthousiasme. 'Als je dat wilt doen, graag.' Maar ik hield toch nog een slag om de arm. 'We hebben niet zo veel te besteden. We hebben volgens mevrouw Van Zanten een beperkt budget.'

'Dat komt wel goed. Als er iemand is die hier absoluut niet rijk van wil worden, is het Els wel.'

Hellen was meteen enthousiast toen ze van dit voorstel hoorde. 'Ik heb ook wel eens iets van haar gelezen. Wat zou het leuk zijn als ze dit bij ons zou doen.'

Els deed het inderdaad. Tot mijn grote verbazing zocht ze contact met mevrouw Van Zanten.

Johanna, Hellen en ik begonnen meteen met de voorbereidingen. In de zaal zetten we stoelen klaar, en Hellen zorgde voor een bloemetje uit onze eigen tuin. We zorgden voor thee en koffie. Hellen praatte ons bij over de carrière van Els. Ze maakte ook een paar boekbesprekingen.

'Is dat nu echt nodig?' vond Johanna. 'Als die Els er is, zal zij toch wel het een en ander over zichzelf vertellen?'

'Dat weet ik ook wel,' snauwde Hellen, 'maar het is zeker voor een schrijver toch leuk als wij het een en ander over haar werk weten en daar gericht vragen over kunnen stellen?'

Johanna antwoordde niet, en ik seinde met mijn ogen dat ze niet verder moest vragen. 'Hellen is wat zenuwachtig,' fluisterde ik in haar oor, en dat begreep Johanna volkomen.

Om halfacht zaten we allemaal in de zaal, in spanning te wachten op wat er zou gebeuren. De deur ging open, en daar kwam mevrouw Van Zanten, met achter haar Els. Het kon niet missen. Uit de omschrijving die Bob mij had gegeven, moest zij het wel zijn. We hadden Bob om een foto van haar gevraagd, maar die kon hij ons niet geven.

'Els haat foto's. Dat vindt ze een verschrikking. Zij spreekt tot haar publiek door haar woorden, en dat vindt ze genoeg.'

Verlegen keek ze ons aan, maar haar ogen twinkelden.

Mevrouw Van Zanten bracht haar naar plaats en nam zelf de microfoon in haar hand. Ze heette Els namens ons van harte welkom en hoopte op een fijne en gezellige avond.

Daarna kwam de schrijfster naar voren. Ze keek ons allemaal peinzend aan. 'Mevrouw Van Zanten, dank u wel voor uw hartelijke woorden,' begon ze. Ze vertelde dat ze het spannend vond bij ons te zijn. 'Eigenlijk ben ik heel benieuwd naar uw verhalen en zou ik het liefst op de eerste rij willen zitten om naar u te luisteren, naar uw levensverhaal. Niet omdat ik nieuwsgierig ben en een oordeel wil vellen, maar omdat ik van mensen en hun verhalen houd.' Ze keek ons fronsend aan en ging verder. 'Ik voel me helemaal niet lekker hier achter dit spreekgestoelte. Vindt u het erg als ik op de tafel ga zitten? Dan voel ik niet zo'n afstand en kan ik lekker af en toe met mijn benen wiebelen. Ik heb artrose, ziet u.'

'Ik ook.' Johanna kon zich niet meer inhouden. 'Ik voel helemaal met je mee, hoor, Els.'

Verontwaardigd stootte Hellen Johanna aan. 'Je zegt niet zomaar Els tegen haar. Dat doe je niet.'

Els hoorde die laatste opmerking van Hellen. Lachend schudde ze haar hoofd. 'Zeg maar gewoon je en jij en Els, hoor. Als ze me mevrouw noemen, heb ik altijd het idee dat ze mijn moeder moeten hebben.'

De toon was gezet, en het werd een heerlijke, ontspannende avond. Voordat we het wisten, zat Els inderdaad tussen ons aan een tafeltje, en voor iedereen had ze wel een warm en hartelijk woord. Ze keek echt niet op het klokje en beantwoordde geduldig de vele vragen die wij voor haar hadden.

'Voor herhaling vatbaar,' stelde mevrouw Van Zanten dan ook na afloop vast.

'Ik kom graag eens terug, als jullie dat ook willen.' Verlegen keek Els ons aan.

'Die afspraak staat vast.' Dat was Johanna weer.

Els hield woord. Ieder jaar stond ze op ons programma, en ze kwam.

Met de andere gasten was het moeilijker. Bob hield een spreekbeurt over het ontstaan van de film en gaf ons een kijkje achter de schermen bij het maken ervan. Maar andere sprekers of groepen haakten af, met als smoes de beperkte financiële vergoeding.

'Welnee,' zei Hellen tijdens een overleg met mevrouw Van Zanten. 'We zijn uitschot, en niemand wil zich daarmee vereenzelvigen, toch?'

Het bleef stil na de opmerking van Hellen, maar iedereen wist dat ze gelijk had.

Tijdens het laatste jaar van mijn verblijf maakte Bob weer een film, en de bladen besteedden er uitgebreid aandacht aan. Ik wist dat Bob er een hekel aan had, maar het was nu eenmaal een noodzakelijk kwaad. Johanna keek al reikhalzend uit naar het bezoekuur. Haar zoon bracht dan haar lievelingsbladen mee. Na het bezoekuur dook Johanna in een hoekje, en dan mochten we haar de eerste anderhalf uur niet lastigvallen. Hellen en ik praatten zacht met elkaar om Johanna niet te storen in haar droomwereld. Wanneer ze haar bladen had gelezen, was Johanna weer helemaal onder de mensen. Ik mocht de bladen na haar lezen.

'Het is toch een lekker ding,' verzuchtte Johanna terwijl ze het leesvoer aan mij gaf.

'Over wie heb je het?' was mijn vraag.

'Over Bob natuurlijk.' Verontwaardigd keek Johanna mij aan. Ze droomde hardop verder. 'Het is dat ik te oud voor hem ben, maar als ik pakweg een jaar of veertig jonger was geweest, had ik het wel geweten.' Een lichtrode blos kleurde haar wangen.

Met stijgende verbazing keek ik haar aan, en mijn mond viel open. Johanna lachte meisjesachtig om mijn verbazing, en vertrouwelijk boog ze zich voorover. 'Ik heb mijn ogen ook niet in mijn zak, hoor, al ben ik de tachtig dan al voorbij.'

Ik wist niets te zeggen. Hoofdschuddend liep ik terug naar mijn kamer. Ik ging in kleermakerszit op mijn bed de artikelen lezen. Annet en haar Peter waren ook in volle glorie op de première aanwezig geweest. Anne en Lotte waren er ongetwijfeld ook, maar zoals altijd uit het zicht van de roddelpers. Er was ook een foto van Bob, strak in het pak, en het was deze foto, die mij in de war bracht. Zoals gebruikelijk poseerde Bob alleen voor de fotografen. Ik keek lang naar de foto en bedacht dat Johanna wel gelijk had. Inderdaad was Bob een knappe man om te zien. Vreemd, dat dat mij nog nooit eerder was opgevallen. Hij was slank en deed alles om dat figuur te houden. Hij at gezond, dronk zelden alcohol en liep iedere morgen tien kilometer hard voor de nodige ontspanning. Glimlachend bekeek ik de foto nogmaals. Toen vervaagde het beeld, en stond ik naast Bob. In een schitterende jurk, die Johanna had gemaakt, met een perfecte make-up en een geraffineerd kapsel. Onder de foto stond als bijschrift: 'Bob Petersen met zijn partner Else-Marie Verbeke'. Het beeld vervaagde weer, en toen ik met mijn ogen knipperde, trilden mijn handen. Ik voelde dat ik warm werd. Het zweet brak me uit. Nu niet de overgang er de schuld van geven. Dit was een standaardgrapje, want daar was ik nog veel te jong voor. Maar wat was dit dan? Waar kwamen die vreemde gevoelens vandaan?

Na mij kwam Hellen aan de beurt om de bladen te lezen, en ik bracht ze snel naar haar toe. Johanna dorst ik niet aan te kijken. Met de smoes dat ik een beetje hoofdpijn had, verdween ik weer snel naar mijn kamer. Met mijn hand veegde ik het zweet van mijn voorhoofd. Mijn hart bonkte als een razende, en ik stond te trillen op mijn benen. Met wat koud water bette ik mijn gezicht. Met een plof liet ik mij op het bed neervallen. Bob, Bob als man? Al die jaren had ik Bob als een oude, trouwe vriend gezien, niets meer en niets minder. Bob die altijd voor me klaarstond, me met raad en daad terzijde stond... En nu zag ik hem ineens als een man. De woorden van Johanna bleven lang door mijn hoofd spoken.

Die nacht droomde ik van Bob, en in die droom was hij geen kameraad, maar mijn man. Verward werd ik wakker. Ik wist niet wat ik met die gevoelens aan moest. Wat was ik blij dat het nog een week zou duren voordat Bob me weer zou komen opzoeken. Die tijd zou ik benutten om alles op een rijtje te zetten. Graag had ik er met iemand over willen praten, maar noch Hellen noch Johanna kwam in aanmerking. Gewoonlijk bepraat je zoiets met je beste vriendinnen, maar dat waren de dochters van Bob. Er zat niets anders op dan het in m'n eentje op te lossen. Hoe ik ook probeerde niet aan Bob te denken, steeds vaker drong hij mijn gedachtewereld binnen. Ten slotte gaf ik het toe: ik was hopeloos verliefd en ik wist niet wat ik moest doen. Voor het eerst in al die jaren zag ik ertegen op Bob te ontmoeten.

Bob had niets door en praatte aan één stuk. Het viel dus niet op dat ik wat stil was. Bij het afscheid hield ik hem stevig vast, alsof ik hem niet wilde loslaten.

Bob keek me vreemd aan, maar zei er verder niets van.

'Dank je wel voor alles,' zei ik schuchter. 'Voor je vriendschap,' zei ik er snel achteraan. Bob mocht misschien iets anders denken. Ik vroeg me af of er iemand in zijn leven was. Voor zover ik wist, was dat niet het geval, maar het kon best dat Bob wel iemand had, en dat zij op de achtergrond een grote rol speelde. Als er mensen waren die dit wisten, waren het Anne en Lotte wel.

Anne was de eerste die na Bob op bezoek kwam. Langs mijn neus weg vroeg ik of Bob een relatie had. Anne schaterde het uit.

Ik leunde vertrouwelijk voorover en zei op samenzweerderige toon dat Johanna er zo nieuwsgierig naar was.

'Gelukkig niet,' lachte Anne. 'Na dat gebeuren met Annet heeft mijn vader nooit meer naar een andere vrouw gekeken.'

Deze laatste woorden brachten een soort onrust over mij. Er kwam iets in mijn herinnering, maar het was ook meteen weer weg. Vroeg of laat zou ik er wel achter komen.

De herinnering kwam een paar dagen later terug. Het was een herinnering aan de laatste ochtend voordat ik mijzelf aangaf bij het politiebureau. Bob was die nacht blijven slapen omdat hij bang was dat ik 'rare dingen' zou doen. Tijdens het ontbijt vertelde hij dat de relatie met Annet zo goed als over was. Ze zouden als goede vrienden uit elkaar gaan. Ik was geschokt, maar Bob vertelde dat hij ook gevoelens koesterde voor een andere vrouw. Die vrouw was niet vrij, en dus wist hij niet of ze zijn gevoelens ook beantwoordde. Het was jaren geleden. Ik wist alleen niet hoe ik daar nu achter kon komen.

Zo naderde de dag dat ik voor het eerst met weekendverlof mocht, tegelijkertijd met Johanna en Hellen. Zij gingen ieder naar hun eigen huis, en Bob stelde voor dat ik het eerste weekend bij hem in Breukelen zou doorbrengen. Ik probeerde dankbaar te zijn, en in normale omstandigheden zou ik dolblij zijn geweest met dit aanbod. Maar nu, met een hart dat op hol sloeg bij het horen van de naam Bob Petersen alleen al, leek het mij geen goed plan. Ik nam me desondanks voor er het beste van te maken. Wat kon ik anders?

Het werd een grote mislukking, en dat kwam niet door Bob. Ik was zo gespannen als een veer en ik telde de nachten af totdat ik terug kon. Bob nam me mee naar de markt, maar ik was bang. Bang voor de mensen die overal leken te zijn. Ik kreeg een duw, dan weer een por, en een moeder reed met een kinderwagen tegen me aan. Er kon geen verontschuldiging af. Ze keek me zelfs woedend aan. Ik was verbijsterd. Was de wereld in die jaren zo veel harder geworden? Was de maatschappij in een recordtempo zo veranderd? Wie gaat er ook met een kinderwagen naar een drukke markt? Dat is toch vragen om moeilijkheden, dacht ik bij mezelf.

Ik was blij toen Bob zijn lijstje had afgewerkt. Hij pakte me bij mijn elleboog en knikte met zijn hoofd naar een restaurantje op de hoek van de straat. 'Zullen we daar een kopje koffie gaan drinken?'

De schrik sloeg me om het hart. 'Bob, vind je het erg als ik zeg dat ik liever naar huis ga?'

Bob vond het niet erg, en we gingen naar de auto. Misschien werd die ochtend wel de basis gelegd voor de latere angsten die een groot deel van mijn leven zouden beheersen. Ik heb vaak aan dit moment teruggedacht. De vrijheid was een vreemde gewaarwording, waaraan ik nog duidelijk moest wennen.

Op zaterdagmiddag kwamen Anne en Lotte langs, en toen pas ontspande ik een beetje. Zij waren immers bekend terrein. Voor hen hoefde ik de schijn niet op te houden. 'Het valt erg tegen,' fluisterde ik tegen Anne toen ze vroeg hoe het ging. 'Al die mensen, ik ben het niet meer gewend. Vroeger had ik daar geen last van. Je deed mij geen groter plezier dan met winkelen, en dan het liefst in de grote warenhuizen.' Nu liepen de rillingen over mijn rug als ik er alleen maar aan dacht.

Anne sloeg troostend een arm om mij heen. 'Daar is het proefverlof voor. Om je aan je terugkeer in de maatschappij te laten wennen. Je zult zien, straks wil je niets anders meer.'

HOOFDSTUK 5

Maandagmorgen werden onze verloven uitgebreid besproken in de groep. Johanna en Hellen hadden het buitengewoon naar hun zin gehad. Johanna had heel de buurt op de koffie gehad, en ze straalde als nooit tevoren. Hellen wist van pure gekkigheid niet wat ze eerst had moeten doen: de bibliotheek of de boekhandel. Omdat ze geen keus had kunnen maken, had ze beide maar gedaan. Ze was net als Johanna zo blij als een kind bij de aanblik van al die boeken. 'De geur alleen al. En ik kon ze aanraken, en voelen.' Nog even en Hellen was in tranen uitgebarsten.

Ik was blij voor Johanna en Hellen, misschien wel het meest voor Hellen, die net als ik zo veel om boeken gaf. Maar het idee van een bibliotheek of boekhandel bezorgde mij kippenvel. Vreemd, want daar had ik vroeger geen last van gehad. Je zette Else-Marie in iets wat met boeken te maken had, en je had geen kind aan mij. Heerlijk vond ik dat, maar nu… Ik kwam als laatste met mijn ervaringen aan bod. 'Ik heb het niet zo naar mijn zin gehad,' vertelde ik kleintjes, bijna verlegen zelfs. 'Ik was bang voor alle mensen om mij heen. Ze duwden en schreeuwden. Ik ben bijna omvergereden door een vrouw achter een kinderwagen. Ik dacht dat ze me haar verontschuldigingen wilde aanbieden, maar ik kreeg een grote mond op de koop toe.' Bij de herinnering kreeg ik weer koude rillingen. 'Ik vond het zo eng. De wereld is zo anders geworden. Ik weet niet of ik mij in die maatschappij nog wel thuis kan voelen.' Hellen en Johanna zagen dit niet zo en keken mij verwonderd aan. De psychotherapeut knikte begrijpend. 'De ene mens reageert uitgelaten, en de andere persoon reageert weer heel anders op de buitenwereld. Jij hebt er nog wat moeite mee, maar geloof me, Else-Marie, dat gaat voorbij. Alleen weet niemand wanneer. Het lijkt mij goed als je bij je volgende verlof een aantal opdrachten uitvoert. Tegen de tijd dat het zover is, krijg je van mij een aantal dingen die je dat weekend moet doen. Dan gaan we kijken hoe je reageert, en dat bespreken we dan.'

Ik glimlachte flauwtjes. Het duurde nog twee maanden tot het volgende weekendverlof.

Maar de tijd vliegt. Voordat ik het wist, stond ik met een velletje papier met opdrachten op Bob te wachten. Johanna en Hellen waren al weg, maar Bob bleek in een file terechtgekomen te zijn.

'Ik begon al te denken dat je me vergeten was.' Verlegen keek ik hem aan.

De schaterlach van Bob klonk over het parkeerterrein. 'Ik jou vergeten?' grinnikte hij. 'Een van mijn oudste en beste vriendinnen? Hoe kom je erbij?'

Dit laatste stak toch een beetje. Was ik voor hem niet meer dan een goede vriendin? Als je daarachter wilt komen, zul je toch iets moeten ondernemen, schoot het door mijn gedachten. Als ik de moed maar had. Dit was nu wel mijn kans om te vragen hoe het met die vrouw zat. 'Oudste en beste vriendinnen? Nee, Bob, nu overdrijf je. Dat is niet waar.'

Bob had al zijn aandacht bij het verkeer nodig. Het was druk op de weg zo aan het begin van het weekend. We zaten dus zwijgend naast elkaar. Toen we in Breukelen arriveerden, wilde Bob echter het fijne van mijn opmerking weten. Het was avond geworden, en na het eten zaten we bij de open haard.

'Er moet nog iemand anders zijn,' zei ik om de spanning er nog een beetje in te houden.

Bob trok zijn wenkbrauwen op en wreef met zijn hand langs zijn gezicht. 'Ik weet niet welke vrouw je bedoelt, hoor. Annet spreek of zie ik nooit meer, behalve wanneer er een première is. Lies zie ik alleen op de verjaardagen van Anne of Lotte. Else-Marie, je spreekt in raadsels.'

Ik lachte geheimzinnig en verhaalde toen wat hij mij zelf verteld had, die ochtend dat ik naar de politie was gegaan.

Nu ging er bij Bob een lichtje branden. Hij speelde met het glas wijn in zijn handen en keek zwijgend in het brandende haardvuur. 'Waarom wil je dat weten?' Bob draaide zich om en nam mij oplettend op.

Ik werd verlegen onder zijn blik en ik draaide mijn hoofd weg. 'Zomaar,' fluisterde ik.

Bob keek mij nog steeds nadenkend aan toen hij antwoordde: 'Na al die jaren zijn mijn gevoelens voor haar niet veranderd. Integendeel, ze zijn sterker geworden.'

De moed zonk mij in mijn schoenen, maar ik liet niets blijken. 'Weet ze hiervan?' Ik probeerde mijn stem normaal te laten klinken.

Bob schudde zijn hoofd. 'Ze was toen niet vrij, en dat is ze nu nog steeds niet.'

De klank in Bobs stem duidde erop dat hij er niet verder over wilde praten.

Al vrij snel daarna wenste ik Bob welterusten en ging ik naar mijn kamer. Als verdoofd kleedde ik me uit, en ik liet me op het bed zakken. Wat deed mijn hart pijn. Een beetje had ik het wel verwacht, maar toch was er dat kleine vlammetje van hoop. Ik hoorde Bob de trap op komen en hield mijn adem in. Hij stommelde en rommelde wat in de badkamer, en ten slotte was alles stil. Ik wachtte nog een halfuurtje en opende toen voorzichtig de slaapkamerdeur. Ik sloop de trap af, tot aan de onderste drie treden. Daar ging ik zitten met mijn hoofd tegen de trapleuning. Het is raar, hoeveel kleine dingen uit je jeugd je de rest van je leven meeneemt. Als klein meisje deed ik dit al. Als ik verdriet of pijn had, ging ik altijd op de trap zitten met mijn hoofd tegen de trapleuning. Het gaf me een gevoel van troost. Ik sloeg mijn armen om mezelf heen, en daar kwamen de tranen. Ik huilde om een verloren liefde. Wat had ik een medelijden met mezelf.

Hoelang ik daar zo heb gezeten, kan ik mij niet herinneren. Ineens merkte ik dat er lampjes aangingen, en toen ik mijn ogen opende, kwam Bob naast mij zitten. Vol angst en schaamte keek ik hem aan, terwijl ik driftig mijn tranen wegveegde.

Bob keek me ernstig aan en zei niets toen hij me zijn zakdoek gaf. Ik probeerde door mijn tranen heen te lachen. 'Je krijgt hem van me terug,' zei ik.

'Gooi hem maar in de wasmand.' Bob strekte zijn benen en sloeg zijn armen over elkaar. 'Maar nu vertel je me eerst wat er aan de hand is.' Zijn toon duldde geen tegenspraak.

Hoe moest ik me hier nu uit zien te redden? 'Het is zo moeilijk. Ik durf niet.'

'Je weet dat je alles tegen mij kunt zeggen,' klonk zijn stem nog steeds ernstig.

'Echt, maar dan ook alles?' Er kwam een droeve glimlach om mijn mond.

'Ik blijf net zo lang hier zitten totdat je het hebt verteld.'

Wat had ik nu eigenlijk te verliezen? Niets toch? Ik nam een flinke teug adem. 'Weet je, er zijn drie dingen die een mens het moeilijkste vindt om te zeggen.'

Bob keek me aandachtig aan.

'Dat zijn: 'Help me', 'Vergeef me'...' Hier hield ik even op. Snel keek ik weer voor me. 'En: 'Ik houd van je.'' Er kwam een brok in mijn keel. 'Ik houd van je, Bob, al heel lang eigenlijk, zonder het zelf te beseffen, maar ik weet nu dat ik geen enkele kans bij je maak.' Ik speelde met de zakdoek in mijn handen. 'Jouw hart behoort die andere vrouw toe en is niet voor mij.' Ik vertelde niet dat ik jaloers op haar was. 'Het beste is dat je me morgen maar terugbrengt,' eindigde ik zachtjes, terwijl ik de tranen wegveegde.

Bob wilde me naar zich toe trekken, maar ik schudde mijn hoofd. Iedere aanraking zou pijn doen en meer hartzeer veroorzaken. 'Wat moedig van je, je zo in je hart te laten kijken,' antwoordde Bob zacht.

Ik haalde mijn schouders op.

Bob was nog niet uitgepraat. 'Heb je wel eens bedacht dat jij die vrouw zou kunnen zijn?'

Verbaasd keek ik Bob aan. Ik kreunde zacht. 'Bob, je hebt het al die tijd over een vrouw gehad die gebonden was, en dat was ik niet. Hoe zou ik dat dan hebben kunnen bedenken?'

Met een glimlach legde Bob zijn hand op mijn knie. 'Ik heb nooit gezegd dat ze een relatie had. Dat heb jij ervan gemaakt. Ik heb gezegd dat ze gebonden was. Dat betekent niet per se in een relatie tussen een man en een vrouw.'

Ik moest het even tot mij laten doordringen. Inderdaad, ik had gedacht dat die vrouw getrouwd was of in ieder geval een partner had. Maar je kon natuurlijk ook op andere manieren gebonden zijn. Aan een sekte bijvoorbeeld, of een verslaving. 'Moet ik nu geloven dat je al die jaren op mij hebt gewacht?' Mijn stem klonk ongelovig.

Bob knikte. 'Kom,' zei hij, en hij ging staan en trok me overeind. 'We kunnen toch niet slapen. Ik schenk iets te drinken in en dan praten we verder.'

Totaal overrompeld liet ik alles over me heen komen. Ik zat met zo veel vragen en wilde zo veel weten, maar er kwam geen woord uit mijn keel. Terwijl Bob naar de keuken liep, knipte ik in de woonkamer wat lampjes aan. Ik liet me op de bank vallen. Ik kon er niets aan doen, maar weer kwamen er tranen. Het waren geen tranen van verdriet, maar tranen van geluk.

Toen Bob terugkwam, nam hij mij in zijn armen en streelde hij troostend mijn haar.

Ik klemde me aan hem vast.

Hij fluisterde lieve woordjes in mijn oor. Daardoor alleen al werd ik rustiger. Het was zo'n rare gewaarwording. Hier had ik zo vaak van gedroomd, en nu was het werkelijkheid. De armen van Bob om mij heen.

We hebben die nacht niet veel geslapen, maar eindeloos gepraat. Over onze gevoelens, het heden, de toekomst, onze verwachtingen, verlangens. Alles kwam aan bod, en niets lieten we onuitgesproken.

'Hoe zullen Anne en Lotte reageren?' vroeg ik aarzelend.

'Daar zou ik me maar niet ongerust over maken. Die zullen onze relatie alleen maar toejuichen. Weet je nog, jaren geleden, ergens in een theater in Utrecht, wat Lotte toen zei?'

Dat kon ik mij nog maar al te goed herinneren. 'Hoe ben je daarachter gekomen?' was mijn verbaasde reactie. Bij deze pijnlijke scène waren alleen Lotte, Anne, Annet en ik aanwezig geweest. Lotte had in haar spontaniteit gezegd dat ze eigenlijk veel liever mij in plaats van Annet had gezien als vriendin van Bob. Die woorden had Annet opgevangen, en dat betekende het einde van mijn vriendschap met Annet. Tegelijkertijd was dit het begin van de vriendschap met Anne en Lotte.

'Dat heb ik later te horen gekregen,' fluisterde Bob.

Gerustgesteld door zijn woorden dommelde ik weer in. Een tijdje later werd ik wakker. Ik zag dat Bob lachend naar me keek. Langzaam rekte ik mij uit, en ik voelde een spierpijn vanjewelste. Een nachtje op een bank, hoe lekker en zacht die ook mocht zijn, was niet echt bevorderlijk voor mijn botten. Toen sprong ik geschrokken van de bank. 'Anne en Lotte. We moeten opschieten, Bob. Straks zijn we nog niet klaar, en staan ze wel voor de deur.'

Bob lachte zwaaiend met zijn mobiel. 'Geen paniek. Ik heb hun al een sms'je gestuurd. Ik heb trouwens een smoes verzonnen. Ze komen vandaag niet.'

Met een teleurgesteld gezicht keek ik Bob aan.

'Ik heb geschreven dat er een griepgolf heerst op je afdeling, en dat je je niet zo lekker voelt. Ze hebben allebei al gereageerd. Ze wensen je veel beterschap.' Grijnzend keek Bob me aan.

Opgelucht nestelde ik me weer in zijn armen. Ik kon nog rustig wakker worden, al vond ik het jammer dat ik Anne en Lotte dit weekend niet zou zien. Bob en ik besloten het eerstvolgende weekend dat ik er weer zou zijn, de dames van alle ontwikkelingen op de hoogte te stellen.

Lotte kwam op bezoek en had een envelop met foto's bij zich. 'Hoe is het nu met je?' vroeg ze belangstellend.

Ik wist even niet waar ze het over had.

Lotte bedoelde of de griepgolf mij ook in zijn greep had gehad.

Ik schudde mijn hoofd. 'Gelukkig niet. Ik ben wel een beetje grieperig en zwaar verkouden geweest, maar dat was ook alles.'

Lotte zag er stralend uit, en ik vermoedde dat het te maken had met de foto's. Eerst liet ze me foto's van een mooi grachtenpand zien. Aan de omgeving te zien moest het Amsterdam zijn. Lotte knikte enthousiast. Ze vertelde dat ze met een aantal studiegenoten een eigen kantoor wilde beginnen. Nu ze een aantal jaren bij het huidige advocatenkantoor had gewerkt, was de tijd rijp geworden voor een eigen onderneming. 'We zijn van plan een frisse wind te laten waaien door het strafrecht,' vertelde ze geestdriftig. Ik floot bewonderend en bekeek nogmaals de foto's.

'Natuurlijk moet er binnen nog het een en ander opgeknapt worden, maar over een maand of vier willen we beginnen.'

Ik vond het een hele stap en feliciteerde haar. 'Wat vindt Bob ervan?' vroeg ik nieuwsgierig. Wat zou hij trots zijn op zijn dochter.

Het bleek dat Bob nog van niets wist. Ik was de eerste aan wie Lotte haar plannen onthulde. Ik voelde me toch wel bevoorrecht en een beetje trots. Volgende week had Lotte een lunchafspraak met haar vader, en dan werd Bob ingelicht. Maar Lotte had nog meer nieuws, en dat betrof het persoonlijke vlak. 'Ik heb een vriend, Else-Marie,' zei ze, en samenzweerderig boog ze zich voorover. Uit de envelop haalde ze een foto waarop een knappe jongeman stond.

Weer floot ik bewonderend, en ik maakte Lotte een compliment voor haar goede smaak.

Ze bloosde van genoegen. 'Hij heet Olivier.' In één moeite door noemde ze ook zijn dubbele achternaam: 'Olivier Olde Monnikhof.' Weer floot ik. 'Van adel?' Lotte knikte verlegen. Ze had geen aansporing nodig om verder te gaan. Het voorgeslacht van Olivier kwam uit Twente, waar zijn grootouders nog steeds op een buiten woonden. Zijn ouders waren aan het begin van hun huwelijk naar Amsterdam vertrokken. Daar woonden ze nog steeds. De vader van Olivier had carrière gemaakt in het bankwezen, terwijl zijn moeder zich voornamelijk bezighield met liefdadigheidswerk.

Ik genoot van de stralende blik in Lottes ogen en de grote glimlach op haar gezicht.

Nog één week en dan mocht ik weer met weekendverlof. Dat was het moment waarop Bob en ik ons geluk met zijn dochters konden delen. Toen ik werd teruggebracht naar de afdeling, schoot het andere onderwerp mij te binnen. Het nieuwe kantoor van Lotte. Daar hadden ze natuurlijk ook personeel nodig. Ik wist niet hoe haar kantoorgenoten over mij zouden denken, maar ik kon het altijd proberen. Geen massagepraktijk meer voor mij. Die was voorgoed verleden tijd. Toch moest ik op een of andere manier een baan zien te vinden. Op Bobs zak teren wilde ik niet, hoewel hij bij hoog en laag beweerde dat dat geen enkel bezwaar was. Maar een ex-gedetineerde werkzaam bij een advocatenkantoor, met als specialisatie strafrecht? Ik moest er zelf om lachen. Dat zou nog eens het toppunt van re-integratie zijn. In gedachten maakte ik al een begin met mijn sollicitatiebrief.

HOOFDSTUK 6

We zaten bij elkaar aan de thee. Bob, Anne, Lotte en ik. Ik schonk voor iedereen in en ondertussen keek ik naar Lotte. Bob had niets over zijn afspraak met haar verteld, maar we hadden ook zo veel in te halen.

'Je bent toch wel trots op je dochter?' Vragend keek ik van Bob naar Lotte en terug.

Bob haalde verbaasd zijn wenkbrauwen op, terwijl Lotte bloosde. Ik dacht dat het kwam door haar verlegenheid en ratelde verder over haar plannen voor een eigen kantoor en over Olivier.

Anne knikte instemmend. Ook zij was al op de hoogte gebracht. Ik ging verder met theeschenken.

Lotte grabbelde met enige tegenzin in haar tas en legde met een verhit gezicht ten slotte de envelop op tafel. 'Ik heb nog geen tijd gehad om met mijn vader te praten,' verontschuldigde ze zich.

'Jullie hadden deze week toch een lunchafspraak?'

'Dat klopt,' mengde Bob zich in het gesprek. 'Maar deze advocate had belangrijkere, spoedeisende zaken aan haar hoofd.'

Lotte lachte geforceerd, en ik kon mezelf wel voor het hoofd slaan. Ze wilde het dolgraag zelf aan Bob vertellen, en nu was ik haar voor geweest.

Met een schuldig gezicht keek ik haar aan, maar ze ontweek mijn blik. Met duidelijke tegenzin begon ze haar verhaal tegen Bob af te steken. Het was stukken korter dan ons gesprek tijdens het bezoekuur.

'Ik ga theewater opzetten,' mompelde ik verlegen, en ik maakte dat ik in de keuken kwam. Terwijl het water nog aan de kook moest komen, haalde ik opgelucht adem. Ik was zo druk in de weer met het zoeken naar de thee dat ik niet merkte dat Bob de keuken in kwam.

Hij stond ineens achter me en sloeg zijn beide armen om me heen. Lachend draaide ik me om, en ik sloeg mijn armen om zijn nek. 'Kun je niet een paar minuten zonder mij?' Plagend gaf ik hem een zoen op zijn neus. 'Wat een kanjer is ze toch, die dochter van jou.' Stralend keek ik hem aan.

Bob lachte: 'Ja, ze staat haar mannetje. Ik ben blij dat ze een man als Olivier aan haar zij krijgt. Die knul moet behoorlijk stevig in zijn schoenen staan om Lotte de baas te kunnen.'

Onze monden vonden elkaar in een lange kus. Opeens gebeurde er van alles tegelijk. De fluitketel liet horen dat het water kookte, en daar schrokken we allebei van. Maar er was nog een ander geluid, dat van een klaterend gelach.

Ik staarde verlegen naar mijn schoenen, en Bob draaide zich om. Anne stond met een geamuseerde blik in de deuropening. 'Zo te zien is er nog meer pril geluk dan alleen dat van mijn zus.'

Bob sloeg een arm om me heen en trok me dicht tegen zich aan. 'Inderdaad. We wilden het jullie na de tweede theeronde vertellen.'

Anne kwam op ons toe lopen en omhelsde eerst mij en daarna Bob. 'Wat ben ik blij. Ik wens jullie alle goeds toe.'

Noem me maar een sentimentele ziel, maar de tranen sprongen in mijn ogen.

Op dat moment kwam Lotte de keuken in, en ze keek verbaasd naar het tafereeltje.

Anne draaide zich om en vertelde opgewonden het grote nieuws.

Bob sloeg weer een arm om mij heen. Verwachtingsvol keken we Lotte aan.

Haar ogen werden groot van verbazing, en niet-begrijpend keek ze ons aan. 'Jullie een stel?' Haar stem sloeg over. Ze kneep haar handen samen. 'Dit kan niet!'

'Je mag ons best feliciteren, hoor,' probeerde Bob een grapje te maken.

Lotte kreunde. 'Pa, dat meen je niet. Else-Marie is een moordenares.' Ze spuugde de woorden in mijn richting.

Onbewust deed ik een stapje naar achteren.

'Je bent wel in mijn huis. Dus let een beetje op je woorden,' snerpte Bob.

Lotte liep heen en weer. 'Wat zullen de mensen hier wel niet van

zeggen? De ouders van Olivier, mijn toekomstige cliënten, als ze te weten komen dat mijn vader een relatie heeft met een, met een...'
Ze kon van woede niet op het juiste woord komen.
Er viel een loodzware stilte. Bob was wit geworden, en ik zag dat hij zich liep te verbijten. Anne was aan de keukentafel gaan zitten. Ik wilde het liefst dat de grond zich zou openen en dat ik in dat gat zou verdwijnen.
Anne was de eerste die haar positieven terugkreeg. 'Doe niet zo achterlijk,' wees ze haar zus terecht. 'Jij hebt nooit iets om de naam Petersen gegeven. Als pa naar je kantoor belde, mocht hij niet eens zijn achternaam zeggen, maar moest hij zich melden als de vader van Lotte. Dus kom nu niet aan met dat argument.' Annes stem klonk scherp.
Bob kreeg zijn zelfbeheersing terug. Op koele toon antwoordde hij dat hij zijn levensgeluk niet liet afhangen van de vraag of zijn kinderen het wel of niet eens waren met zijn beslissing. Woedend stonden vader en dochter tegenover elkaar.
'Goed,' was alles wat Lotte zei. 'Dan zien jullie mij hier voorlopig niet meer.' Met deze woorden pakte ze haar tas en liep ze naar de voordeur. Die viel even later met een harde klap in het slot.
'Bob, je moet achter haar aan,' antwoordde ik gehaast. 'Het is je dochter.'
Bob schudde zijn hoofd, maar ik bleef aandringen, en ten slotte ging Bob achter Lotte aan.
Anne en ik bleven verslagen in de keuken achter. Ik besloot toch maar verse thee te zetten. Zwijgend schonk ik die voor Anne en mijzelf in.
Niet veel later stond Bob weer in de keuken. 'Laat haar maar,' antwoordde hij, en met een vermoeid gezicht schoof hij naast mij.
Ik legde mijn hand op zijn arm.
Anne probeerde de boel wat op te beuren. 'Ze draait wel bij. Lotte moet aan het idee wennen.'
Mijn voorgevoel zei dat dit niet zo zou zijn.
We probeerden er alle drie nog iets van te maken, maar de stemming wilde niet terugkeren. Meteen na het avondeten ging Anne dan ook naar huis. Bij het afscheid hield ze me stevig vast. 'Jullie komen hier wel doorheen.'

Al die jaren was Lotte mij trouw één keer in de maand komen bezoeken. En dan nu, op de valreep eigenlijk, haar ommezwaai. Bob en ik begrepen er niets van.

Het is moeilijk te accepteren dat het leven buiten de gevangenis gewoon doorgaat. Zeker als daarbuiten dingen gebeuren die jou persoonlijk aangaan, maar waarop je geen enkele invloed kunt uitoefenen. Dat is bijzonder frustrerend. Dat gebeurde dus met Lotte. Zij liet zich niet meer zien, en dat deed bijzonder veel pijn. Ik had haar toch tot mijn beste vriendinnen gerekend. Die vriendschap was nu ineens voorbij. Bob kon nu een keer extra op bezoek komen, maar dat was een schrale troost.
De keer dat Anne kwam, was zij er met haar gedachten duidelijk niet bij.
'Wat is er aan de hand?' vroeg ik na een tijdje, maar ze gaf een ontwijkend antwoord. Ik kon me niet aan de indruk onttrekken dat het met mij te maken had. Maar wat ik ook probeerde om erachter te komen, Anne bleef bij hoog en laag beweren dat het niets met mij te maken had.
Ik werd er zo nerveus van dat ik Bob belde. We mochten namelijk éénmaal per week een telefoongesprek voeren van maximaal tien minuten. Gelukkig had Bob geen geheimen voor mij. Wat ik van hem te horen kreeg, brak mijn hart. Lotte had haar hart uitgestort bij haar moeder. Lies had op hoge poten Bob gebeld met de vraag waar hij in vredesnaam mee bezig was. Bob had haar op zijn rustige en kalme manier uitgelegd dat zijn liefdesleven niemand iets aanging, en zeker zijn ex-vrouw niet. Daar was Lies het niet mee eens geweest, en dat had ze ook duidelijk laten merken.
Anne stond nog steeds als een rots achter Bob en mij, maar moest daar uiteindelijk een grote prijs voor betalen. Lies koos de kant van Lotte en dwong haar oudste dochter ook tot een keuze. Zo kwam het tot een breuk, niet alleen tussen Lotte en Anne, maar ook tussen Lies en Anne.
Ik kon niets doen, ik was machteloos. Bij Johanna en Hellen kon ik uithuilen. Ik kon maar niet begrijpen dat een moeder haar kind tot een dergelijke keuze kon dwingen. 'Of je kiest voor je vader

met zijn nieuwe liefde, of voor mij.' In gedachten hoorde ik het Lies zeggen.

'Wat heeft ze trouwens met jou van doen?' vroeg Hellen.

Op die vraag wist ik het antwoord ook niet.

'Ze is toch ook hertrouwd?' ging Johanna verder. 'Heeft ze daarvoor ook aan Bob toestemming gevraagd?'

Ik schudde mijn hoofd. 'Vast niet,' antwoordde ik met een trieste glimlach. Lies was nu al weer een aantal jaren gelukkig met Hugo. Ik schreef een lange en bemoedigende brief aan Anne. Dat was het enige wat ik kon doen.

Wat Bob ook probeerde, Lotte liet zich niet ompraten.

Tijdens een van Bobs bezoeken keek ik hem triest aan. 'Misschien moeten we er maar een einde aan maken.'

Bob schrok overduidelijk.

'Ik weet niet of ik dit aankan,' ging ik aarzelend verder. 'Lotte is je dochter, en ik wil niet dat door mij een heel gezin uit elkaar valt. Jij moet kiezen tussen Lotte en mij, en dat wil ik niet op mijn geweten hebben.'

Bob dacht daar heel anders over. 'Ik laat mijn leven niet bepalen door mijn kinderen, hoeveel ik ook van hen houd en om hen geef.'

Daarmee was het voor Bob einde verhaal.

Wij bleven bij elkaar, maar het zette toch een domper op onze prille relatie.

Anne had een nieuwe baan gevonden. Hoewel ze het prima naar haar zin had bij de gemeente Amsterdam, vond ze dat het, na daar zo veel jaar gewerkt te hebben, tijd werd voor een nieuwe uitdaging.

'Gelijk heeft ze,' zei Bob tijdens het bezoekuur. 'In Amsterdam zou ze toch altijd nummer twee blijven,terwijl ze nu de kans krijgt om hoofd te worden. Die kans heeft ze met beide handen aangegrepen.'

Dat betekende wel dat er een verhuizing aan zat te komen. Annes nieuwe werkgever was de gemeente Delft. Anne had al een appartement op het oog, aan de rand van de stad. Op een zaterdag reden we er met z'n drieën heen. Ze waren nog volop aan het bouwen. Anne moest een maand of twee heen en weer reizen. Dan werd haar nieuwe woning opgeleverd. Enthousiast liet ze ons de plattegrond zien.

Als ik het zo snel uitrekende, zou het appartement opgeleverd worden op het moment dat ik vrijkwam. Mooi, dan kon ik meteen gaan schoonmaken. Anne was dan net in haar nieuwe baan begonnen, en dan meteen klussen in je huis. Daar heb je als werkende vrouw geen tijd voor, en de weekends had Anne hard nodig om bij te tanken. Hoofd van de afdeling Projectontwikkeling is tenslotte een verantwoordelijke baan. Tenminste, dat waren zo mijn gedachten.

Die van Anne gingen ook een eind die richting uit. In één adem vertelde ze dat ze een aantal offertes had aangevraagd bij woning-inrichters en stoffeerders.

Nieuwsgierig vroeg ik of ze mocht bekijken. Toen ik de prijzen las, viel ik van verbazing nog net niet achterover. 'Weet je zeker dat dit de juiste prijzen zijn?' Ontzet keek ik Anne aan.

Ze boog zich met mij nogmaals over de offertes. 'Ja hoor,' zei Anne rustig.

'Wat is dat duur,' zuchtte ik, terwijl ik de offertes aan Bob liet zien. 'En dat voor een stukje stof.'

'Nou nou, een stukje stof,' spotte Anne. 'Alle ramen voorzien van vitrage en overgordijnen. Tja, Else-Marie, het is vakwerk, en daar betaal je dan ook voor.'

Bob keek mij lachend aan, en ik knipoogde naar hem.

'Gooi die offertes maar in de prullenbak. Ik maak je gordijnen wel. En je vader is ontzettend handig met het ophangen ervan. Ik kom schoonmaken, en verven en behangen doen wij ook samen, nietwaar, Bob?'

Anne was blij met dit voorstel en ik hoefde na mijn vrijlating niet met mijn armen over elkaar te zitten. Anne zou haar wensen op papier zetten, wat de kleuren van de verf betrof, en Bob vertrok naar de bouwmarkt om een bestelling te plaatsen.

'Je hebt je wel wat op je hals gehaald, lieveling,' mopperde hij. 'Anne wil iedere kamer een andere kleur geven.'

'Ze houdt van afwisseling, en voor mij is het ook leuker dan alleen maar alles in wit.'

Daar had Bob niet van terug.

Voorzichtig maakten Bob en ik plannen voor ons huwelijk, en hij stelde voor dat we dan ook op zoek zouden gaan naar een andere woning.

Lachend wees ik dit van de hand. 'Dat hoeft toch niet.'

Bob schudde zijn hoofd. 'Dit is mijn huis, en ik wil met jou graag een ander huis, zodat we er ons huis van kunnen maken.'

Ik besefte dat Bob gelijk had. Zijn smaak was nu niet bepaald de mijne.

'Vergeet niet dat jij ook nog spullen hebt, van je ouders en zo, en ik wil dat die ook een plekje krijgen.'

Daar had ik niet eens aan gedacht. Het tekende de liefde en de aandacht die Bob aan deze dingen schonk. We konden uren fantaseren hoe ons droomhuis eruit zou zien.

De laatste dagen in de gevangenis gingen snel voorbij. We waren alle drie verwonderd dat de tijd zo snel was gegaan. Was het nu echt tien jaar geleden dat we met z'n drieën op dezelfde dag aankwamen? Als je ervoor staat, lijken tien jaar wel een eeuwigheid, en nu waren ze bijna om. Wat was er in die jaren veel gebeurd. We besloten na onze vrijlating contact te houden en maakten de afspraak dat we elkaar eens in de maand zouden ontmoeten, nu eens bij de een, de volgende maand bij de ander. Vooral Johanna verheugde zich enorm op deze dagen.

Mevrouw Van Zanten nam hartelijk afscheid van ons. 'Ik denk niet dat ik een van jullie nog eens terugzie,' zei ze op droge toon, en in haar ogen blonken pretlichtjes. 'Ik kan vrij goed inschatten welke gedetineerden ik binnen de kortste keren weer binnen de muren heb. Daar hoef ik bij jullie niet ongerust over te zijn.' Ze gaf ons een ferme handdruk, en voordat we het goed en wel beseften, stonden we buiten de poort. Het was een vreemde gewaarwording, en we keken elkaar dan ook aan met zoiets van: en wat nu?

Daar kwam Bob ons al tegemoet, en een van de zoons van Johanna kwam ook al aanlopen. Een auto stopte, en daar stapte de zus van Hellen uit.

Bob had drie boeketten bij zich.

Ik kon geen woord uitbrengen, maar moest denken aan wat hij

lang geleden had beloofd, die morgen dat ik mijzelf ging aangeven op het politiebureau. 'Wanneer je vrijkomt, sta ik op je te wachten.' Bob meende het serieus, maar ik had daar toen zo mijn twijfels bij gehad.

Nu las Bob in mijn ogen wat ik op dit moment niet verwoorden kon.

Het was vreemd, na zo veel jaar de structuur en de regelmaat van het gevangenisleven te hebben meegemaakt, weer een eigen leven te leiden. Niet meer geregeerd te worden door de klok. Niemand zei er iets van als ik eens wat langer wilde blijven liggen of als we een uurtje later aten dan gepland was. Gelukkig kon ik goed met deze hernieuwde vrijheid omgaan. Bob hield van orde en structuur, ook in ons dagelijks leven, en ik had niet de behoefte dat te veranderen. Daar had ik trouwens ook geen tijd voor. Anne kreeg de sleutel van haar appartement in Delft, en voor mij betekende dat werk aan de winkel. Bob reed mij iedere dag naar Delft, en samen klaarden we de klus. Op een middag gingen we al vroeg naar Breukelen terug. We zaten te praten over van alles en nog wat.

'Bob, rijden we niet verkeerd? Ik kan me niet herinneren dat we deze weg eerder hebben gehad.'

Onderzoekend keek Bob door zijn voorruit naar een punt van herkenning. 'Ik denk dat je gelijk hebt. Wacht, daar is een parkeerterrein. Dan draaien we daar om. Zo blijkt maar weer wat ze altijd zeggen: praten en breien kan men niet tegelijk.'

Het parkeerterrein lag aan de rand van een nieuwbouwwijk.

'Kunnen we even een kijkje nemen?' vroeg ik.

Bob stapte al uit.

Het was een rustige, stille wijk, maar de huizen deden het hem.

'Hier wil ik wonen,' zei ik vastberaden.

De wijk bestond uit een soort hofjes. De huizen waren voorzien van een voor- en achtertuin, met een garage ernaast. In een van de tuinen stond een bord met 'verkocht' erop. Zo te zien was het leeg. Nieuwsgierig keek ik door het raam naar binnen. Ik liep achterom. 'Ja, hier wil ik wonen,' zei ik nogmaals. Uit mijn ooghoeken zag ik dat Bob een aantekening maakte in zijn agenda. 'Wat vind jij ervan?' vroeg ik.

Bob keek mij lachend aan en sloeg zijn agenda dicht. 'Ik heb net het telefoonnummer van de makelaar genoteerd. Kom mee, dan maken we een rondje. Misschien staan er huizen te koop.'

We liepen door de wijk. De hofjes droegen namen van bomen: Beukenhof, Kastanjehof, Elzenhof. Helaas kwamen we geen enkel huis met een bordje 'te koop' tegen. Verlangend keek ik naar een van de huizen, terwijl ik hardop bedacht dat ik best eens binnen wilde kijken. 'Wat doe je nu?' vroeg ik aan Bob, maar die was al onderweg naar een voordeur.

'Je kunt toch niet zomaar bij wildvreemden aanbellen en vragen of we binnen mogen kijken?'

Bob wel dus. Dat zou ik nooit durven. In stilte hoopte ik dat de bewoners niet thuis zouden zijn. Maar de deur ging open, en een oudere heer keek Bob vragend aan. Bob stelde ons voor en vroeg of de eigenaar er bezwaar tegen had dat we een kijkje zouden nemen. Een stralende glimlach brak op zijn gezicht door, en de deur zwaaide wijd open. Ik voelde me behoorlijk opgelaten, maar het echtpaar stelde ons meteen op ons gemak.

'Inderdaad, het is een vrij nieuwe woonwijk met jongere ouderen,' vertelde onze gastheer. 'De huizen zijn erg gewild hier. Zo gewild dat er vaak niet eens een bord met 'te koop' verschijnt. U kunt zich het best in verbinding stellen met een makelaar.'

We kregen een rondleiding door het huis, en ja, ik was op slag verliefd. Twee slaapkamers beneden. Eén daarvan werd de werkkamer van Bob, had ik al geredeneerd. Een ruime badkamer bevond zich ook beneden. Op de bovenverdieping waren ook twee ruime kamers. Een ideaal huis voor Bob en mij. In gedachten zag ik ons er al wonen.

Eenmaal terug in Breukelen zochten we contact met de makelaar. 'Dat is leuk,' was de spontane reactie van Anne toen we haar van onze plannen deelgenoot maakten. 'Dan wonen jullie gezellig bij mij in de buurt.'

Zover was het nog lang niet, want er bleek een wachtlijst te bestaan voor de Bomenwijk. Het zou dus nog wel even duren voordat er een huis vrijkwam.

Natuurlijk besloten we ook verder in Delft rond te kijken. 'Maar je weet hoe het gaat,' zei ik op een keer tegen Anne, toen zij informeerde naar onze vorderingen, die er niet waren. 'Je ziet aardige huizen en appartementen, maar niet in de Bomenwijk. Daar willen wij wonen, en daar wacht een huis op ons. Daar ben ik van overtuigd.'

HOOFDSTUK 7

Op een morgen bevond zich tussen de post een duur uitziende envelop, gericht aan de heer B. Petersen. Ik liep meteen naar Bob om deze te laten zien.

'Waarom heb je hem niet opengemaakt?' vroeg hij, en hij keek me verbaasd over zijn leesbrilletje aan.

'Hij is wel aan jou gericht,' antwoordde ik aarzelend.

'Maak open,' spoorde Bob me aan.

Zwijgend overhandigde ik hem de kaart. Het gezicht van Bob betrok toen hij las wat erop stond. Lotte was met Olivier getrouwd. Het huwelijk had een paar dagen geleden plaatsgevonden.

Ik zocht naar woorden om hem te troosten, maar vond ze niet. Daarom liep ik op hem af en nam ik hem in mijn armen.

'Wat doet dit pijn,' zuchtte Bob. 'Iedere vader droomt er toch van zijn dochter op haar huwelijksdag weg te geven aan de man van haar leven.' Bob besefte goed dat het Lottes eigen keuze was geweest, maar hij had het er wel moeilijk mee.

Anne was ook verrast toen ze van het huwelijk hoorde. 'Zo, die laat er geen gras over groeien,' spotte ze. Lotte had niet eens de moeite genomen om haar zus een kaart te sturen.

Wat was er in een mum van tijd in deze familie een kloof ontstaan. Ik vroeg me af of deze nog wel te overbruggen viel.

Anne vond dat wij – zij en ik – er nodig eens uit moesten.

'Uit, goed voor u,' grapte ik.

'Dat klinkt als een reclameleus. Is dat zo? Ik heb er nog nooit van gehoord,' lachte Anne.

'Dat klopt. Het was een reclame uit de jaren zeventig, om mensen meer uit huis te krijgen. Naar de bioscoop, een weekendje in een hotel of zomaar een avondje uit eten.'

Bob vond het ook een goed idee en kwam meteen met suggesties aan, wat hem een vernietigende blik van zijn dochter opleverde.

'Kom op, pa, ik weet dat je het lief bedoelt, maar dit hoeft echt niet. Else-Marie en ik zijn slim genoeg om dat zelf uit te vogelen. Wij zijn niet voor niets vrouwen van vandaag!'

Ik keek hem meewarig aan, maar mijn ogen twinkelden.

Anne kwam met folders thuis, en samen overlegden we. Onze keus viel ten slotte op een beautyfarm, midden op de Veluwe. 'Een paar dagen verwend worden in ons kuuroord', stond in de folder. Nieuwsgierig somde ik op wat er allemaal te doen was, maar aan het eind van het lijstje stonden de prijzen. Daar schrok ik van. 'Zou dat nu komen doordat ik een Zeeuwse ben?' Vragend keek ik Bob aan, terwijl ik hem de folder in zijn handen duwde.

Bob keek mij over zijn leesbrilletje aan. 'Welnee, dat heeft er niets mee te maken. Ze zullen toch ook wel van dit soort dingen in Zeeland hebben? Vlak bij de zee en zo. Nee, ik denk niet dat het daar goedkoper zal zijn. Maak je toch niet zo druk. Ga maar lekker met Anne op stap en laat je heerlijk verwennen.'

Anne boekte voor ons en we gingen op pad.

'Wat een luxe, wat een verwennerij.' Ik meende het uit de grond van mijn hart.

Het was onze tweede dag op de beautyfarm.

'Wat gaat de tijd toch snel als je het naar je zin hebt,' klonk de stem van Anne naast me. We lagen heerlijk in onze badjassen een beetje te soezen en te mijmeren. 'Nog even, Else-Marie,' ging Anne verder, 'dan is het tijd voor onze lunch.' Ze grinnikte hardop. 'Een eerlijke, verantwoorde lunch.'

Ik draaide mijn hoofd naar haar toe. 'Weet je, volgens mij ben ik ook nog een paar kilo kwijt wanneer we morgen weer naar huis gaan.'

Ik zag nog net dat Anne een bedenkelijk gezicht trok. 'Dat hoor je mij niet zeggen. Volgens mij kom ik hier alleen maar aan.'

'Welnee,' wuifde ik haar bezwaren weg. 'We gaan straks een flink stuk wandelen door het bos. Je zult zien dat de kilo's eraf vliegen.'

'Bij jou misschien,' Anne gaf tegengas, 'maar bij mij niet.'

'Eigen schuld,' kaatste ik terug. 'Dan moet je de bonbons bij de biologisch geteelde thee maar laten staan.' Dat was eigenlijk gemeen van mij, want ik hield ook van chocolade, maar ik kon net iets beter dan Anne de verleiding weerstaan.

Het enige geluid dat ik naast mij hoorde, was een verontwaardigd gesnuif.

We besloten niet op het huis in Delft te wachten en begonnen voorbereidingen te treffen voor ons huwelijk. Johanna stond erop mijn bruidsjurk te maken. Ik bracht wat bezoekjes aan haar in Arnhem. Omdat het voor ons beiden de tweede keer zou zijn, besloten Bob en ik er geen al te groot feest van te maken. Daar hadden we ook geen behoefte aan. Bob had gehoopt dat Anne en Lotte zijn getuigen zouden zijn. Aangezien we verder geen familie meer hadden, was dat een probleem. Hellen en Johanna waren mijn getuigen. Bob moest er nog een zien te vinden.

'Waarom vraag je Els niet?' stelde ik voor.

Zijn gezicht straalde. 'Dat ik daar niet eerder aan heb gedacht. Ze zal geweldig trots zijn.'

Dat was Els ook. Els was de favoriete auteur van Bob, en bijna al haar boeken werden door hem verfilmd. Net als Bob hield Els niet zo van pers en publiciteit. Bob moest altijd alles op alles zetten om haar zo ver te krijgen dat ze een filmpremière bijwoonde. Op zijn verzoek om als getuige bij ons huwelijk op te treden zei Els meteen ja, en zo was dit probleem ook weer opgelost.

Ik wilde een dagje naar Amsterdam, alleen.

Bob keek mij verbaasd aan toen ik het hem vertelde. 'Wat moet je daar nu in je eentje gaan doen?'

Plagend sloeg ik mijn armen om zijn nek. 'Winkelen,' fluisterde ik in zijn oor.

Zijn gezicht betrok. 'Nee, daarvoor krijg je mij niet mee. Je gaat maar lekker alleen.'

'Dat was ik nu ook net van plan.'

Ik fietste naar het station en nam vandaar de trein naar Amsterdam. Met een geheimzinnige glimlach stapte ik in. Ja, ik ging naar Amsterdam, maar niet om te winkelen. Nee, mijn doel was toch iets heel anders. In Amsterdam liep ik meteen naar de tram en stempelde ik mijn strippenkaart af. Niet veel later was ik op de plaats van bestemming. Een chic pand aan een van de vele grachten. Met een resoluut en zelfverzekerd gebaar opende ik de deur van het advocatenkantoor.

'Mevrouw, u kunt niet zomaar doorlopen.' De receptioniste keek me verontwaardigd aan, maar ik keurde haar geen blik waardig. Dat lag niet in mijn aard, maar hoorde bij het plan. Op goed geluk opende ik de eerste de beste deur die ik tegenkwam. Ik zat meteen goed, want dat was het kantoor van Lotte.

De receptioniste kwam woedend achter mij aan, maar ik stond al binnen. 'Mevrouw, dit kunt u niet zomaar doen, hoor.'

Inwendig was ik best onder de indruk van haar optreden, maar dat mocht ik niet laten blijken. Misprijzend keek ik dan ook op haar neer, en mijn blikken waren dodelijk.

'Het geeft niet, hoor,' zei Lotte, en ik hoorde een warme ondertoon in haar stem. 'Ik sta mevrouw Verbeke wel te woord.'

De receptioniste wilde nog iets zeggen, maar slikte haar woorden in en sloot de deur achter zich.

Ik draaide me om en liep naar Lotte toe.

Zij bleef zitten en keek me met een strakke blik aan.

Ik stak mijn hand uit. 'Dag Lotte, het spijt me dat ik je met mijn bezoek overval, maar ik had geen idee hoe ik je anders had moeten benaderen.'

Even aarzelde Lotte of ze mijn uitgestoken hand zou beantwoorden, maar ten slotte deed ze het niet.

'Dan niet. Even goede vrienden,' antwoordde ik laconiek, maar dat was meer grootspraak.

Lotte bood me geen stoel aan, maar ik nam toch plaats.

Ik kreeg ook geen kopje koffie of thee aangeboden, maar dat had ik ook niet verwacht. Daarom stak ik maar meteen van wal. 'Kijk, Lotte, wat er in het verleden is gebeurd, kan ik niet meer goedmaken. Je weet maar al te goed hoe graag ik dat zou willen. Ik heb mijn straf uitgezeten, maar de last van mijn geweten is een veroordeling die ik de rest van mijn leven bij me moet dragen.' Ik hield op en keek Lotte met een trieste glimlach aan. 'Jij als advocate, gespecialiseerd in strafrecht, moet dat toch weten. Toe, Lotte, dat je mij niet meer wilt zien, daar heb ik het moeilijk mee, geloof me. Dat is een beslissing die je zelf hebt genomen, en daar heb ik vrede mee. Maar je hebt nog een vader die heel veel van je houdt.' Ongemerkt was mijn stem zachter geworden. 'Ik kom je vragen of je er toch bij wilt zijn op onze trouwdag.'

Lotte wilde iets zeggen, maar kreeg daar van mij geen gelegenheid voor. 'Dat onze vriendschap is afgelopen, wil nog niet zeggen dat wij samen niet door één deur kunnen. Daarom ben ik hier. Ik weet dat Bob, en ik ook trouwens, het fijn zou vinden als Olivier en jij er ook bij konden zijn. Jij bent zijn dochter, en daarom vraag ik je of je erover wilt nadenken.' Ik keek haar smekend aan.

Lottes gezicht bleef strak en onbewogen. Geen spiertje vertrok. Er viel een ongemakkelijke stilte, die uren leek te duren. Ten slotte leek Lotte een beslissing te hebben genomen. Ze kwam moeilijk overeind, en ik schrok. Met een strak en zakelijk gezicht zei ze: 'Ik heb geen behoefte meer aan uw vriendschap. En wat mijn vader betreft, dat zijn mijn zaken. Ik wens u nog een prettige dag. Goedemorgen, mevrouw Verbeke.'

Ik vertrok, maar niet voordat ik mijn excuses aan de receptioniste had aangeboden. Buiten op de stoep moest ik toch een paar keer flink ademhalen. Ik was geschrokken van de aanblik van Lotte. Ze was zwanger, en zo te zien al een aantal maanden. Daar had ik niet aan gedacht. Hoe moest ik dit aan Bob vertellen. Moest ik dat trouwens wel doen? Het was iets van latere zorg. Ik grabbelde in mijn tas naar mijn agenda. Na dit bliksembezoek aan Lotte moest ik nog naar een ander adres toe. Dat huis lag aan de andere kant van Amsterdam. Ik liep naar de dichtstbijzijnde halte en wachtte op de tram. Zo'n goede drie kwartier later had ik mijn bestemming bereikt: een buitenwijk. De villa lag wat achteraf in een straat. Bewonderend bleef ik een moment naar de aangelegde tuin staan kijken. Je kon wel zien dat hier twee enthousiaste leden van een tuinclub woonden. Toen ik genoeg moed had verzameld, liep ik het tuinpad op en belde ik aan. Met een reusachtige zwaai ging de deur open. Zo'n welkom had ik niet verwacht en ietwat verschrikt deed ik een stapje achteruit. Ik keek in een vrolijk en vriendelijk gezicht. Het was de eerste keer dat ik oog in oog stond met Hugo, de echtgenoot van Lies. Hugo was een breedgeschouderde man. Hij droeg een bril en had een schitterende bos grijs haar. Hij zag eruit als het prototype van een academicus. Onderweg had ik de hele tijd geoefend op mijn openingszin, maar nu Hugo daadwerkelijk voor mijn neus stond, had ik er de grootste moeite mee iets zinnig te zeggen.

'Goedemorgen, Hugo,' stamelde ik, terwijl ik hem ongelukkig aankeek. 'Je kent mij niet, maar mijn naam is Else-Marie Verbeke, en ik ben de partner van Bob.'

Hugo keek mij fronsend aan. Toen veranderde zijn gezicht op slag. Hij had kraaienpootjes bij zijn ogen, echte lachrimpeltjes. Hij greep mijn uitgestoken hand beet, en ik werd nog net niet naar binnen getrokken. 'Else-Marie Verbeke, wat leuk je nu eindelijk eens te ontmoeten.'

Ik werd er verlegen van. Een dergelijke begroeting had ik niet verwacht. 'Kom binnen. Als je voor Lies komt, moet ik je teleurstellen. Ze is naar de kapper voor een grote onderhoudsbeurt, zal ik maar zeggen.'

Ik informeerde belangstellend of het om een permanent of om een kleuring ging.

Hugo haalde vragend zijn schouders op. 'Allebei, geloof ik. Maar ga zitten. Ik heb net koffie gezet. Doe je met me mee?'

Hoewel ik gewoonlijk geen koffie drink, kon ik dit spontane aanbod niet weigeren.

Hugo bleek een gezellige prater te zijn, en al gauw hadden we het over zijn grote liefde: tuinieren. Verlangend keek ik naar de mooi onderhouden tuin. Ook aan de achterkant hadden Lies en hij er een waar kunststuk van gemaakt.

Ik vertelde Hugo dat ik ook dol was op alles wat groeide en bloeide.

Het was duidelijk te merken dat Hugo en Lies elkaar hadden gevonden op de tuinclub. 'Boven het uitwisselen van de stekjes,' vertelde hij met een ondeugende twinkeling in zijn ogen.

'Daar werd op een gegeven moment dus iets meer uitgewisseld dan alleen dat,' kon ik niet nalaten op te merken.

Hugo gaf geen antwoord, maar zijn gezicht sprak boekdelen. Ongemerkt vloog de tijd, en nog steeds was Lies er niet. Ik kreeg een uitnodiging voor de lunch.

Ik aarzelde. 'Neem ik nu niet te veel tijd van je in beslag?'

Maar mijn gastheer was al onderweg naar de keuken. Ik volgde Hugo, en samen dekten we de tafel. Toen we eenmaal aan tafel zaten, vertelde ik het waarom van mijn komst. Ik vertelde ook van mijn bezoek aan Lotte. 'Ik hoop dat Lies haar misschien kan overhalen toch naar onze trouwerij te komen.' Onzeker keek ik Hugo aan. 'Het zou zo veel betekenen voor Bob.' Ik slikte vanwege de prop in mijn keel. 'Anne lijdt er ook onder. Ze laat het niet merken, maar toch.'

Het duurde even voordat Hugo antwoordde: 'Ik zal mijn best doen, maar ik geef je weinig hoop, Else-Marie. Lies is niet een van de makkelijksten, en Lotte heeft een aantal karaktertrekken van haar geërfd. Als die twee iets in hun hoofd hebben...'

Hugo vertelde nog iets nieuws. Lotte was zwanger van een tweeling, twee jongetjes. Ze was nog niet zo ver als ik dacht, maar ik begreep van Hugo dat het een moeilijke zwangerschap was.

We schrokken allebei op van een geluid bij de buitendeur.

Lies kwam binnen en keek ons onderzoekend aan.

'Dag Lies. Ken je me nog?' vroeg ik terwijl ik opstond. Het was meer dan tien jaar geleden dat ik haar voor het laatst had gezien. Ze was niet veranderd. Ik voelde me verlegen worden onder haar blikken.

Haar woorden waren ijskoud. 'Ik weet wie je bent, Else-Marie, en ik vraag me af wat je hier komt doen.' Dat klonk niet al te uitnodigend.

Stotterend en hakkelend vertelde ik over ons aanstaande huwelijk. Halverwege mijn verhaal onderbrak Lies me. 'Geen denken aan. Je kunt maar beter weggaan. Dit heeft geen enkele zin. Hugo, laat jij Else-Marie even uit?'

Buiten, op het trottoir, legde Hugo even zijn hand op mijn arm. 'Ik zal het proberen. Ik zal mijn uiterste best doen. Dat beloof ik je.' Ik bedankte Hugo hartelijk voor de gastvrije ontvangst en nam afscheid van hem.

Met een vermoeid gebaar haalde ik mijn fiets uit de stalling bij het station. Ik had wel een beetje verwacht dat mijn missie geen succes zou worden. Maar voor mijn gevoel had ik nu alles gedaan wat in mijn vermogen lag. Het was mislukt. Ik had Bob en Lotte geen meter dichter bij elkaar kunnen brengen. En dan haar zwangerschap. Moest ik het wel of niet vertellen? Ik kwam er niet uit. Met een diepe zucht reed ik het tuinpad op.

Bob kwam me stralend tegemoet. 'Dag, lieverd, ben je daar? Je moet me alles vertellen hoe het is gegaan.'

Met een flauwe glimlach beantwoordde ik zijn groet, en ik gaf mijn fiets aan hem. Achter Bob aan liep ik door naar de garage.

'Zo,' zei Bob, en zijn stem klonk ongewoon ernstig toen hij mijn fiets wegzette. 'Je bent moe. Dat zie ik aan je gezicht. Maar dat je zo moe bent dat je je tassen in de trein hebt laten staan, had ik niet verwacht.'

Met een schok keerde ik tot de werkelijkheid terug. Met een knalrood hoofd keek ik Bob aan. Ik kreunde zacht. Dit was mijn valkuil.

'Zulke vrouwen zouden er meer moeten zijn,' ging Bob rustig verder. 'Je geeft hun je creditcard mee om te winkelen, en ze komen met niets terug. Dat heb ik niet veel meegemaakt. Volgens mij heb jij geen winkel van binnen gezien.' Het was meer een constatering dan een vraag.

Ik kon niets anders doen dan knikken. Ongelukkig keek ik Bob aan.

Hij sloeg een arm om me heen, en samen liepen we naar binnen. 'Ik ga zo aan de maaltijd beginnen, en jij moet me maar eens vertellen wat je gedaan hebt.'

We hadden geen geheimen voor elkaar, en dus vertelde ik Bob van mijn vergeefse bezoek.

Hij schudde zijn hoofd en zei op zachte toon: 'Liefste, dat had ik je op voorhand kunnen zeggen. Lotte is een principieel mens. Als zij eenmaal een besluit heeft genomen, zal ze daar nooit op terugkomen. Dat is een karaktertrek die ze van Lies heeft. Je hebt het uit liefde voor mij gedaan, en daar ben ik je dankbaar voor, maar het is toch beter de zaak nu te laten rusten.'

Ik kon het niet over mijn hart verkrijgen hem van de zwangerschap te vertellen.

Die nacht kon ik niet in slaap komen. Ik lag maar te draaien en te woelen. Van pure ellende ging ik eruit. In de keuken maakte ik wat warme melk klaar en met een plof zakte ik op de bank neer. Alleen het keukenlicht verspreidde een gloed. Langzaam dronk ik mijn melk op en peinzend keek ik de donkere nacht in. Hoelang ik daar heb gezeten, weet ik niet meer. Ik verloor alle gevoel voor tijd.

Opeens stond Bob voor me, en ik schrok op uit mijn gedachten. Hij kwam naast me op de bank zitten en trok me tegen zich aan. 'Ik denk dat je me nog niet alles heb verteld. Zeg het maar.'

Ik beet op mijn lip en nam een flinke teug adem.

'Wat? Mijn zus in verwachting?' De stem van Anne klonk schril in mijn oren.

'Van een tweeling,' vervolgde ik zachtjes. Vroeg of laat zou Anne er toch achter komen dat ze tante zou worden. Dan had ik liever dat ze het van mij hoorde dan van iemand anders.

'Ik zal de kleintjes wel nooit zien.'

'Misschien komt alles toch nog goed. We kunnen niet in de toekomst kijken.'

'Dan ken je Lotte niet. Zij zal de eerste stap moeten zetten,' was het verontwaardigde antwoord dat ik van Anne kreeg. Ik vroeg me af wie er nu koppiger was, Anne of Lotte.

De zwangerschap verliep zonder verdere problemen, en in het Onze-Lieve-Vrouwe-Gasthuis van Amsterdam beviel Lotte van twee kerngezonde kereltjes.

Bob werd telefonisch op de hoogte gebracht door Olivier. Hij kreeg ook meteen een uitnodiging voor een kraamvisite. Bob twijfelde of hij erheen zou gaan. De uitnodiging was alleen voor hem bedoeld.

Ik spoorde hem aan toch vooral te gaan. 'Je moet dit zien als een toenaderingspoging, Bob,' hield ik hem voor. 'Het geeft niet dat ik niet welkom ben. Het zijn jouw kleinkinderen. Ik vind dat je moet gaan.' Ik maakte snel een kraamcadeautje. Ik kocht een badcape, handdoek, washand en gastendoekje, allebei in het blauw, en borduurde met sierlijke letters hun namen erop. Ik kreeg de smaak te pakken en borduurde er ook een slab bij. Trots bekeek ik mijn werk. Als alles normaal was geweest, had ik voor Martijn en Jonathan een geboortemerklap geborduurd. Met een dubbel gevoel pakte ik de cadeautjes in. Mijn hoop was gevestigd op Anne. Als zij nog eens moeder mocht worden, kon ik de schade dubbel en dwars inhalen.

Onze huwelijksdag was in één woord geweldig, al kon Bob niet verbloemen dat hij Lotte miste. Ik had het ook liever anders gezien, dat Lotte en Olivier met hun twee jochies erbij waren geweest. Hun afwezigheid wierp een schaduw over de zonnige dag. Ik straalde als nooit tevoren in mijn prachtige pakje, dat exclusief door Johanna was gemaakt. Zij was onze eregast op deze dag. Er werd die dag wat afgehuild, en niet in de laatste plaats door mij. Toen ik mijn jawoord aan Bob gaf, hield ik het al niet droog. En natuurlijk had ik, zoals gewoonlijk, geen zakdoek bij me. Gelukkig had Bob er wel aan gedacht. De combinatie van Bob, witte zakdoeken en ik: daar zijn zo veel herinneringen aan verbonden. Het was een dag met een gouden randje. Ik was al zo lang Else-Marie Verbeke dat ik in goed overleg met Bob had besloten ook na onze trouwdag mijn eigen naam te blijven dragen.
Bob maakte er geen probleem van. 'Je bent toch mijn vrouw, of je nu wel of niet mijn naam draagt. Dat maakt voor mij niets uit. Ik weet heus wel dat je van me houdt.' Hij pakte mijn hand en kuste die.
De blik die ik hem schonk, zei genoeg.
Een schitterende trouwring fonkelde om mijn rechterhand. En wat betekent nu een naam? Als de liefde er maar is, dat is veel belangrijker.
Bob en ik besloten geen huwelijksreis te maken. We hadden er geen van beiden behoefte aan. 'We kunnen altijd op vakantie gaan wanneer we dat willen,' was het nuchtere commentaar van mijn man. En daar was ik het helemaal mee eens.
Maar Anne had een ander plannetje. Niet lang na onze trouwdag kwam ze met een stralend gezicht langs. Het was op een zaterdagmiddag, toen ze onverwachts bij ons op de stoep stond.
Meteen was ik een en al bedrijvigheid. Ze had dan wel een stralende blik in haar ogen, maar verder vond ik dat ze er maar witjes uitzag. Ik besloot Anne eens lekker te verwennen.
Ze werkte nu al weer een poosje in Delft, en ja, ik vond het toch

knap hoe ze het allemaal voor elkaar kreeg. Een fulltime baan, een huishouden waaraan je toch ook tijd en aandacht moet besteden, en ten slotte haar sociale verplichtingen. Nu was het echt niet zo dat ze de deur bij ons platliep. Daar had ze een te druk leven voor. Maar twee keer in de week belde ze wel, en dat waren geen gesprekken die twee minuten duurden. Ik weet wel, er zijn heel veel vrouwen die een fulltime baan hebben. En laten we de werkende moeders niet vergeten. Daar nam ik mijn petje diep voor af. Hoe die dat allemaal voor elkaar kregen, was voor mij een volkomen raadsel. Daar heb ik respect voor. Dit waren zomaar wat gedachten toen ik in de keuken bezig was.

'Ik heb een verrassing voor je.' Dat was de stem van Anne.

Ik schrok op uit mijn overpeinzingen. Nieuwsgierig volgde ik haar naar de woonkamer, waar Bob me ook al met een grote grijns aankeek. Wantrouwend keek ik van de een naar de ander. De lach op het gezicht van Anne werd steeds groter en groter.

'Jullie houden mij toch niet voor de gek, hè?' Ik nam plaats in mijn rieten stoel.

Anne klapte in haar handen en hield een soort toespraakje. 'Ik ben je dankbaar dat je zo veel voor me hebt gedaan. Je hebt behangen, gewit, schoongemaakt, je hebt gordijnen en vitrage voor me genaaid.'

Ik werd verlegen onder alle loftuitingen.

'Eerlijk, Else-Marie, ik zou niet hebben geweten hoe ik het allemaal voor elkaar had moeten krijgen. Jij bent de afgelopen tijd een enorme steun en toeverlaat voor mij geweest. Hiervoor wil ik je heel hartelijk bedanken.' Anne stond op van de bank en omhelsde me, terwijl ze een envelop in mijn handen duwde.

Verbaasd keek ik haar aan.

'Toe nou, maak open,' drong Bob aan.

Dat liet ik me geen twee keer zeggen. Haastig scheurde ik de envelop open. Ik haalde er een kaart uit. Ik werd beurtelings warm en koud. Het was een bon met een arrangement voor een beautycenter. Anne en ik zouden er drie volle dagen doorbrengen. Compleet met sauna, zonnebanken en weet ik al niet meer. 'Een moeder-dochterarrangement,' las ik zachtjes voor. 'O, Anne, dank je wel.' Ik kon niet meer uit mijn woorden komen.

Anne keek mij tevreden aan. 'Ja, wij gaan samen op pad, zoals moeder en dochter dat doen.'

Is het raar dat ik een traantje moest wegpinken? Het uitje was over veertien dagen. Ik keek er verlangend naar uit.

Eindelijk was het dan zover. Bob zwaaide ons uit. 'Veel plezier en geniet ervan, dames,' sprak hij ons toe.

'Dat zal wel lukken,' lachte Anne, en ze gaf mij een vette knipoog. We genoten, en hoe. Nu hadden we eindelijk eens volop de gelegenheid om ongestoord te kunnen bijkletsen. Maar hoe gezellig en leuk het ook was, om over de verzorging van de maaltijden maar niet te spreken, ik was toch wel blij weer naar huis terug te gaan. Terug naar Bob.

Toen we in Breukelen aankwamen, stond Bob ons al in de deuropening op te wachten.

Ik sprong de auto uit en vloog in zijn armen. Ik nam zijn gezicht in mijn handen en zoende hem overal waar ik maar bij kon.

'Zo,' reageerde Bob verrast, 'volgens mij heb je me wel een beetje gemist.'

Natuurlijk bleef Anne koffiedrinken. Je laat zo'n meid niet met een lege maag verdergaan. Maar wat had Bob in die tussentijd gedaan?

'Zeker weer een boek van Els gelezen?' grapte ik, terwijl ik een slok van mijn thee nam. Er was een nieuwe roman van Bobs lievelingsschrijfster verschenen. Zoals altijd kreeg Bob van haar een exemplaar.

Maar hij schudde zijn hoofd. 'Ik heb een huis gekocht.'

Anne en ik keken elkaar aan, en we proestten het uit.

'Kom op, pa,' grijnsde Anne. 'Een huis koop je niet zomaar. Daar heeft Else-Marie toch ook nog wel iets over te zeggen, zou ik zo denken.'

Bobs grijns werd steeds groter toen hij antwoordde: 'Normaal gesproken ben ik het met je eens, maar in dit geval niet. Er moest snel worden besloten, want er waren verscheidene gegadigden.'

Het klonk serieus, heel serieus, en Anne en ik keken Bob achterdochtig aan. Toen drong de waarheid tot me door.

'Je bedoelt toch niet dat we gaan verhuizen naar Delft, naar de Bomenwijk?' Mijn hart sloeg spontaan een paar slagen over.

Anne giechelde zenuwachtig, maar Bob stond op en pakte uit de secretaire een mapje. Daar zaten foto's van het nieuwe huis in. Inderdaad, in Delft.

Anne en ik namen uitgebreid de tijd om de foto's te bekijken. Toen keken we elkaar aan en stonden we als één vrouw op.

'Wat gaan jullie nu doen?' vroeg Bob verbaasd.

'Wat zit je daar nu nog?' drong ik aan. 'Start de auto. We gaan naar Delft. Foto's bekijken is leuk, maar je moet een huis nu eenmaal in het echt zien. Nu niet treuzelen, Bob.'

HOOFDSTUK 8

Niet veel later kreeg Bob een uitnodiging voor de doopdienst. 'Jij gaat ook mee,' zei Bob op besliste toon.
Ik schudde mijn hoofd. 'Dat is geen goed idee. Het is een bijzondere dag voor Lotte. Dan moet je niet gaan provoceren.'
Bob wilde toen ook maar thuisblijven, maar ik dwong hem te gaan. 'Dit is heel belangrijk voor haar,' sprak ik hem ernstig toe. En Bob ging.
'Wij gaan ook,' was het vastberaden antwoord van Anne.
Ze lijkt sprekend op Bob, schoot het door me heen. Ik had Anne op de hoogte gebracht van de doopdienst. Ook haar probeerde ik de gedachte uit het hoofd te praten.
Anne bleek een stuk standvastiger te zijn dan Bob. 'Ik ga, en jij ook. Een doopdienst is toch, net als een gewone kerkdienst, openbaar?' Anne keek mij vragend aan, en voordat ik haar kon antwoorden, ging ze verder. 'Nou dan, niemand kan ons verbieden te gaan. We zullen heus niet op de eerste bank gaan zitten, hoor. Die is vast gereserveerd voor familie en goede vrienden. Nee, Else-Marie, wij nemen genoegen met een plaatsje achteraf.'
Nog steeds vond ik het een gewaagd idee, maar Anne had wel gelijk. Het leek ons verstandiger dit niet aan Bob te vertellen. 'Wat niet weet, wat niet deert,' zei ik tegen Anne. 'Na afloop mag hij het weten. Eerder niet.'
Na de kerkdienst was er een informeel samenzijn bij Lotte en Olivier thuis. Ook daarvoor was Bob uitgenodigd. Na dit samenzijn werd een lichte lunch geserveerd.
Weer zag ik de twijfel in zijn ogen.
'Nee, Bob, je gaat.'
De belangrijke zondag naderde snel, en steeds meer kleine details kwamen boven tafel. Zo werden de jongens gedoopt in een doop-

jurk die al generaties lang in de familie van Olivier was. Ik vroeg me af hoe dat moest met een tweeling als er maar één doopjurk was. De moeder van Olivier had haar naaister opdracht gegeven de jurk precies na te maken. Wat de jurk bijzonder maakte, was dat namen en data van alle dopelingen die deze jurk hadden gedragen, erop waren geborduurd.

'Wat zou jij die graag eens van dichtbij bekijken,' glimlachte Bob toen hij dit verhaal vertelde.

'Misschien komt dat nog wel,' probeerde ik hem wat op te beuren. Je kon toch niet altijd kwaad blijven?

Ik was zenuwachtig toen de doopzondag naderde. Ik had met Anne afgesproken dat ik haar zou bellen zodra Bob naar Amsterdam was vertrokken. Nog een laatste controle in mijn tas. Een psalmboekje had ik niet nodig. Ongetwijfeld kregen we bij de ingang een liturgie aangereikt waarin het verloop van de dienst stond. Wat kleingeld voor de collecte en een rolletje pepermunt. Prima. Ik stond al in de deuropening te wachten toen Anne me kwam halen. Voorzichtig legde ik mijn hoed op de achterbank. Nu konden we naar Amsterdam reizen. Het was niet druk op de weg en handig manoeuvreerde Anne haar auto door de binnenstad. Voor de kerk was een grote parkeerplaats. Die stond al aardig vol, en ik was ongerust dat we geen plekje konden vinden. Een stukje lopen is niet erg, maar ik was bang dat we dan het begin van de dienst zouden missen. 'Daar,' wees ik opeens naar een vrij plekje onder de bomen. 'Daar is nog plaats.'

Anne bedacht zich geen moment en parkeerde handig in. Zo vader, zo dochter. De rijstijl van Anne leek precies op die van Bob. Even later kon ik opgelucht ademhalen. Ik zette mijn hoed op, en we liepen gearmd naar de ingang van de kerk. Door de geopende deur kwamen de klanken van het orgel ons al tegemoet. Mijn gedachten gingen terug naar de tijd dat ik nog in Utrecht woonde. Als Mark op zondagochtend dienst had, maakte ik vaak een wandeling door de stad. Mijn voeten voerden me altijd naar de kerk. Ik ging op een bankje zitten en luisterde aandachtig naar de gezangen en psalmen die naar buiten kwamen. Dat was lang geleden. Ik kreeg een brok in mijn keel. Als vanzelf gingen mijn gedachten terug naar Mark, ons dochtertje en naar meneer Veenstra.

Er kwam een stille pijn in mijn hart die ik niet kon thuisbrengen. Dapper keek ik Anne aan. 'Dank je wel,' zei ik tegen het jongetje dat mij de liturgie aanreikte. Met Anne in mijn kielzog stapte ik de kerk binnen. 'Waar zullen we gaan zitten?' fluisterde ik tegen haar.

Anne keek rond en zag op een van de laatste banken nog twee vrije plaatsen. Ik sloot mijn ogen en liet de klanken van het orgel tot in mijn ziel doordringen. Langzaam stierven de klanken weg en werd het stil. De dienst was begonnen.

'Ik geloof in God, de almachtige Vader, schepper van hemel en aarde. En in Jezus Christus, zijn enige Zoon, onze Heer...' Wat klonk het plechtig, al die stemmen die de aloude geloofsbelijdenis als uit één mond opzegden. Het zonlicht scheen door de glas-in-loodramen naar binnen en veranderde de bijbelse taferelen in een kleurenpracht. De kaarsen brandden. Alles straalde sereniteit uit. Toen was het moment daar voor de doop van Martijn en Jonathan. 'Ik doop u in de naam van de Vader, de Zoon en de heilige Geest.' Vanaf mijn plaats kon ik de blijde gezichten van Lotte en Olivier zien. Mijn ogen zochten Bob. Hij had een trotse blik in zijn ogen. Naast hem zaten Lies en Hugo. Tussen de mensen door kon ik nog net zien dat Lies in haar handtasje rommelde. Vast en zeker op zoek naar een zakdoek. Het werd wazig voor mijn ogen. Hoog tijd dat ik ook op zoek ging. Daarna werd de doopkaars aangestoken. Het licht van Pasen, stond er in de liturgie. Dit licht van Christus nemen wij mee naar huis, en wij bidden dat het thuis licht en vrede mag brengen. Daarna volgden de voorbeden, voor de gedoopte kinderen, hun ouders, het gezin. Het werd steeds uitgebreider, tot de hele wereld toe. Anne was diep onder de indruk, en ook ik moest verdacht vaak mijn neus snuiten. Met een Onze Vader werd de dienst afgesloten.

Na de slotgezangen liepen Anne en ik in stilte naar de auto. Wij hadden geen van beiden behoefte aan veel gepraat. We waren vervuld van onze eigen gedachten. Wat zou ik graag een oma zijn voor Martijn en Jonathan. Ik hoopte dat deze wens ooit in vervulling mocht gaan.

In Delft ging ik mee naar het huis van Anne om daar de maaltijd te gebruiken. Bob was van plan aan het eind van de middag naar huis te komen. Ik had er geen zin in de middag in m'n eentje door te brengen. Met Anne praatte ik nog wat na over de doopdienst. Allebei vonden we het indrukwekkend, zeker de doopbeloften die zowel Lotte als Olivier hadden uitgesproken naar elkaar en hun kinderen toe.

'Ik hoop dat ze de kracht en de wijsheid krijgen om hun beloften ook waar te maken,' zei ik tegen Anne toen we samen de afwas deden. Ik voelde me een beetje verloren. De doopdienst van Martijn en Jonathan had me meer aangegrepen dan ik zelf wilde toegeven. Omdat ik Bob niet wilde vertellen dat wij er ook bij waren geweest, besloot ik dit alles voor me te houden.

Op een middag hield ik het in huis niet meer uit. Bob was bezig aan een script voor een film, en ik stak mijn hoofd om de hoek van de deur. 'Ik ga even een frisse neus halen.' Ik kreeg een vage glimlach als antwoord. Buiten gingen mijn voeten als vanouds naar het park en het daarbij gelegen bos. Op het eerste het beste bankje dat ik zag, plofte ik neer. Met mijn handen rustend op mijn benen probeerde ik die verwarde gevoelens een plekje te geven en mijn gedachten te ordenen.

Ik verlangde naar een kindje. Een kindje van Bob en mij. Zo oud was ik nog niet, maar ik moest wel realistisch blijven. Een zwangerschap op mijn leeftijd was niet geheel zonder risico's. En Bob? Hoe zou Bob ertegenover staan? Hij had immers al twee volwassen dochters, was al grootvader. Weer werd ik overvallen door die stille pijn in mijn hart. Het beeld van Barbara kwam voor mijn ogen. Driftig boende ik mijn tranen weg. Het zou altijd een tere en pijnlijke plek blijven, mijn meisje. Maar toch, een nieuwe kans op het moederschap? Ik bestrafte mijzelf voor die gedachte. Else-Marie, doe niet zo raar. Bob ziet je aankomen met je kinderwens. Hij is een trotse opa. De tijd van het vaderschap is voor Bob voorbij. Ik stopte de gevoelens en verlangens diep weg in het binnenste van mijn ziel. Ik sprak er met niemand over, zelfs niet met Anne. Ik hoopte dat Bob de gelegenheid zou krijgen om een band met zijn kleinkinderen op te bouwen. Grootouders zijn belangrijk in het leven van kinderen.

Ik maakte me zorgen voor niets. Op een dag wilde Bob met me

praten. Vragend keek ik hem aan. Hij klonk zo ernstig. Dat was ik niet van hem gewend.

'Lotte heeft me gevraagd of ik twee dagen per week op de jongens wil passen.' Aarzelend keek hij me aan.

Met een teder gebaar legde ik mijn handen op de zijne. 'Dat moet je doen,' kwam het spontaan over mijn lippen. 'Je krijgt nu een unieke kans om met Martijn en Jonathan een band op te bouwen. Maar hoe had Lotte dit gedacht in te vullen?'

Bob haalde opgelucht adem. 'Het is de bedoeling dat ik op dinsdag en donderdag naar Amsterdam kom. De maandag en de woensdag neemt Lies voor haar rekening. Vrijdag is de vrije dag van Lotte. Het is overigens niet zo dat dit voor altijd zal zijn. Olivier wil ook voldoende tijd aan zijn gezin besteden. Dus die zal ook nogal eens een vrije dag nemen.'

'Waarom de moeder van Olivier niet? Of hebben ze het haar niet gevraagd?' was mijn volgende vraag. Ik kende mevrouw Olde Monnikhof alleen uit de verhalen van Bob. En natuurlijk van haar aanwezigheid bij de doopplechtigheid.

Bob haalde zijn schouders op. 'Zij heeft andere verplichtingen. Je kent het spreekwoord: adeldom verplicht.'

Ik knikte slechts, maar ik vond het toch jammer voor haar. Ze miste een unieke kans. 'Kun je het wel blijven volhouden?' vroeg ik mijzelf hardop af.

Bob keek mij over zijn bril heen aan. 'Waarom niet?'

Nu was het mijn beurt om te aarzelen. 'Kijk, nu slapen ze nog het grootste gedeelte van de dag. Maar kleine jochies worden groot. Of je er eentje onder je hoede hebt of twee, lijkt mij een groot verschil.'

Nonchalant wuifde Bob mijn bezwaren weg. 'Daar groei je in mee. Dat gaat vanzelf,' was zijn stellige overtuiging.

Dromerig staarde ik voor me uit. 'Zullen wij hier dan ook een kamertje voor Martijn en Jonathan inrichten? Als ze dan eens bij ons willen logeren, hoeven ze niet alles vanuit Amsterdam mee te nemen.'

Bob schudde lachend zijn hoofd. 'Dat komt wel goed wanneer het zover is.' Verheugd sprong hij van zijn stoel. 'Ik pleeg even een telefoontje met Lotte. Dan weet zij ook waar ze aan toe is.'

Lachend keek ik Bob na terwijl hij naar zijn werkkamer liep.

Bob en ik zaten bij de open haard. Het was al later op de avond, en Bob had voor zichzelf een glas wijn ingeschonken. Het knisperende haardvuur verwarmde onze gezichten en verspreidde een geheimzinnige gloed door de kamer. Dit werd nog eens versterkt door het licht van een paar kaarsen die ik had aangestoken. Er heerste een weldadige rust. De hectiek van alledag was even buitengesloten. Regen en hagel kletterden tegen de ramen, maar konden ons niet deren. Wij zaten veilig achter de gordijnen.

Ik rustte met mijn hoofd tegen Bobs schouder en sloot mijn ogen. Heerlijk, die winteravonden. Ze konden mij niet lang genoeg duren. Ik besefte hoe gelukkig ik was en verbaasde me erover. Hiervan had ik jaren gedroomd. Ja, noem mij maar een romantische ziel. Ik had nooit gedacht dat die droom nog eens werkelijkheid zou worden. Mijn verleden speelde een te grote rol, dacht ik, maar nu had ik een man die van me hield, ondanks alles. Een diepe zucht ontsnapte uit mijn keel.

'Wat is er?' fluisterde Bob in mijn oor.

Ik schudde mijn hoofd. 'Niets. Ik bedacht alleen net hoe gelukkig ik ben met jou, jouw liefde.' Ik nestelde me nog dichter tegen hem aan.

Bob gaf mij een zoen op mijn hoofd. 'Ik ook met jou, mijn liefste.' Ik draaide me om en legde mijn hoofd op zijn borst.

Bob hield me nog steeds stevig vast. Het haardvuur wierp grillige schaduwen op zijn gezicht. Dat lieve, lieve gezicht. Heel voorzichtig gleed mijn hand ernaartoe. Ik streelde zijn wenkbrauwen en ik gaf hem een speels tikje op zijn neus. Er kwam een ondeugende glimlach om zijn mond. Teder vervolgde ik mijn ontdekkingsreis over zijn gezicht: de kraaienpootjes, zijn wangen, zijn lippen, die warme, bruine ogen waarin ik verdronk en die mij zo veel te zeggen hadden. Wat las ik daar toch niet allemaal in. Verlegen sloeg ik mijn ogen neer. Mijn handen gingen verder. Uiteindelijk kwamen ze bij zijn kaaklijn terecht, en als vanzelf gleden mijn vingers naar zijn oor, dat ik voorzichtig streelde. Mijn hand gleed naar zijn nek en ik trok hem naar me toe. Voorzichtig zocht ik zijn mond. Ik voelde de warmte van het vuur op mijn rug. Het was een speciale ervaring, zo bemind te worden voor het haardvuur.

HOOFDSTUK 9

Er brak een drukke tijd voor me aan. Er hoefde in ons nieuwe huis niet veel te worden veranderd. Een ingrijpende verbouwing was niet nodig. Een nieuw, fris behangetje, een likje verf hier en daar. Als je zo bezig bent, kom je toch wel het een en ander tegen.

Bob stelde voor een schildersbedrijf in te huren, maar daar wilde ik niets van weten. Nog steeds vond ik dat geldverspilling. Trouwens, ik vond het best leuk weer te klussen. En Bob hielp gewillig mee. Ik wilde het niet toegeven, maar toen alles achter de rug was en we eindelijk in Delft woonden, was ik blij dat het voorbij was. Twee verhuizingen binnen een paar maanden tijd was toch te veel van het goede.

'Daaraan kun je merken dat je niet meer een van de jongsten bent,' zei ik spottend tegen mezelf. Ik was moe en besloot het wat rustig aan te doen.

Bob vond het een verstandig besluit. Hij zei het wel niet met evenzoveel woorden, maar zijn ongeruste blikken voelde ik wel.

Het was alleen zo vreemd dat ik moe bleef. Het was alsof met de verhuizing van Breukelen naar Delft alle energie uit mijn lichaam verdwenen was. Af en toe ging ik zelfs 's middags een poosje naar bed om uit te rusten. Als ik dat niet deed, kon je me aan het eind van de middag opvegen, en dan moest ik nog een hele avond. Na verloop van tijd knapte ik toch weer op, en langzaam kwam ook mijn energie terug. Ik begon na te denken over een baan. Vol goede moed begon ik te solliciteren, maar al snel werd ik met mijn neus op de harde feiten gedrukt. 'Ze zitten niet op mij te wachten,' zei ik teleurgesteld na de zoveelste afwijzing.

'Je verleden,' zei Bob op ernstige toon.

'Ik weet het,' antwoordde ik mistroostig. Je kon niet zomaar tien jaar uitvlakken in je curriculum vitae. Maar zo gemakkelijk liet ik mij niet aan de kant zetten. Optimist als ik was, bleef ik erin geloven dat er ook voor mij ergens een plekje zou zijn. Eigenlijk was het tegen beter weten in. Maar ik zou niet opgeven voordat ik mijn doel bereikt had. Ik zocht verder. Er was ook nog zoiets als een vrijwilligersbank.

'Houd je er wel rekening mee dat dit wel eens moeilijk kan worden?' waarschuwde Bob mij toen ik hem van mijn plannen vertelde.

'Niet zo somber, hoor,' oordeelde ik, en vol goede moed ging ik verder. 'Ze zitten te springen om vrijwilligers. Denk alleen maar eens aan de verzorgingshuizen. Mensen die nooit bezoek krijgen omdat hun kinderen en kleinkinderen geen tijd hebben. Wat dacht je van begeleiding van mensen die naar het ziekenhuis moeten, koffie helpen schenken bij activiteiten? Mensen naar de recreatiezaal brengen en na afloop weer naar hun kamer?' Ik zag voor mezelf al een dagtaak, maar al mijn pogingen liepen op niets uit. Het werd niet ronduit gezegd, maar al te vaak bleek dat de vacature net ingevuld was. Of mijn opleidingsniveau was te laag, of te hoog.

'Ik geef het maar op,' zei ik na de zoveelste teleurstelling.

Bob sloeg bemoedigend een arm om mij heen.

'Ik ben ooit veroordeeld tot tien jaar, maar inderdaad, je hebt levenslang. Niet alleen door je geweten, maar ook door de maatschappij.' Ik kon de mensen geen ongelijk geven, maar waren ze nu echt zo bang dat ik vergif in de koffie zou strooien? De drang om iets voor een ander te willen betekenen werd steeds groter.

Anne kwam ook met een idee. 'Waarom begin je niet je eigen massagepraktijk?'

Bob reageerde enthousiast op haar voorstel, maar ik wilde niet. 'In de gevangenis heb ik mij voorgenomen nooit, maar dan ook nooit meer iemand beroepshalve te masseren. Er kleven te veel herinneringen aan.'

Dat konden ze zich wel voorstellen.

Af en toe masseerde ik Anne als ze weer eens last had van verkrampte schouders. En ook bij Johanna, die nogal eens pijn in haar benen had, was ik niet te beroerd om haar een ontspannende massage te geven. En niet te vergeten Bob. Maar een eigen praktijk? Nee, die zou ik niet meer willen.

Bob regelde het zo dat ik af en toe als oproepkracht kon werken bij Sonja, die sinds jaar en dag de zakelijke agenda van Bob beheerde. Hun samenwerking dateerde nog uit de tijd dat Bob als acteur werkzaam was. Nu stond Sonja aan het hoofd van een managementsbureau, en was ze de belangenbehartiger van een groot deel van de Nederlandse acteurs. Niet alleen acteurs konden een beroep op haar doen, ook tekstschrijvers, regisseurs en componisten vonden een warme plek. Haar bureau was gevestigd in Amsterdam, niet ver van het Centraal Station. Ik kon er vanaf de trein lopend naar toe. Sonja wist van mijn verleden en deed daar verder niet moeilijk over. Het overige kantoorpersoneel wist van niets, en Sonja en ik vonden het beter dat het tussen ons bleef. Het was maar voor af en toe, dat ik inviel, bij ziekte en vakantie, maar het gaf me toch het gevoel dat ik weer deel uitmaakte van de maatschappij. Stiekem hoopte ik dat haar vaste secretaresse van baan zou veranderen en dat ik de gelederen voorgoed zou kunnen versterken. Helaas was Sonja een droombaas. Al haar personeel was al jaren bij haar in dienst. Maar toch, je kon nooit weten.

'Else-Marie, mag ik je iets vragen?' Er lag een aarzelende klank in Annes stem. Dat was ik niet van haar gewend. Anne was het evenbeeld van Bob, recht door zee en soms pijnlijk direct. We zaten samen aan de thee en ik sneed net een plakje cake. 'Hoe heb jij dat vroeger gedaan, toen je nog getrouwd was met Bram?' Anne doelde op het probleem waarvoor iedere werkende vrouw vroeg of laat komt te staan: het huishouden.

'Je bedoelt of Bram en ik het samen deden?' Ik schudde mijn hoofd. Mijn eerste echtgenoot was niet zo huishoudelijk aangelegd. Het leeuwendeel kwam op mijn schouders terecht. 'Op een gegeven moment was ik voor mijn gevoel te vaak met het huishouden bezig. Ik heb toen een hulp gezocht. Zij kwam één keer per week de boel doen, en ik heb er nooit geen spijt van gehad. Ja, spijt dat ik er niet eerder aan was begonnen.' Lachend keek ik Anne aan.

'En later, toen je in Utrecht woonde?'

'Toen deed ik het allemaal zelf. Maar ja, je kunt je mijn appartement nog wel voor de geest halen. Zo groot was dat niet, en ik
was ook de schoonmaakster van de praktijk.'
Het bleef een tijdje stil.
'Ik zoek eigenlijk ook een betrouwbare hulp, maar ik weet niet
hoe ik dat moet aanpakken.'
Ik probeerde met Anne mee te denken. 'Misschien is er op je werk
iemand die een goede hulp kent. Zo ben ik ook aan mijn hulp gekomen toen ik nog in Rotterdam woonde.'
Anne keek peinzend voor zich uit en schudde toen haar hoofd. 'Ik
vind het toch wel griezelig. Je haalt iemand in je huis, en ja, je
moet maar afwachten.'
'Ik wil je best helpen, hoor,' bood ik aan. 'Ik heb toch niet veel
omhanden.'
Opluchting was op het gezicht van Anne te lezen. 'Ik hoopte dat
je dat zou zeggen,' bekende ze eerlijk.
'Dat had je gewoon kunnen vragen, hoor!'
Zo werd ik de hulp van Anne. Het was niet wat je noemt zwaar
en uitputtend werk. Alles was gelijkvloers, en Anne probeerde het
zo veel als ze kon zelf te doen. Het was de bedoeling dat ik één
keer in de veertien dagen kwam. Het werd al snel iedere week,
omdat Anne ook weer een studie ging volgen, waardoor ze
's avonds naar school moest. Het was weliswaar maar één avond,
maar er moest ook nog huiswerk worden gemaakt. Het beviel ons
beiden goed. Alleen over de betaling werden we het niet eens. Ik
vond het onzin dat er een envelopje voor me klaarlag. Waarom
moest er altijd een geldelijke beloning tegenover staan? Je kon
toch ook spontaan iets aanbieden? Maar Anne wilde van geen wij-
ken weten, want als ik zogenaamd per ongeluk het envelopje vergat, kwam ze het persoonlijk brengen.
Wie het allemaal ook niet meeviel, was Lotte. Na haar zwangerschapsverlof was ze met zin en vol goede moed weer aan de slag
gegaan. Martijn en Jonathan waren in goede en vertrouwde handen bij Bob en Lies. Van Bob hoorde ik dat Hugo ook zijn handen
uit de mouwen stak. Hij maakte geen onderscheid tussen zijn eigen
kleinkinderen en die van Lies. Toch had Lotte moeite om een goede
verdeling te maken tussen het moederschap en haar carrière.

'Ze had verwacht,' vertelde Bob op een keer, 'dat alles, als je er maar een goede en strakke planning op na hield, vanzelf zou gaan. Dat valt dus behoorlijk tegen. Jonathan was niet lekker, en Lotte moest naar kantoor. Ze is wel gegaan, maar met de nodige schuldgevoelens,' ging Bob verder. 'Achteraf viel het allemaal mee. Zijn eerste tandje stond op doorkomen.'

Ik hoopte, omdat Bob nu iedere week naar Amsterdam ging, dat daarmee de weg vrijgemaakt werd voor Anne en mij. Dat bleek niet zo te zijn. Ik was nog steeds niet welkom. Daar had ik wel eens slapeloze nachten van.

Bob vond dat ik daarover niet zo moest nadenken. 'Het gaat in het leven toch altijd anders dan je verwacht. Je moet het maar nemen zoals het komt.'

Aan de ene kant was ik het wel met hem eens. 'Maar ik wil ook zo graag iets voor de jongens betekenen, zeker wanneer ze straks wat ouder zijn. Ik kan je dan ook mooi ontlasten.'

Daar wilde Bob al helemaal niets over horen. 'Je doet net alsof ik een oude man ben.' Ik hoorde een ondertoon van wrevel in zijn stem.

'Zo bedoel ik het niet,' verdedigde ik mijn standpunt. 'Straks zijn het peuters, en dat is een leeftijd waarop het echte handenbindertjes worden. Dan is het toch alleen maar fijn als ik je ook hierin een hand en een voet kan zijn?' Lachend keek ik hem aan. Die zin was een van de favoriete uitdrukkingen van mijn vader. Die zei dat nogal eens tegen mijn moeder.

Bob schudde zijn hoofd en ging er verder niet op in. Maar een logeerpartijtje bij opa Bob en oma Else-Marie zat er voorlopig niet in.

Toch zat het mij niet lekker. Naderhand durfde ik er echter niet meer over te beginnen. Mannen kunnen zo gevoelig zijn op dit gebied. Maar ik kreeg de indruk dat het allemaal een beetje te veel voor hem werd. Martijn en Jonathan waren ondernemende kereltjes. Dat begreep ik wel uit zijn verhalen. Ook Lies had er haar handen vol aan, maar zij kon altijd een beroep doen op Hugo als het haar wat te veel werd. Met bezorgdheid bekeek ik alles van een afstandje. Op een gegeven moment kon ik me niet meer inhouden. Het was kort na hun eerste verjaardag. Die werd uitgebreid gevierd in de familiekring, met een groot feest bij Lotte en Olivier. Ik was nog steeds niet welkom, maar daar maakte ik geen woorden meer aan vuil.

'Bob, ik vind dat we toch eens moeten praten,' begon ik op een avond.

Mijn man keek me over zijn krant heen aan. Er lag een korzelige uitdrukking op zijn gezicht.

'Is het echt niet te veel voor je? Twee dagen oppassen, je werk. Ik weet dat je het allemaal graag doet, en met heel je hart, maar is het toch niet verstandig...'

Bob liet mij niet uitpraten. 'Je moet niet zo zeuren. Het is net alsof je jaloers bent.' Hij dook weer achter zijn krant.

Ik wist even niet hoe ik het had. 'Ik jaloers? Op wie dan wel?' vroeg ik hoogst verbaasd.

'Dat ik wel opa ben, en jij nooit oma zult worden.' Bob had me niet harder kunnen treffen dan met deze woorden. Het verdriet om het verlies van Barbara kwam weer in alle hevigheid opzetten. 'Bob,' kreunde ik, 'wat kwets je me hiermee. Waarom zeg je dat nou? Je weet heel goed dat het niet waar is. Ik maak me zorgen om jou omdat ik van je houd. Je bent mijn man.' Ik kon niet meer uit mijn woorden komen, en de tranen sprongen in mijn ogen. Ik was in de war. Zoiets zeg je toch niet tegen iemand van wie je houdt? Door een waas van tranen keek ik Bob aan.

Hij legde zijn krant weg en kwam naar me toe. 'Het spijt me. Dat had ik inderdaad niet mogen zeggen.'

Ik wilde Bob graag geloven. Hij nam me in zijn armen en probeerde me te troosten, maar ik had er een dubbel gevoel bij.

Bij Anne stortte ik mijn hart uit.

Die luisterde zwijgend en knikte slechts. 'Ik ben het met je eens,' zei ze toen ik mijn verhaal verteld had. 'Ik heb het ook al voorzichtig aangekaart bij hem.' Ze zuchtte. 'Het viel mij namelijk ook op. Pa is zichzelf niet meer. Maar je hoeft niets verkeerds over Lotte of over de tweeling te zeggen, want hij vliegt je nog net niet aan.' Haar stem klonk tot mijn schrik verbitterd. 'Hij heeft ook steeds minder tijd voor mij.' Anne zag mijn geschrokken blik en legde snel haar hand op de mijne. 'Dat heeft niets met jou te maken, hoor, Else-Marie. Maak je daar maar geen zorgen over.

Maar het is Lotte vóór en Lotte na. Als we samen zijn, is zij het enige waarover mijn vader het kan hebben. Ik besta niet eens meer voor hem.'

Het was erger dan ik dacht, maar na de uitval van Bob had ik de moed en het lef niet om er opnieuw over te beginnen. Ik hoopte dat zijn gezond verstand het zou winnen. Ik hield me op de achtergrond, net als Anne. Gelukkig kon ik met haar mijn zorgen over Bob delen. Toch had ik begrip voor de situatie van Lotte. Ze had jaren gestudeerd om zover te kunnen komen. 'De roep van moeder natuur kun je niet negeren,' zei ik dan ook tegen Anne toen we het er weer eens over hadden.

Anne snoof verontwaardigd. Ze was het niet met me eens. 'Dat zeg je wel zo mooi, Else-Marie Verbeke, en je zult ongetwijfeld gelijk hebben, maar je kunt niet alles in het leven hebben en willen. En een gezin én een carrière. Soms moet je een keuze maken: of je kiest voor je gezin, of voor je carrière. Dan vind ik het nog anders als je een alleenstaande moeder bent of als jouw salaris hard nodig is. Maar Lotte heeft een luxeprobleem. Waarom moeten ze nu per se gebruik maken van opa en oma als oppas? Ze zijn in goeden doen en kunnen beslist een au pair in dienst nemen.'

Aan die laatste mogelijkheid had ik ook al gedacht. 'Misschien is het wel gewoon eigenbelang, en ben ik inderdaad jaloers.'

Anne schudde nogmaals haar hoofd. 'Ik voorspel je dat dit verkeerd afloopt.'

Oktober naderde, en dat betekende dat ik weer naar Zeeland wilde. Nog steeds bezocht ik zo'n drie keer per jaar mijn geboortedorp. Doel van de reis was het kerkhof, de graven van mijn ouders.

'Wanneer gaan we naar Zeeland?' vroeg ik op een morgen aan Bob.

Hij had een stapeltje post in zijn handen. 'Wat wil je daar gaan doen?' vroeg hij afwezig, terwijl hij de enveloppen door zijn handen liet gaan.

'Bob,' antwoordde ik, en ik probeerde mijn ongeduld te verbergen. 'Het is bijna oktober. Je weet dan dat ik dan de graven van mijn ouders wil bezoeken.' Deze maand zou mijn vader zijn verjaardag hebben gevierd.

Met een schuldbewuste blik keek Bob me aan. 'Dat was ik bijna vergeten. Welke dag had je in gedachten?'

'Volgende week zaterdag?' stelde ik voor.

'Ik kijk even in mijn agenda of ik iets heb,' mompelde Bob, en hij liep naar zijn werkkamer.

Ik was verbijsterd. Sinds wanneer moest hij in zijn agenda kijken of hij met me mee wilde?

Daar kwam Bob terug, nog steeds in zichzelf pratend. 'Ja, je zult je wel afvragen waarom ik mijn agenda erbij pak, maar Lotte heeft mij gevraagd voor een extra oppasbeurt.'

'In het weekend?' Ongelovig staarde ik hem aan.

Bob knikte. 'Lotte en Olivier willen een weekendje naar Parijs, zeg maar voor een tweede huwelijksreis.' Hij bladerde driftig verder. 'Helaas, dan kan ik niet.'

Ik balde mijn vuisten. 'Bob, je weet dat ik altijd de tweede week van oktober naar Zeeland wil. Dat is heel belangrijk voor mij. Kunnen Lies en Hugo deze keer niet oppassen?'

Bob schudde zijn hoofd. 'Nee, die hebben zelf al iets waar ze niet onderuit kunnen. Het is ook belangrijk voor Lotte.'

Ik kon mijn oren niet geloven.

Bob ging op rustige toon verder. 'Ze willen hun relatie onder de loep nemen.'

'Wat is dat nu weer voor onzin?' Ik kon mijn ergernis niet langer inhouden.

'Lotte is weer zwanger, en daar zit ze mee. Ze vindt het eigenlijk te snel na de komst van Martijn en Jonathan.'

Ik viel van de ene verbazing in de andere. 'Je meent het.' Het sarcasme droop van mijn stem.

Bob probeerde de boel te sussen. 'Bekijk het nu ook eens vanuit haar standpunt.'

Ik duwde mijn handen tegen mijn oren. 'Die onzin wil ik niet horen. Mevrouw denkt dat ze zomaar kan beslissen over leven en dood. Er zijn ik weet niet hoeveel vrouwen die van alles proberen om een kindje te krijgen.' Weer balde ik mijn vuisten.

Bob keek me verbaasd aan. Een dergelijke uitval was hij niet van me gewend.

'En jij geeft Lotte in alles haar zin. Je hebt ook nog een vrouw, en er bestaat ook nog zoiets als een oudste dochter. Schenk daar maar eens aandacht aan!'

Bobs gezicht werd lijkwit. Voordat we het zelf goed en wel beseften, stonden we te schelden. Het resultaat was dat ik in tranen naar de slaapkamer vluchtte, en Bob in de huiskamer achterbleef. Het was koud in de slaapkamer. Dat kwam doordat ik altijd een raam open had staan. Maar dat was het ergste niet. Ik voelde dat er ook een kilte in mijn hart kwam. Ik vroeg me af wat ik daartegen moest doen.

Na een tijdje ging de deur open, en kwam Bob binnen. Zijn gezicht stond ernstig. Hij kwam naast me op het bed zitten en trok me tegen zich aan.

Ik wist niet goed wat ik ermee aan moest. Ik wilde hem niet aankijken en draaide mijn hoofd weg.

Bob begon zacht te praten, en of ik wilde of niet, ik moest wel naar hem luisteren. Ik moest niet zo overspannen reageren, was de strekking van zijn boodschap. Weer kaartte hij aan dat ik niet zo jaloers moest zijn op Lotte.

Ik zuchtte. Ik was helemaal niet jaloers op Lotte. Geen haar op mijn hoofd. Dat kon ik maar niet aan zijn verstand brengen. 'Ik maak me enorme zorgen over jou,' was alles wat ik kon zeggen. De druk van zijn arm om mijn schouders werd steeds groter.

'Ik ben geen kleine jongen,' hoorde ik Bob zeggen.

Door mijn tranen heen keek ik hem aan. 'Vergeet Anne niet. Zij is ook jouw kind en heeft net zo veel recht op je liefde en aandacht als Lotte.'

Maar Bob zag het probleem niet.

Ik voelde me te moe om er verder op door te gaan, en wanhopig vroeg ik me af hoe het nu verder moest.

Bij Anne stortte ik mijn hart uit. Bij wie anders?

'Ik ga wel met je mee naar Zeeland, als je dat wilt,' bood zij spontaan aan.

Dankbaar nam ik dit aanbod aan.

Er hing een kilte in de lucht tussen Bob en mij. Het weekendje Parijs was te belangrijk voor Lotte. Op vrijdagmiddag vertrok Bob naar Amsterdam, en hij zou pas dinsdagavond terugkomen. Dinsdag was immers zijn vaste oppasdag. Ik hoopte dat dit soort dingen niet te vaak zou voorkomen. Hoe moeilijk ik het ook vond, en hoe ik er ook tegen opzag. Zodra Bob weer thuis was, zouden we eens moeten praten. Misschien kon daarmee een groot gedeelte van de kou uit de lucht worden gehaald. Tegen Anne liet ik niet veel los over de problemen tussen Bob en mij. Maar ze begreep meer dan ze liet merken. Onderweg vroeg Anne van alles over mijn jeugd en mijn ouders, en gewillig beantwoordde ik haar vragen.

'Best raar eigenlijk,' peinsde Anne terwijl haar blik geen moment de snelweg losliet. 'Als jouw ouders nog hadden geleefd, waren ze een soort opa en oma voor mij geweest.'

Ik knikte en glimlachte vertederd. 'Ze zouden je meteen en onvoorwaardelijk in hun hart hebben gesloten. Mijn ouders waren geboren voor het grootouderschap. De kinderen in de buurt waren ook dol op hen. Je kent dat liedje van Conny Vandenbos, 'Ik geef je een roosje, m'n Roosje?" Zacht neuriede ik de melodie. Anne had er vaag wel eens iets van gehoord.

Daarna zong ik een couplet. 'Nou, zo waren mijn ouders, altijd een goedgevulde snoeppot en de verbandtrommel binnen handbereik.' Ik vertelde Anne dat ik altijd hetzelfde ritueel volgde wanneer ik in mijn dorp kwam.

'We doen het op jouw manier. Dus zeg me maar hoe ik moet rijden wanneer we er eenmaal zijn,' zei ze.

Tot mijn verbijstering was er geen markt meer. 'Het werd steeds minder, maar nu ook geen markt meer?'

De verkoopster in de bloemenwinkel gaf me het antwoord: 'Dat klopt, mevrouw,' zei ze terwijl ze de fresia's in een boeket verwerkte. 'De markt werd in de loop van de tijd zo klein dat je het beter een marktje kon noemen. Toen hebben ze besloten de markt te verplaatsen. Hij wordt nu gehouden bij de supermarkt. Als het goed is, bent u er met de auto langs gekomen voordat u het dorp in reed.'

Anne en ik liepen door de verlaten winkelstraat naar het kerkhof. 'Is dit het kloppend winkelhart geweest?' vroeg Anne nieuwsgierig.

'Ja,' antwoordde ik, en er kwam een melancholieke ondertoon in mijn stem. 'In mijn jeugd nog wel, maar er is in de loop der jaren wel het een en ander veranderd. Mijn dorp is mijn dorp niet meer.' Ongemerkt waren we bij het kerkhof gekomen, en met een zucht duwde ik het hek open. In stilte liepen we naar de plaats waar mijn ouders lagen. Ik knielde neer en legde het boeket neer. 'Uit gele en witte fresia's bestond het bruidsboeket van mijn moeder. Ze hield zo veel van fresia's dat mijn vader geen betere keuze had kunnen doen dan die te laten verwerken in haar boeket. Iedere trouwdag kreeg mijn moeder van hem een groot boeket.' Ik slikte moeilijk. 'Na haar overlijden ging hij op hun trouwdag naar haar graf om...' Door emoties overmand kon ik niet verder praten.

Anne sloeg een arm om mijn schouder. 'Ik begrijp wat je bedoelt,' zei ze zacht. We bleven een tijdje zo staan en liepen toen terug naar de hoofdingang.

'Mag ik vragen hoe je ouders aan de naam Else-Marie zijn gekomen?'

Ik moest lachen om deze vraag. 'Ja hoor, dat mag je. Ik ben vernoemd naar allebei mijn oma's. Officieel heet ik Elizabeth Maria. Elizabeth was de naam van mijn oma van moeders kant, en Maria, zo heette de moeder van mijn vader. Daar hebben ze Else-Marie van gemaakt.'

'Stel dat je nog een zusje had gekregen, hoe hadden ze het dan opgelost?'

'Ik vermoed dat ze het dan omgedraaid zouden hebben: Maria Elizabeth, maar wat voor roepnaam mijn ouders haar hadden gegeven, ik heb geen idee.'

Onderweg kwamen we een man tegen. We keken elkaar een ogenblik aan, en ik groette hem. Hij kwam mij wel bekend voor, misschien iemand van vroeger, maar ik kon zijn gezicht niet thuisbrengen.

We waren inmiddels bij de parkeerplaats aangekomen.

Anne legde troostend een hand op mijn arm. 'Else-Marie, ik weet dat je problemen hebt met mijn vader, maar toe, ik kan je niet missen, hoor.'

Flauwtjes lachend keek ik haar aan. 'Toe, meisje, je moet niet zo somber zijn. Hier komen we ook wel weer uit. Het heeft misschien alleen wat tijd nodig.'

We bleven zo even stilstaan. Toen hoorde ik vlugge voetstappen achter mij.

'Hé, jij daar, wacht eens even,' klonk een opgewonden mannenstem. Verwonderd draaiden Anne en ik ons om.

'Heeft hij het tegen ons?' vroeg ik aan Anne.

We keken om ons heen, maar er was verder niemand te zien.

'Bedoelt u mij misschien?' vroeg ik toen maar.

De man stopte bij ons, en ik schrok van de woedende blik in zijn ogen. Ongemerkt deed ik een stap achterwaarts. De man haalde zijn hand door zijn haar.

'Ben jij niet Else-Marie Verbeke?' vroeg hij op bijtende toon.

'Ja, dat klopt.' Ik gaf hem aarzelend antwoord. Het gezicht kwam mij zo bekend voor. Ik pijnigde mijn hersenen, maar kwam er niet uit.

De man balde zijn vuisten. 'Jij moordenaar! Hoe durf je je hier, na alles wat er gebeurd is, nog te vertonen?'

Anne wilde tussenbeide komen, maar ik schudde mijn hoofd. Ineens wist ik wie die man moest zijn. Marion van der Laan had een paar jongere broers. Dit was vast één van hen.

'Weet jij wel wat je mijn familie, en zeker mijn ouders hebt aangedaan?'

'Ik weet het,' antwoordde ik zacht. 'Ik had het nooit mogen doen, maar ik kan het niet meer goed...'

Hij wachtte mijn antwoord niet verder af. Hij haalde uit en ik kreeg een klap in mijn gezicht. Ik wankelde op mijn benen en viel op de grond. Ik had het gevoel dat ik duizelde, en verdwaasd keek ik hem aan. Een moment was ik bang dat hij zich op me wilde storten.

Toen kwam Anne in actie. Anne, die in haar vrije tijd op kickboksen zat en daar aardig in bedreven was. Met een paar doelbewuste trappen zorgde ze ervoor dat mijn belager op de grond kwam te liggen. Zijn gezicht was vertrokken van de pijn.

Ik was inmiddels weer overeind gekrabbeld, maar wist niet wat ik moest doen.

'Naar de auto,' zei Anne, en ze gaf mij een duw. Ik zette het op een rennen. Halverwege struikelde ik over mijn eigen voeten. Met een doffe klap viel ik opnieuw. Met heel mijn lichaam kwam ik op mijn schouder terecht. Een felle pijnscheut trok door mijn lijf. Ik beet op mijn lip. Te hard, want ik proefde bloed. Moeizaam stond ik weer op, en toen voelde ik een hand op mijn schouder. Verwilderd keek ik om, maar het was Anne.

Rustig opende ze het portier.

Ik nam plaats, nog steeds als verdoofd. Mijn handen trilden toen ik probeerde de gordel vast te gespen. Het lukte me niet.

'Wacht maar. Ik help je even.' Dat was Anne. In haar stem klonk geen spoor van emotie.

HOOFDSTUK 10

Even buiten het dorp zocht Anne een parkeerplaats op. Met een verontruste blik nam ze de schade bij me op. Een behoorlijke schaafwond op mijn gezicht, een bloedende lip, een zere knie, maar bovenal een bijzonder pijnlijke schouder. Ik kromp ineen van de pijn toen Anne die betastte.

'We moeten naar een dokter,' was alles wat ze zei.

'Nee, ik wil naar huis. Ik wil hier zo snel mogelijk vandaan.'

Anne startte haar auto en draaide de snelweg op. 'Dit was dus een familielid van Marion?' vroeg ze.

'Ja. Ik kan me nog herinneren dat ze twee of drie broers had. Marion was de oudste en de enige dochter van het gezin. Marion was een jaar of twee ouder dan ik. De broer die na haar komt, is – denk ik – een jaar of wat jonger.'

Anne wond zich op over het feit dat ik door de man was aangevallen.

'Je ziet het verkeerd,' zei ik. 'Stel je voor dat er zoiets met Lotte zou gebeuren. Jij loopt, al is het jaren later, haar moordenaar tegen het lijf. Hoe zou jij dan reageren? Ik kan zijn reactie wel begrijpen. Het zijn wonden die nooit meer helen.'

Het praten vermoeide me. Ik slikte woorden in. Zinnen waren niet meer compleet. Heel mijn lichaam deed pijn, en ik sloot mijn ogen. Langzaam voelde ik dat mijn ogen vochtig werden en de tranen over mijn wangen druppelden. Ik proefde het zout op mijn lippen; het beet in de open wond. Ik kon naar het graf van mijn ouders gaan. De ouders van Marion hadden niets. Ik had immers het lichaam op zo'n manier laten verdwijnen dat er niets meer van haar was overgebleven. Misschien hadden ze op de begraafplaats wel een gedenksteen geplaatst om toch nog iets te hebben. Zeker weten deed ik dat niet. Tijdens mijn verblijf in de gevangenis had ik een brief geschreven aan haar ouders. Een reactie daarop heb ik nooit gekregen. Die had ik ook niet verwacht.

'Els woont hier toch ook in de buurt? Is het misschien verstandiger even bij haar langs te gaan? Dan kun je wat tot jezelf komen. Els laat ze je heus niet voor een gesloten deur staan.'

'Je hebt gelijk. Als er iemand is die geen lastige vragen stelt en niet nieuwsgierig is, is zij het wel. Maar ik heb liever dat we naar huis gaan. Heus.' Er lag een smekende toon in mijn stem.

Anne drong niet verder aan.

Wat was ik blij toen we eenmaal het bordje 'Delft' passeerden. Nog even, en ik was weer thuis.

Anne ging met me mee naar binnen.

Wat verlangde ik naar Bob, naar zijn woorden van troost, zijn aanrakingen.

'Else-Marie, ik vind dat je een dokter moet bellen.' Anne bleef aandringen, maar ik schudde mijn hoofd.

'Die pijn zakt straks wel. Ik neem een paar pijnstillers in, en dan zien we wel weer verder.'

'Als het erger wordt, bel je me. Goed?' De bezorgdheid van Anne vertederde me. Wat was ze toch een lieve meid. Ik glimlachte haar geruststellend toe.

Maar toen ik de voordeur achter haar had gesloten en me in mijn stoeltje liet vallen, kwamen alle emoties los. Een verschrikkelijke huilbui volgde. De angst greep me naar de keel. Met trillende vingers draaide ik het mobiele nummer van Bob. Het duurde even voordat hij opnam. Hij had zijn naam nog niet gezegd, of ik barstte los. 'Bob, met mij. Kom je naar huis? Nu, als het kan. Ik heb je heel hard nodig.' Struikelend over mijn woorden vertelde ik wat er bij het kerkhof was voorgevallen. 'Ik weet niet waar ik het zoeken moet. Kom naar huis.' Er lag een dwingende toon in mijn stem.

'Ik zou wel willen, maar het kan niet,' hoorde ik Bob zeggen. Op de achtergrond klonk kindergehuil.

'Ze hebben daar toch wel autostoeltjes. Je zet de jongens in je wagen en je komt hierheen.'

Zo eenvoudig was dat niet volgens Bob. 'Neem maar wat pijnstillers in. Neem een warme douche en kruip lekker onder de wol,' was zijn vaderlijke advies.

'Bob, ik wil jou.'

Maar hij was niet over te halen. Het gehuil op de achtergrond klonk luider. Ongeduldig antwoordde Bob: 'Doe nu maar wat ik zeg. Morgen probeer ik wel te bellen.' Voordat ik verder nog iets zeggen kon, had Bob al opgehangen.

Heel mijn lichaam deed zeer, en vermoeid begon ik een zoektocht naar de pijnstillers. Je struikelt altijd en overal over die dingen, maar als je ze eens een keer nodig hebt, zijn ze nergens te vinden. Mopperend trok ik een lade open. Ik schrok doordat de telefoon overging. Moeizaam nam ik op. 'Bob, kom je naar huis? O, gelukkig. Ik voel me zo ellendig.'

Het bleef even stil aan de andere kant van de lijn. Het was Anne. 'Ik kom meteen naar je toe. Sufferd die ik ben. Ik had je nooit alleen moeten laten. Ik kom er nu aan.' Voordat ik kon tegensputteren, had ook zij opgehangen.

Het duurde niet lang voordat ik gestommel hoorde bij de voordeur. Ik sleepte me ernaartoe om open te doen.

'Ik kan me wel voor mijn hoofd slaan.' Met een blik vol zelfverwijt keek Anne mij aan.

'Het gaat wel,' hoorde ik mezelf zeggen.

Anne snoof verontwaardigd, terwijl ze meteen doorliep naar de slaapkamer. 'Ik pak wat kleren voor je in, wat toiletspulletjes, en ik neem je mee.' Ik wilde al vragen waarnaartoe, maar Anne ging in één moeite door. 'Naar mijn huis. Je bent te veel in de war om nu alleen te zijn. Je hebt pijn, en behoorlijk ook, zo te zien.' Nog steeds wilde ik tegensputteren, maar Anne had mijn reistas al onder uit de kast gehaald en begon met pakken. Ik liet haar maar begaan. Ze hielp me voorzichtig de auto in.

Bij haar thuis begon Anne met een warm bad voor me klaar te maken.

Ondertussen probeerde ik me uit te kleden. De pijn in mijn schouder werd hoe langer hoe erger. Het was alsof ik al mijn botten had gebroken. Geholpen door Anne ging ik in bad. De warmte maakte me doezelig, en ik kon me heerlijk ontspannen.

Na een tijdje stak Anne haar hoofd om de deur om te vragen hoe het ging. 'Ik maak wat te eten klaar. Dan kunnen we, wanneer je straks uit bad komt, meteen aanschuiven.'

De tranen sprongen in mijn ogen. Was dit nu van de pijn of van dankbaarheid?

Toen we samen zaten te eten, vertelde ik over mijn telefoongesprek met Bob. 'Hij is niet van plan eerder naar huis te komen.' Met een trieste blik keek ik haar aan.

'Er zijn serieuze moeilijkheden tussen jullie. Alsjeblieft, Else-Marie. Ik kan je niet missen, hoor. Als je besluit bij mijn vader weg te gaan...'

'Zover is het niet,' probeerde ik Anne op te monteren.

'Maar je denkt er wel over na,' drong Anne aan.

'Kunnen we het onderwerp niet laten rusten?'

'Goed. Je bent nu hier, en ik zal je goed verzorgen.' Anne maakte het logeerbed in orde.

Toen ik de pijnstillers had ingenomen, duurde het niet lang of ze deden hun werk. Ik voelde me slaperig worden en geholpen door Anne kroop ik in bed.

'Welterusten, Else-Marie,' hoorde ik haar nog zeggen voordat ik in slaap viel. Droomde ik nu of gaf Anne me ook nog een nachtzoen? Ik wist het niet. Alles werd licht om me heen. Een heel mooi zacht licht, niet het felle licht van tl-lampen, maar gefilterd licht. Ik had het gevoel dat ik zweefde. Er was geen geluid, maar alles ademde vrede en geborgenheid. Ik had geen notie van tijd. Het was een heerlijk loom gevoel. Opeens zag ik in de verte mensen op me af komen. Vreemd, ik voelde geen angst of bezorgdheid. Ik was nieuwsgierig en deed mijn uiterste best om bij hen te komen. Ze kwamen steeds dichterbij, en ineens waren ze er. Met ontroering stond ik oog in oog met mijn ouders. Mijn vader droeg een kind op zijn arm. 'Barbara,' fluisterde ik. 'Mijn lieve, kleine meisje.' Ze keken me alle drie heel gelukkig aan, en ik werd ook overspoeld door een geluksgevoel. De gezichten van mijn ouders waren zo dichtbij dat ik ze kon aanraken. Dat wilde ik ook. Ik wilde naar mijn vader rennen, net als vroeger, wanneer hij thuiskwam van zijn werk. Ik wilde dat mijn moeder mij over mijn haren streek en troostende woorden sprak zoals wanneer ik was gevallen. 'Barbara,' fluisterde ik nogmaals. Ze lachte naar me. Ik stak mijn handen uit om hen aan te raken, om hen alle drie tegelijk in mijn armen te nemen. Maar mijn ouders schudden hun hoofd. Vragend keek ik hen aan.

'Het is nog niet zover, Else-Marie. Je hebt nog een taak op aarde die je moet vervullen.'

Niet-begrijpend keek ik hen aan, en weer stak ik mijn handen uit. Maar de gezichten begonnen te vervagen. 'Nee, niet weggaan. Neem mij mee. Ga niet weg. Ik kan niet zonder jullie.'

Ze gingen toch. Ze losten op in een nevel waar ik niet bij kon. Het was alsof ik verlamd was. Langzaam verdween de heldere, witte omgeving, en viel ik in een donkere diepte.

'Else-Marie,' hoorde ik iemand zeggen, 'Else-Marie, hoe gaat het met je?' Mijn adem stokte, en ik probeerde mijn ogen open te doen. Die stem klonk bekend in mijn oren, maar ik wist hem niet thuis te brengen. Ik probeerde me dingen te herinneren, maar alles liep in elkaar over als de kleuren van waterverf. Ten slotte lukte het mijn ogen open te doen. Ik zag weer licht, nu een stuk feller dan daarnet. Ik zag een vrouw die voorovergebogen naar mij keek. Ze had lang haar. Ook zij straalde een vriendelijkheid uit. 'Bent u een engel?' vroeg ik haar. Ik schrok van mijn eigen stem. 'Komt u me halen? Ik wil zo graag naar mijn ouders en mijn dochtertje. Ze wachten daar op me, aan de andere kant. Ik wil bij hen zijn.' Mijn stem stierf weg. Ik hoorde iemand huilen en probeerde me op te richten.

Achter de vrouw kwam een ander gezicht te voorschijn, ook van een vrouw. Zij was degene die huilde.

'Mevrouw Verbeke, kunt u mij verstaan?' vroeg de eerste stem.

Ik knikte, en langzaam drong tot me door dat die stem niet van een engel was. De vage omtrekken werden scherper. Ik herkende Anne, die achter haar stond. Een wildvreemde vrouw zat naast mijn bed en hield mijn hand vast.

'U bent er weer,' zei de eerste stem. Het huilen van Anne bedaarde. Verbaasd keek ik haar aan. Het was een knappe vrouw en ik vroeg me af wie ze was.

Dat raadsel was snel opgelost. 'Goedemorgen, mevrouw Verbeke. Ik ben Ciska den Hartogh. Ik ben de huisarts van Anne. Anne heeft mij gevraagd u eens te onderzoeken. Ik heb begrepen dat u gisteren lelijk ten val bent gekomen. Hoeveel keer bent u gevallen?'

Ik probeerde het me te herinneren, maar dat viel tegen. In onsamenhangende woorden vertelde ik dat ik twee keer gevallen was.

Dokter Den Hartogh bleef maar vragen stellen. Hield ze nu nooit op? Toen ze eindelijk genoeg informatie had verkregen, begon ze me vakkundig te onderzoeken. Ze had warme handen. Dokters hebben altijd warme handen. Ik moet de eerste nog tegenkomen die koude handen heeft. 'U hebt een behoorlijke klap gemaakt,' was haar conclusie. 'Uw schouder is zwaar gekneusd.'

Ik knikte. Lang geleden was ik er ook eens op gevallen. Ik moest toen zo nodig in het donker gaan fietsen met Mark. Ik was zo blij met zijn uitnodiging ergens een hapje te gaan eten dat ik niet durfde te vertellen dat ik nachtblind was. Op een donker fietspad kwam ik lelijk ten val, met een gekneusde schouder als gevolg. Nu was ik op dezelfde schouder terechtgekomen.

'U bent ook in de war, maar dat wijt ik aan alle emoties die erbij kwamen.'

Ze weet het, flitste het door mijn gedachten. Ze weet van Marion van der Laan.

'Anne heeft mij het een en ander verteld,' vervolgde dokter Den Hartogh. 'Ik schrijf een recept uit voor medicijnen, en u moet goed uitrusten. Alleen met rust zal uw schouder genezen. Ik adviseer u over een week of twee een bezoek te brengen aan uw eigen huisarts. Ik zal hem in ieder geval rapporteren dat ik u bezocht heb.'

Ik glimlachte naar haar.

Ze pakte haar spullen in haar tas, en nadat ze mij sterkte had gewenst, liep ze met Anne mee.

Even later kwam Anne op de rand van mijn bed zitten. 'Je hebt me flink laten schrikken,' zei ze, en ik hoorde de doorstane emoties in haar stem. 'Je hebt goed geslapen vannacht. Dat is alvast een pluspunt. Toen Ciska binnenkwam, hoorde ik je huilen. Je bleef maar vragen om je moeder en om Barbara. Ik dacht echt dat je zou sterven.'

Was ik zo ver weg geweest? Ik wist het niet. 'Ik weet het niet, Anne. Ik droomde dat...' Ik vertelde haar alles.

'Else-Marie, ik houd zo veel van je, nog meer dan van mijn eigen moeder. Ik kan je echt niet missen, hoor, al denkt mijn vader daar misschien anders over.' Het was de eerste keer dat Anne zich over Bob uitsprak.

Ik wilde haar troosten en zocht haar hand.

'Alsjeblieft, Else-Marie, wil je voor mij je huwelijk nog een kans geven? Als je uit mijn leven verdwijnt, heb ik niemand meer.' Het klonk als een wanhoopskreet.

Ik herinnerde me weer de woorden die mijn moeder tot me had gesproken. Dat het mijn tijd nog niet was en dat er nog een taak voor mij in het verschiet lag. Had die taak misschien iets met Anne te maken? Ik voelde hoofdpijn opkomen en sloot mijn ogen. 'Ik zal het proberen, voor jou en voor Bob.'

Anne stond op en kwam even later met een ontbijt terug.

Niet dat ik erg veel honger had, maar ik besefte dat ik wel iets moest eten. Ik hoorde Anne bellen met de apotheek.

Even later verscheen ze met haar jas aan in de deuropening. 'Ik ga je medicijnen halen. Ik hoop dat het niet al te druk is. Dan ben ik snel terug. Ik vind het maar niets je zo achter te laten.'

'Wees maar niet bang. Ik loop niet weg,' probeerde ik grappig te zijn. Met grote slokken thee spoelde ik een paar beschuitjes weg. Anne had ook een appeltje geschild. Met lange tanden at ik ervan. Het zou ondankbaar zijn geweest als ik er niets van had genomen. Het was stil op deze zondagochtend. Was het nu werkelijk nog geen dag geleden dat alles had plaatsgevonden? Wat mij ook bevreemdde, was het bezoek van de huisarts. Het was zondag. Het was dus wel erg toevallig dat dokter Den Hartogh weekenddienst had. Daar hadden ze toch een huisartsenpost voor? Om de werkdruk van de huisartsen te ontlasten. Hoe ik ook piekerde en peinsde, ik kwam er niet uit. Dit raadsel werd door Anne opgelost toen ze terugkwam. Terwijl ik de medicijnen innam, gaf zij een verklaring. 'Ciska is niet alleen mijn huisarts. Ik ken haar ook van de sportschool. We gaan altijd samen trainen. Dus heb ik haar gebeld. Ik had ook de huisartsenpost kunnen bellen, maar mijn gevoel zei dat ik Ciska moest hebben.'

Even was het stil van mijn kant. 'Ik voel me best schuldig,' antwoordde ik ietwat opgelaten. 'Een huisarts heeft het erg druk, en nu moet ze op haar vrije zondag ook nog voor mij komen opdraven.'

Anne schudde haar hoofd. 'Maak je daar maar geen zorgen over. Ik had de situatie nog niet eens uitgelegd of Ciska stond al met haar jas aan.'

Toen ik dat wist, kon ik me zonder gewetensbezwaren overgeven aan de goede zorgen van Anne.

HOOFDSTUK 11

Natuurlijk waren mijn gedachten bij Bob. Anne had hem gebeld met het dringende verzoek zo snel mogelijk naar Delft terug te keren. Ook deze keer had Bob het verzoek achteloos weggewuifd. Er was toch niets ernstig gebeurd? Dus vooral niet zeuren. Flinke meid zijn en nog even op mijn tanden bijten. Dinsdag stond zijn terugkeer op het programma. Ik hoorde Anne tegen haar vader tekeergaan. Ik schrok ervan. Zo woedend had ik haar in al die jaren van onze vriendschap nog nooit meegemaakt.

Anne dacht dat ik het niet gemerkt had, maar ze zag het wel aan mijn gezicht toen ze de kamer binnenkwam. 'Ik heb alles geprobeerd. Ik heb hem gesmeekt en hem de waarheid gezegd. Hij blijft bij zijn standpunt.'

Weer probeerde ik haar zo goed als ik kon te troosten. 'Je hebt je best gedaan. Daar hoef je je helemaal niet schuldig over te voelen. Het komt allemaal wel goed wanneer ik straks thuis ben. Let maar op mijn woorden.' Daar was ik het zelf niet helemaal mee eens, maar ik wilde Anne niet opzadelen met mijn huwelijksproblemen. Want die waren er wel, en ik wist bij lange na niet hoe ik die moest oplossen. Eerst maar eens aan mijn herstel werken, zoals Ciska den Hartogh had geadviseerd.

Ik bleef nog een paar dagen bij Anne. Anne vond het heerlijk over me te moederen, en ik liet me die zorg lekker aanleunen. Bovendien zag ik ertegen op naar huis te gaan, niet alleen omdat ik dan overal alleen voor zou staan, maar ook om Bob. Hij had me lelijk in de steek gelaten op het moment dat ik hem het hardst nodig had. Dat kon ik niet vergeten. En was ik in staat Bob dat te vergeven?

Ik wist niet of ik blij moest zijn toen hij mij woensdagochtend kwam halen. Hij was aan het eind van de dinsdagmiddag thuisgekomen. In overleg met Anne vond Bob het beter dat hij mij woensdagochtend kwam halen. 'Zo in de avond naar huis is slecht voor de gezondheid,' sprak zuster Anne. Maar dat Bob niet meteen naar mij toe kwam, had ik niet van hem verwacht.

Met gemengde gevoelens beantwoordde ik die morgen zijn groet, en plichtmatig gaf ik hem een zoen op zijn wang. Vol warmte nam ik afscheid van Anne. 'Dank je wel voor alles, hoor, meisje. En als je Ciska van de week ziet, breng haar dan mijn hartelijke groeten over, wil je?' Ik kneep Anne nog eens in haar wang voordat ik in de auto stapte.

Tijdens de rit naar huis spraken Bob en ik niet veel. Er was een onzichtbare muur tussen ons opgetrokken, en ik wist niet of ik die wel wilde afbreken. Bob zou de eerste stap moeten zetten. De verwijdering tussen ons werd alleen maar groter.

Bij thuiskomst merkte ik dat Bob de logeerkamer in orde had gemaakt. 'Krijgen we visite?' vroeg ik hem verbaasd.

Een lichte blos kleurde zijn wangen. 'Die heb ik voor mezelf klaargemaakt. Het lijkt mij het beste voor je herstel dat je 's nachts alleen slaapt. Ik ben wel geen woelmuis, maar ik zou je per ongeluk pijn kunnen doen, en dat wil ik niet.'

Natuurlijk had ik zo mijn bedenkingen, maar ik liet niets blijken. 'Je zult wel gelijk hebben.' Daar bleef het bij. Het was een wrange gedachte, maar het was wel een manier om van mij af te komen. Misschien had ik toen moeten ingrijpen, op mijn strepen moeten gaan staan. Het ontbrak me aan moed en kracht. Die avond duurde het lang voordat ik in slaap viel.

Het herstel vlotte voorspoedig. Een paar dagen later stond ineens onze huisarts voor de deur. Hij had van Ciska den Hartogh bericht gekregen van wat er gebeurd was. 'Ik wilde eens met eigen ogen naar je kijken,' zei hij toen hij ineens in mijn slaapkamer stond.

Weer vertelde ik heel het verhaal. Onze huisarts zat op de rand van het bed, en Bob keek toe vanuit de deuropening.

Nadat de huisarts vertrokken was, probeerde ik uit bed te komen. De klap was harder aangekomen dan ik in eerste instantie had verwacht. Ik kreunde zacht, maar zette toch door.

'Doe dat nou toch niet,' klonk de boze stem van Bob. 'Als je iets nodig hebt, kun je me toch roepen?'

Geïrriteerd keek ik hem aan. 'Bob, ik ben geen klein kind meer. Laat me nu maar.'

Bob keek me aan en draaide zich om.

Lotte besloot het kindje te houden, en ook deze zwangerschap verliep naar wens. Nog steeds paste Bob twee dagen per week op Martijn en Jonathan. Ik was bang dat de valpartij bij de begraafplaats gevolgen zou hebben voor Anne. De broer van Marion kon wel eens een aanklacht tegen Anne indienen. Ik troostte me met de gedachte dat hij niet wist wie Anne was. Maar wie weet had hij het kenteken van haar auto wel genoteerd om achter haar identiteit te komen. De tijd verstreek, maar er gebeurde niets. Langzaam probeerde ik alles achter me te laten, maar makkelijk was dat niet. Ik kon me zo goed in de gevoelens van de familie Van der Laan verplaatsen.

De dag dat ik ging schoonmaken bij Anne, veranderde ik. Gewoonlijk was dit op donderdag, omdat Bob dan in Amsterdam was. Ik verschoof het in overleg met Anne naar de vrijdag.

'Je vlucht voor hem,' sprak Anne me ernstig toe.

Ik haalde mijn schouders op. 'Het komt me beter uit.'

Anne schudde haar hoofd.

Ze had gelijk. Ik was nooit zo sportief geweest, maar nu ging ik iedere middag uit wandelen. 'Het is goed voor lichaam en geest,' verdedigde ik me tegenover Bob. Maar het was meer om niet met hem in één ruimte te zijn. De avonden, daar moest ik ook nog een oplossing voor zien te vinden.

Daar kwam Anne onverwachts mee aan. 'Heb je zin om met mij te gaan sporten?'

Mijn gezicht betrok. Ik zag mezelf nog niet tegen een boksbal slaan.

'Dat bedoel ik niet.' Lachend keek Anne mij aan. 'Ik bedoel gewone fitness.'

Daar had ik wel oren naar, en dat was weer een avond bij Bob weg. Een stemmetje diep in mij vertelde me dat dit niet de juiste weg was. Ik luisterde er niet naar en dwong het stemmetje tot stilzwijgen.

Ik ging ieder jaar naar het grafje van Barbara, en altijd was Bob met me meegegaan. Na het gebeuren in Zeeland had ik er geen behoefte aan hem mee te vragen. Daarom ging ik alleen. Ik vertelde niet eens tegen Bob waar ik naartoe ging. Hij was bezig met de voorbereidingen van een nieuwe film. Het script was klaar, en nu was hij op zoek naar een producent. Met de trein vertrok ik naar Utrecht, en vandaar nam ik de stadsbus. Het kerkhof lag aan de buitenkant van de stad. Met één witte roos in mijn handen kwam ik aan. Ik legde deze neer. Er lag nog geen andere roos. Mark was dus nog niet geweest. Ik probeerde me zijn gezicht voor de geest te halen, maar het lukte niet. Het was ook al zo lang geleden. Het was meer dan tien jaar geleden dat ik Mark voor het laatst had ontmoet. In gedachten verzonken liep ik terug naar de uitgang. Mijn hart huilde om Bob. We leefden langs elkaar heen. O ja, we praatten nog wel met elkaar, maar meer in de trant van: 'Wil je de jam aangeven?' of 'Weet jij wat de weersvoorspellingen voor morgen zijn? Dan kan ik misschien de was buiten hangen.' Eigenlijk was er van een huwelijk geen sprake meer. Wat had ik een spijt dat ik er ooit mee had ingestemd dat Bob oppasopa werd. Maar het was te laat. Wanneer dit kindje van Lotte en Olivier geboren werd, zat Bob er weer voor een aantal jaren aan vast. Ik dacht aan Anne, die ook smeekte om aandacht van haar vader. Ik stond een beetje verloren om me heen te kijken en wist niet goed wat ik doen moest. Naar huis? Dat woord had een negatieve lading gekregen. Zou ik misschien langs de Oude Weteringgracht gaan? Dan kon ik met eigen ogen zien hoe de praktijk er nu uitzag. Even twijfelde ik. Het leek me geen goed idee. Er kwamen zo veel herinneringen naar boven. De vriendschap met Annet en Yvonne. Onze samenwerking die hier gestalte kreeg. De tijd die ik met Mark had doorgebracht, maar ook de moord op Marion van der Laan. Er stopte een auto, en met stijgende verbazing bekeek ik de man die uitstapte. Hij had één witte roos in zijn handen. O nee, Mark, kreunde ik inwendig. Wanhopig keek ik om me heen. Wat moest ik nu doen? Het liefst wilde ik me verstoppen, maar er was geen vluchtmogelijkheid. Aarzelend bleef ik staan.

Mark kwam al op mij af gelopen. 'Dag, Else-Marie. Wat bijzonder dat ik je na al die jaren hier tref.'

Ik voelde zijn priemende blik op me gericht. Onrustig draaide ik mijn hoofd van hem weg. Niet nu, Mark, niet op dit moment, niet nu ik zo kwetsbaar ben, dacht ik bij mezelf.

'Hoe is het met Bob?' hoorde ik Mark vragen.

Verwonderd keek ik hem aan. 'Hoe weet je dat ik met Bob getrouwd ben?'

Mark glimlachte: 'Hij heeft me geschreven toen jullie naar Delft verhuisden. We hebben afgesproken dat we, als een van ons beiden zou verhuizen, dat aan elkaar zouden laten weten, voor het onderhoud van het grafje.'

Daar had ik niet bij stilgestaan. Trouwens, Bob had daarover tegenover mij met geen woord gerept. Op de vraag van Mark waar Bob was, besloot ik maar open kaart te spelen. 'Thuis, in Delft. Ik ben hier alleen.' Het kwam er verdrietig uit, en ik ontweek nogmaals Marks blik. 'Dan ga ik nu maar.' Moest ik Mark nu een hand geven of niet?

'Heb je tijd voor een kopje thee?'

Ik aarzelde zichtbaar. Was dit nu wel zo'n goed idee?

'Je ziet er niet zo florissant uit, als ik het zo zeggen mag, en je hebt nog een lange reis voor de boeg.'

De gedachte aan een kop thee monterde me op. 'Maar jij bent hier ook niet voor niets.' Ik knikte in de richting van de witte roos.

Mark pakte me bij mijn arm. 'De dag duurt nog lang. Kom nu maar mee.'

We gingen. Het was een vreemde gewaarwording door de bekende straten te rijden. Ik hoopte dat Mark wel zo veel gevoel had dat hij niet langs de Oude Weteringgracht zou rijden. Dat was te pijnlijk op dit moment. Mark nam inderdaad een andere route, en opgelucht haalde ik adem.

'Iris is Iris niet meer,' begon Mark. 'Een paar jaar geleden heeft Annet de naam veranderd in Massagepraktijk Annet de Vries. Er is nu ook een ander soort clientèle ontstaan, als ik het zo zeggen mag. Jullie waren drie gewone, leuke en spontane meiden die samen een praktijk begonnen. Nu komen er dames en heren uit de bovenste laag van de bevolking.'

Ondertussen waren we bij zijn huis aangekomen.

'Je woont nog steeds op het Margrietplein,' concludeerde ik bij het uitstappen.

'Ik ben er niet vandaan te slaan.'

We liepen achterom, en ik was dankbaar dat we niet via de voordeur naar binnen gingen. Zijn en haar naam bij de voordeur vond ik te veel van het goede. Daar had ik toch niets mee te maken? Binnen snoof ik de vertrouwde geur op. De keuken was nog precies hetzelfde, en ik was toch wel benieuwd hoe de inrichting van de huiskamer zou zijn. Het was er vrolijk en fris. Niets herinnerde meer aan de tijd dat we samen waren.

'Ze heeft een goede smaak,' zei ik zacht terwijl ik op de bank plaatsnam.

Mark ging tegenover mij zitten. Zijn lange benen sloeg hij over elkaar. 'Marieke bedoel je? Inderdaad, dit was haar keuze. En ik kon me er goed in vinden. Je hoeft trouwens niet bang te zijn ze onverwachts komt binnenlopen. Ze heeft middagdienst.'

Een gezicht van een andere vrouw kwam voor mijn ogen. 'Hoe is het met Marianne?' Marianne Korteweg had haar best gedaan om Mark en mij bij elkaar te brengen en was daar ten slotte ook in geslaagd.

Er verscheen een brede glimlach op het gezicht van Mark. 'Ze werkt niet meer bij de politie. Je hoeft niet zo verbaasd te kijken. Mensen veranderen in de loop van de tijd wel eens van baan.'

Dat was ik met hem eens, maar van Marianne had ik het niet verwacht. 'Ze was altijd zo gedreven. Volgens mij beschouwde ze haar werk als een soort roeping.'

Mark streek met zijn handen door zijn krullenbos. 'Daar heb je gelijk in, maar ze kon er niet meer tegen. Marianne kon niet met het veranderde rechtssysteem overweg. Ze kon het niet verdragen dat slachtoffers te veel als daders werden gezien, terwijl daders zich als slachtoffers gedroegen. Ze heeft daarom ontslag genomen en werkt nu bij een beveiligingsbedrijf. Af en toe loop ik haar nog wel eens tegen het lijf in de stad. Ze heeft het erg naar haar zin en zou niet meer terug willen bij de politie.'

Ik wilde vragen of Mark ook wist hoe het Yvonne was vergaan, maar het water kookte.

Mark stond op en liep naar de keuken. Even later kwam hij terug met een mok thee. 'Ik heb hem lekker sterk voor je gezet.'

Dankbaar nam ik de mok van hem aan. Ik proefde voorzichtig.

Het warme vocht viel als een plons in mijn maag en verwarmde mijn binnenste. Natuurlijk was ik nieuwsgierig naar Marieke, en hardop vroeg ik me af of ze ook getrouwd waren.

Mark nam net een slok van zijn koffie. 'Nee. Er is maar één vrouw geweest met wie ik had willen trouwen.' Peinzend keek hij mij aan.

Ik werd warm onder zijn blik, maar dat kwam natuurlijk door de thee.

'We hadden er beiden geen behoefte aan.'

Een volgende vraag brandde op mijn lippen, maar de moed om die te stellen had ik niet. Mark was altijd dol op kinderen, maar in de woonkamer wees niets op hun aanwezigheid.

Mark vertelde over zijn moeder, mevrouw Van den Klooster, die ik zo onvoorwaardelijk in mijn hart had gesloten. Zij bleek een aantal jaren geleden te zijn overleden.

Op mijn beurt vertelde ik over Anne en Lotte. 'Dus je bent al een soort oma,' lachte Mark.

Ik schudde mijn hoofd. Het werd me allemaal te veel. Ik voelde een huilbui opkomen. Ik probeerde die weg te slikken. Niet nu, bonkte het in mijn hoofd. Niet hier bij Mark. Maar het was te laat. Mijn schouders begonnen te schokken.

Mark kwam geschrokken overeind en kwam naast me zitten. Voordat ik het besefte, nam hij me in zijn armen. 'Ik zag het al aankomen,' troostte hij me. 'Huil maar eens lekker uit en vertel me dan maar eens wat je dwarszit. Een heleboel, geloof ik.'

Ik schaamde me voor mijn tranen, en driftig boende ik ze weg. Toch stortte ik mijn hart uit bij Mark. Over mijn relatie met Bob, een huwelijk dat alleen nog maar op papier bestond, het moedergeluk van Lotte en het verdriet van Anne.

Al die tijd luisterde Mark aandachtig. 'Ik weet ook niet meteen een oplossing. Misschien moeten Bob en jij maar eens goed met elkaar praten. Nog maar zo kort getrouwd, en dan al een behoorlijke crisis. Wie weet kan Anne een bemiddelende rol spelen?'

Van die kant had ik het nog niet bekeken. 'Dank je wel voor je advies,' zei ik zachtjes.

'De politie is nog steeds je beste vriend.' Verlegen glimlachend keek Mark me aan.

Mijn ogen dwaalden af naar zijn krullenbos. Wat had ik daar altijd met veel liefde en tederheid doorheen gewoeld. Het was wat dunner geworden, en hier en daar lichtte een grijze haar op. 'Mark, mag ik?' Ik wachtte zijn antwoord niet eens af en mijn hand ging als vanzelf naar zijn haar. Ik had verwacht dat Mark mijn hand gepakt zou hebben en zou weigeren, maar hij deed het niet. Die warme en gloedvolle blik in zijn ogen. Wanneer had Bob voor het laatst zo naar me gekeken? Mijn hand streelde de zijkant van zijn gezicht en gleed langzaam over zijn wang. Voorzichtig boog ik me voorover. Ik zocht zijn mond.
Mark protesteerde niet toen ik hem kuste.

Het was laat toen ik thuiskwam.
Ik had de sleutel nog niet in het slot van de voordeur gestoken, of Bob kwam al uit zijn werkkamer. 'Waar ben je geweest?' snauwde hij. 'Ik heb me verschrikkelijk ongerust gemaakt over je.'
Gelaten antwoordde ik, terwijl ik mijn jas uittrok en aan de kapstok hing: 'Ook goedenavond, Bob. Ik was naar Utrecht. Weet je nog dat ik ooit een dochtertje heb gekregen? Veel te vroeg geboren en geen enkele kans om te overleven, maar het is wel mijn Barbara, en zij heeft bestaan. Maar dat zal jou een zorg zijn, toch? Jij leeft alleen maar voor Lotte en haar gezin. Dan bestaat er nog zoiets als je werk, maar daarna houdt het op. Dat je ook nog een vrouw en een dochter hebt die allebei snakken naar liefde en genegenheid, schijnt maar niet tot je door te dringen.' Ik ging voor hem staan. 'Als jij niet verandert, Bob, pak ik mijn koffers. Dan raak je niet alleen mij kwijt, maar ook Anne.' Spottend keek ik hem aan. 'Is dat wat je wilt, Bob Petersen? Denk daar maar eens goed over na.' Ik draaide me om, en met een klap gooide ik de slaapkamerdeur achter me dicht.
Die avond huilde ik mijzelf in slaap. De volgende morgen bleef ik wat langer liggen. Bob was altijd als eerste op, en ik wilde hem nog niet zien. 'Dat wordt moeilijk, Else-Marie,' zei ik tegen mijn spiegelbeeld. 'Je kunt elkaar niet blijven ontlopen.'
Dat hoefde ook niet, want toen ik een tijdje later de keuken in kwam, zat Bob met een ernstig gezicht op me te wachten. 'Goedemorgen. Wanneer je hebt ontbeten, gaan wij eens praten. Dat

hadden we al veel eerder moeten doen. Jij wilde wel, maar ik niet, en daarmee heb ik een grote fout gemaakt.'

Dit was een ommekeer. Ik hoopte dat het gesprek ons weer bij elkaar zou brengen. En dat gebeurde ook.

Bob vertelde me eerlijk dat ik gelijk had. Hij vond het een hele opgave twee keer in de week naar Amsterdam te gaan. 'Ik houd ontzettend veel van mijn kereltjes, maar het is te druk.' Bob besloot het onderwerp bij Lotte te zullen aankaarten. Ook zag hij in dat hij zowel mij als Anne te veel verwaarloosd had. 'Ik houd van je, Else-Marie,' zei hij ten slotte, en ik zag dat zijn ogen vochtig werden.

Ik was bang dat er iets onherstelbaars kapot was gegaan, maar we besloten beiden aan onze relatie te werken. Het begin, de wil, was er, maar alles was nog pril en broos. Het was een aftasten, een opnieuw verkennen van onze gevoelens voor elkaar. Ieder woord, ieder gebaar kon verkeerd worden uitgelegd, en dan waren we terug bij af. We hebben wat afgepraat die periode, maar het was ook louterend. We moesten elkaar weer leren vertrouwen.

Op een avond sloeg ik mijn armen om Bob heen. Ik drukte mijn lichaam stijf tegen hem aan. Ik overviel hem ermee. Dat kon ik aan alles merken.

Bob keek mij verlegen aan en wist met zijn houding geen raad. 'Wil je dit echt?' vroeg hij aarzelend.

Ik lachte, terwijl ik mijn hoofd op zijn borst legde. 'Ik zal wel moeten,' antwoordde ik plagend. 'Ik ben van plan morgen de logeerkamer eens goed onder handen te nemen. Je zult dus wel een andere slaapplek moeten zoeken.' Met een guitige blik keek ik hem aan.

Bob schudde zijn hoofd terwijl ik hem zacht in zijn oor fluisterde: 'Bij mij is er wel een plekje voor je vrij.'

Bob zei niets meer, en ik kon het niet nalaten zijn lieve gezicht te strelen.

'Ik houd van je, Bob Petersen. Je bent mijn man.'

Bob nam mijn beide handen in de zijne en gaf er een kus op. 'Lieveling, ik houd ook van jou.' Zijn stem klonk schor. 'Ik zal blij zijn wanneer je straks weer naast me ligt.' Nu was het mijn beurt om Bob verlegen aan te kijken.

'Ik heb de laatste tijd nogal last van koude voeten en...'

Bob liet me niet uitpraten. 'Ik zal ze met alle liefde warm wrijven.'

HOOFDSTUK 12

Wat was ik blij en gelukkig dat we de weg naar elkaar hadden teruggevonden. We spraken af dat we het nooit meer zover zouden laten komen.

'Ik heb mijn lesje geleerd,' zei Bob. 'Jij bent belangrijker dan wie dan ook in mijn leven.'

'We hebben er samen iets van geleerd,' verbeterde ik hem. 'We moeten meer met elkaar praten, zeker als er dingen zijn die ons dwarszitten. Niet alleen praten, maar ook leren luisteren naar elkaar. Niet alleen denken: o, dat wordt er vast mee bedoeld, maar doorvragen. Niet iedereen heeft de gave tussen de regels te kunnen lezen.'

We hielden meer van elkaar dan ooit tevoren. Nu wist ik het zeker: Bob was de liefde van mijn leven. De liefde die je slechts één keer meemaakt.

Anne was dolgelukkig toen ze hoorde dat we de crisis te boven waren gekomen. 'Ik had me geen raad geweten als het inderdaad tot een scheiding was gekomen,' vertrouwde ze me toe.

Bob ondernam meteen actie om de relatie tussen hem en Anne weer op orde te krijgen. Zo spraken vader en dochter af dat ze minimaal één keer per maand samen gingen lunchen om hun band te verstevigen. Een verzoek om mee te gaan wees ik resoluut van de hand. 'Het is een vader-dochteronderonsje. Nee, daar kom ik niet tussen.' Anne bloeide helemaal op en genoot van de aandacht die ze van haar vader kreeg.

Minder gelukkig met dit alles was Lotte. Bob had haar niet in vertrouwen genomen over onze huwelijksmoeilijkheden. Hij legde haar uit dat hij na de komst van hun derde kindje één in plaats van twee dagen wilde oppassen. 'Het wordt te zwaar voor me, en ik wil ook aandacht blijven besteden aan Else-Marie en Anne.'

Lotte ging ermee akkoord. Wat moest ze anders? Van harte ging het echter niet. Misschien kwam het door haar zwangerschap of was de tijd een belangrijke factor. Ik weet het niet. Lotte zocht ook toenadering tot mij. Volgens mij speelde zowel Bob als Olivier hierin een grote rol. De eerste ontmoeting vond plaats in een restaurant in hartje Amsterdam. Bob en Olivier waren erbij. Ik had de ontmoeting thuis willen houden, maar dat vond Bob geen goed plan. 'We kunnen het beter op neutraal terrein doen.' Achteraf moest ik hem wel gelijk geven. Het begin verliep wat stroef en onwennig, maar gaandeweg ontdooide Lotte. Natuurlijk mocht ik niet te vroeg juichen, maar ik hoopte dat dit het begin was van een normale verstandhouding. De hoop dat het ooit weer zou worden als vroeger, had ik allang opgegeven. Na de eerste lunchafspraak volgde al snel een tweede. Ook die verliep in redelijke harmonie. Olivier en Lotte brachten vervolgens een bezoek aan Delft, eerst zonder de tweeling. Het ging steeds beter eigenlijk. Vooral met Olivier kon ik het goed vinden. Wij brachten op onze beurt een tegenbezoek, en toen kon ik eindelijk kennismaken met de jongens. Bob had geregeld foto's gemaakt, en de laatste serie stond op het dressoir. Het was een mooi moment toen Jonathan op me afkwam. Hij bleef vragend staan naast de stoel waarin ik zat.

'Mag ik jou over je bol aaien?' vroeg ik aan hem.

Jonathan keek me peinzend aan. 'Niet aan mijn haar trekken?' vroeg hij voor alle zekerheid.

'Dat zal ik niet doen,' beloofde ik hem.

Opgelucht haalde hij adem. 'Dan mag het.' Voorzichtig aaide ik hem over zijn blonde kopje.

Martijn, die wat verderop in de kamer aan het spelen was, liet zijn speelgoed in de steek en kwam er ook bij staan. 'Ik ook een aai over mijn bol,' zei hij parmantig.

Graag voldeed ik aan zijn verzoek. Niet veel later zat ik in kleermakerszit op de grond met hen te spelen. We vergaten de tijd; zo waren we in ons spel verdiept.

'Else-Marie' was een moeilijke naam voor beide peuters om uit te spreken, maar 'Marie' kwam vlot over hun lippen. 'Opa Bob' lag wat makkelijker in het gehoor.

Bob sprak de hoop uit dat de tweeling mij oma zou noemen.

Ik moest erg lachen toen hij mij dat verklapte. 'Oma Else-Marie! Nu voel ik me echt oud worden.' Daarna werd ik serieus. 'Je kunt zoiets niet dwingen. Bovendien ben ik hun oma niet. Dat is weggelegd voor Lies en de moeder van Olivier. Denk ook eens aan de reactie van Lotte. Nee hoor, als ze tante willen zeggen, is het goed. Blijft het bij Else-Marie, vind ik het ook prima.'

De laatste paar dagen deed Bob geheimzinnig. Als hij dacht dat ik het niet merkte, verscheen er een mysterieuze glimlach om zijn lippen. Het lag op het puntje van mijn tong te vragen wat er aan de hand was, maar dat deed ik niet. Toch misschien wel een gevoel van trots of hoogmoed. Het wachten duurde echter niet lang. Op een morgen moest Bob een boodschap doen.
'O, wat leuk,' was mijn spontane reactie. 'Ik heb ook wel zin in een frisse neus. Wacht even. Ik pak mijn jas en dan gaan we samen.'
Dat bleek niet de bedoeling te zijn. Bob sputterde tegen.
Met een verwonderde blik keek ik hem aan. 'Wat is er aan de hand? Gewoonlijk vind je het enig als ik met je meega. En nu niet?'
'Het is een verrassing. En ja, als ik het vertel...'
'Het is goed, Bob. Als je het nu vertelt, is het inderdaad geen verrassing meer. Maar je maakt me nu wel heel erg nieuwsgierig.' Ik sloeg mijn armen om zijn nek en keek hem diep in de ogen.
Dat was zijn zwakke plek. Daar kon Bob niet tegen. Hij draaide dan ook zijn hoofd van me weg.
'Toe, kijk me eens aan. Kan ik je er echt niet toe overhalen het toch te vertellen?'
'Je maakt het mij wel erg moeilijk zo, maar nee, ik moet sterk zijn.'
Wat ik ook probeerde – en ik trok alles uit de kast –, Bob liet zich niet vermurwen. Dus ging hij alleen de stad in. Ongeduldig liep ik door de huiskamer heen en weer, in spanning totdat Bob zou terugkeren. Wat duurde het wachten lang. Eindelijk, eindelijk hoorde ik zijn auto. Ik wilde naar de deur rennen, maar beheerste me. Bob zou vanzelf wel binnenkomen.
Toen Bob door de zijdeur naar binnen kwam, had hij een doos in

zijn handen, en niet zo'n kleintje ook. Voorzichtig zette hij de doos op tafel, en nieuwsgierig kwam ik naast hem staan.

'Bob, wat zit hierin?'

De lach om zijn mond werd breder. 'Jouw verrassing.' Er kwamen geluiden uit de doos.

'Het is toch geen poes, hè?' vroeg ik angstig. Ik ben niet zo dol op katten.

Bob schudde zijn hoofd. 'Maak nu maar open. Dan zie je het snel genoeg.'

Met trillende vingers opende ik de doos, en gespannen keek ik erin.

Een paar bruine ogen keken mij wat angstig aan.

'Een hondje,' stamelde ik totaal overrompeld. Ik pakte het beestje beet en drukte het tegen mij aan. 'Een hondje. Wat lief. Dank je wel.' Ik liep meteen met het beestje naar de keuken en ging op een stoel zitten. De angstige blik in zijn ogen werd al minder.

'Het is een vrouwtje,' zei Bob.

Voorzichtig zette ik haar op de grond, en meteen zocht ze snuffelend haar weg.

'Volgens mij vindt ze het hier wel gezellig,' zei Bob, die met zijn handen in zijn zakken naar haar verrichtingen stond te kijken.

'Saartje,' zei ik. 'We noemen haar Saartje. Swiebertje vond het ook zo gezellig in Saartjes keuken.'

Zo kwam Saartje, een golden retriever, in ons leven. De eerste avond zal ik nooit vergeten. Het was Bobs voorstel de mand in een hoekje van de keuken neer te zetten. Midden in de nacht werd ik wakker van gejank.

Bob werd ook wakker. 'Niet naartoe gaan. Saartje moet leren dat daar haar plaats is.'

Ik vond het erg zielig, en haar gejank werd steeds erger. 'Toe, ze is nog een pup. Ze mist vast haar moeder en broertjes en zusjes.'

Tegen zo veel vrouwenlogica kon Bob niet op. 'Weet wat je doet,' waarschuwde hij. 'Als je er eenmaal een gewoonte van maakt Saartje bij ons te laten slapen, komen we daarvan nooit meer af.'

'Ik ga haar halen,' zei ik vastbesloten, en ik sloeg het dekbed terug. Ik had de keukendeur nog niet geopend of Saartje sprong me al tegemoet.

'Stil maar, meisje,' suste ik, en ik pakte de mand. In de slaapkamer kreeg deze een plekje bij de radiator. Na nog een paar knuffels van mij legde ik Saartje in haar mand. Ze was stil, en de rust keerde weer. Alleen was het de volgende nacht hetzelfde liedje.

'Wat heb ik je gezegd?' kon Bob niet nalaten te zeggen, en ik hoorde de triomfantelijke toon in zijn stem. 'Maar wat geeft het eigenlijk ook!'

En zo werd onze slaapkamer ook de nachtelijke slaapruimte van Saartje.

Niet veel later kondigde zich bij Lotte en Olivier ook nieuw leven aan. Lotte beviel van een kerngezonde dochter, die de namen Liese-Lotte kreeg.

'Een pracht van een combinatie,' zei ik tegen Olivier toen ik de trotse vader aan de lijn had.

'Jullie komen toch gauw kijken?' vroeg hij.

'Wat dacht je dan?' zei ik, zogenaamd verontwaardigd. 'We komen eraan.'

Ik borduurde weer een set, en omdat we de volgende dag al naar Amsterdam zouden gaan, bleef ik er een nachtje voor op om het af te maken. 'Laten we niet vergeten ook een kleinigheidje voor de jongens mee te nemen,' zei ik de volgende morgen tegen Bob. 'Alle aandacht gaat nu uit naar het nieuwe kindje, en dus moeten we Martijn en Jonathan er ook bij betrekken.'

Deze taak nam Bob op zich, en daarna togen we naar Amsterdam. Het was een prachtig kindje, zo gaaf en volmaakt dat de tranen in mijn ogen sprongen. Ik was niet bij de wieg vandaan te slaan. Lies en Hugo waren er ook, en Lies mocht haar naamgenootje vasthouden. Dat wilde ik ook wel, maar ik durfde het niet te vragen. Als Lotte het aanbood, zou ik geen seconde aarzelen. Heel voorzichtig streelde ik het wangetje toen Hugo de kleine meid mocht vasthouden.

'Olivier,' klonk de stem van Lotte vanuit het kraambed, 'wil je Liese-Lotte in de wieg terugleggen?'

Olivier nam zijn dochter van Bob over en liep voorzichtig met haar naar de wieg. 'Wil jij haar ook eens vasthouden, Else-Marie?' vroeg Olivier.

Ik strekte mijn armen uit om Liese-Lotte van hem over te nemen, maar toen kwam Lotte overeind. 'Nee, dat wil ik niet. Laat haar met haar moordenaarshanden niet aan mijn dochter komen. Je weet nooit wat ze in haar hoofd haalt.'

Het werd stil in de kraamkamer. Iedereen was geschrokken van de uitbarsting van Lotte. De gezellige en ontspannen sfeer die er tot nu toe geheerst had, was meteen verdwenen.

'Toe nou, Lotte,' suste Olivier, maar ik legde mijn hand op zijn arm.

'Het geeft niet, Olivier. Het is al goed.'

'Dat is het helemaal niet.' De stem van Bob klonk boos. 'Wij gaan maar weer eens. Een goede kraamvisite moet niet te lang duren. Wij komen wel weer als we welkom zijn.'

Voordat ik het goed en wel besefte, stonden Bob en ik buiten. Bob beende driftig naar de auto, en ik volgde hem. Vertwijfeld keek ik naar mijn handen. 'Bob, ik zou nooit...' Ik probeerde me goed te houden.

Bob kwam naar me toe en nam me in zijn armen. 'Dat weet ik, mijn liefste. Dat weet ik.' Ik hoorde een geluid achter me.

'Daar heb je Olivier,' fluisterde Bob in mijn oor.

Ik maakte me los uit zijn omhelzing en draaide me om.

'Het spijt me vreselijk, Else-Marie.' Olivier wist met zijn houding geen raad. 'Ik weet niet wat Lotte nu ineens bezielt, maar ik wil je mijn verontschuldigingen aanbieden.'

Ik schudde mijn hoofd. 'Het is goed. Laten we het er maar op houden dat het de hormonen waren, die opspeelden.'

Er lag opluchting in Oliviers ogen te lezen. 'Dank je wel voor je begrip.' Met deze woorden namen we afscheid van elkaar. We hebben er geen woorden meer aan vuil gemaakt, maar vanaf dat moment wist ik het zeker: er heerste een gewapende vrede tussen Lotte en mij.

Lotte zocht ook toenadering tot Anne. Anne voelde er niet zo veel voor, maar Lotte bleef bellen om iets van het oude contact met haar zus te herstellen. Ten slotte stemde Anne in met een ontmoeting, een doorbraak in de verzoeningspogingen van Lotte. Het duurde echter lang voordat de zussen weer als vanouds vriendinnen waren.

Nu Lotte en Anne weer samen door één deur konden, hadden Bob en ik de stille hoop dat het tussen moeder Lies en dochter Anne ook weer goed zou komen. Dat gebeurde echter niet, zeker tot groot verdriet van Bob.

HOOFDSTUK 13

Niet alleen Liese-Lotte groeide als kool, maar ook Saartje. Bob ging met haar naar een hondencursus, en af en toe ging ik met hen mee. Saartje was een voorbeeldige hond, maar ze wist precies hoe ze Bob moest bespelen voor een lekker hapje. Ik was een stuk strenger en consequenter, maar Bob kon gewoonweg niet tegen haar smekende blik. Saartje hoefde maar op een speciale manier naar hem te kijken, en Bob bezweek. Saartje hield van lekkere lange wandelingen, liefst door het bos. Soms gingen Bob en ik samen Saartje uitlaten, maar Bob deed dat ook wel alleen. Op zondagochtend gingen we altijd samen, en dan namen we een lange route door het bos. Het liep tegen het voorjaar, en ik snoof diep de boslucht in.

'Je ruikt de lente,' zei ik tegen Bob. Ik genoot van het prille, ontluikende, jonge groen. Het stak zo mooi af bij het bruin van de bomen. Al die verschillende kleuren groen bij elkaar, prachtig.

Saartje mocht van de riem af en rende uitgelaten voor ons uit. Bob sloeg zijn arm om me heen, en zo liepen we verder het bospaadje af. Het was stil in het bos op dit vroege uur. We kwamen maar zelden iemand tegen op onze zondagochtendwandelingen. Wat was het heerlijk rustig en stil. Ergens aan de zijkant hoorde ik geritsel. Ik keek op, maar zag niemand. Saartje kwam uitgelaten op ons afgestormd, en ik dacht dat zij de oorzaak was.

'Een beetje kalm, hoor,' mopperde ik quasiboos op haar. 'Je maakt met al je lawaai de konijntjes en eekhoorntjes wakker.'

Parmantig keek Saartje mij aan alsof ze wilde zeggen: 'Nou en? Het is tijd om op te staan.'

Een paar dagen later hing Anne aan de lijn. Ze ratelde zo opgewonden dat ik er aanvankelijk geen touw aan kon vastknopen. Eerst was ik bang dat er iets met haar borsten aan de hand was.

Anne had net als ik een goedaardige borstziekte, mastopathie. De schrik sloeg mij om het hart. Het was allemaal goedaardig, daar niet van, maar dat kon plotseling omslaan. Maar dat bleek het gelukkig niet te zijn. Het was van een heel andere aard. Verslagen legde ik neer. Ik vocht tegen mijn tranen.

Bob kwam de kamer in gelopen en schrok toen hij mijn gezicht zag. 'Else-Marie, was is er aan de hand?'

Als verdoofd antwoordde ik: 'Bob, ik wil graag een kop koffie, zwart en heel sterk, als het kan.'

Bob sprong op zijn fiets om in de dichtstbijzijnde boekhandel het blad te kopen. Ondertussen zat ik met een mok koffie aan de tafel. Ik nam een slok van het afschuwelijke spul. Met walging bekeek ik de inhoud van de mok. 'Hoe mensen dit een genotmiddel kunnen noemen, is mij een raadsel,' zei ik tegen Saartje terwijl ik nog een slok nam. Het was niet te drinken, maar dapper zette ik door. De koffie viel als een baksteen in mijn maag, en deze kromp ineen. Kwam dat nu door de koffie of door het bericht van Anne? Ik vermoed beide.

Tegen de tijd dat ik de mok had leeggedronken, was Bob weer thuis. Zwijgend gaf hij mij het blad.

Op de cover van *Valentijn* prijkte een foto van een bekend fotomodel. *Valentijn* was een van de bladen waarin je Annet de Vries en haar echtgenoot Peter Konings vaak tegenkwam. Het was een van de bladen waar Johanna al jaren een abonnement op had. Als je op de hoogte wilde zijn van wat er speelde in de wereld van showbizz, glitter en glamour, zat je bij *Valentijn* op rozen. Aan de zijkant van het omslag stond een onduidelijke foto van Bob en mij, met daaronder de tekst 'Nieuwe liefde voor Bob Petersen'. Nog steeds zwijgend bladerde ik het blad door, op zoek naar het bewuste artikel. Ergens in het midden vond ik Bob en mijzelf terug. Het was een foto van Bob en mij terwijl we samen door het bos liepen, de armen om elkaar heen geslagen.

'Waar is deze gemaakt?' Ik draaide me half om op mijn stoel en keek Bob vragend aan.

Bob, die achter mij stond, keek over mijn schouder mee. 'Hier bij ons in de buurt. Staat er in het artikel niets over?'

Mijn ogen vlogen over de regels. 'Hier heb ik het. 'Afgelopen zondag betrapte onze fotograaf de bekende regisseur Bob Petersen met een onbekende blonde vrouw. Bob Petersen had ooit een relatie met Annet de Vries, de huidige echtgenote van regisseur Peter Konings." Er werd nog het een en ander over de carrière van Bob geschreven.

'We wisten dat deze dag eens zou komen,' zei Bob, en hij ging tegenover mij zitten. 'Het is trouwens een mooie foto. Ik zal proberen de fotograaf te achterhalen en een extra afdruk vragen voor ons album.'

Bob had een apart gevoel voor humor, maar op dit moment schoot me die opmerking in het verkeerde keelgat. Mijn ergernis liet ik dan ook duidelijk blijken.

'Je moet het maar zo zien: volgende week ligt dit blad bij de stapel oud papier om het konijnenhok te verschonen. Er zijn veel belangrijkere dingen in de wereld.' Bemoedigend legde Bob zijn handen op de mijne. Toen werd zijn stem ernstig. 'We wisten het, mijn liefste, dat deze dag eens zou aanbreken. We hebben een zware huwelijkscrisis achter de rug. Zouden we dit dan ook niet samen te boven komen?'

Bob had gelijk, maar toch. Er stond iets te gebeuren waarvan ik de reikwijdte niet kon overzien.

'Ik zou je graag willen geloven, heel graag.' Mijn stem bibberde. 'Ik ben bang dat dit het begin van een heksenjacht is.' Een gevoel van naderend onheil kwam over me. Verslagen keek ik door het raam naar buiten, met mijn gedachten mijlenver weg.

Ik kreeg ook een telefoontje van een bezorgde Johanna. 'Als het je allemaal te veel wordt, kom je naar me toe. Hier zullen ze je niet lastigvallen en geen opdringerige vragen stellen.' Johanna woonde in Arnhem, tegenover de ingang van een kerk. Ze had een leuk, lief huisje, dat veel weg had van een poppenhuis. Het was er vredig, rustig en stil. Maar of het een ideale schuilplaats zou zijn? Andere bladen besteedden er in ieder geval geen aandacht aan. Maar het was komkommertijd. Op het gebied van de showbizz was niet veel te melden. Ook was er geen gezinsuitbreiding bij het kroonprinselijk paar te verwachten. Dus alle tijd om 'de onbekende blonde vrouw' na te trekken. De volgende week stond ik op het omslag. Lang geleden had ik er eens een grapje over gemaakt, toen een overijverige journalist dacht dat ik de nieuwe liefde van Bob was. Bob had toen nog een relatie met Annet en kwam een avondje buurten. Het bleef bij dat ene artikeltje, jaren geleden. De regels van het spel waren nu veranderd. Else-Marie Verbeke op de cover van *Valentijn*. Ik kwam net uit de supermarkt en was druk bezig de boodschappen in mijn fietstassen te bergen. Daar was de foto gemaakt, maar ik kon me geen fotograaf herinneren. Een groot artikel deze keer. Men had buurtbewoners geïnterviewd. Hoe lang zou het duren voordat men erachter kwam dat ik veroordeeld was? Andere bladen namen het verhaal over. Een week later verscheen het artikel waar ik zo bang voor was en waarop ik onbewust al die jaren op had zitten wachten. 'Else-Marie, de echtgenote van Bob Petersen, is een moordenares,' stond met grote, vette letters op het omslag. Het artikel sloeg in als een bom. Sonja en haar medewerkers werden overspoeld met aanvragen voor interviews. Else-Marie Verbeke was een *hot item* geworden. Showprogramma's besteedden uitgebreid aandacht aan mij. Ik besloot me niet te laten kennen en deed mijn dagelijkse dingen. Een van de zoons van Johanna was jarig, en ik had er een gewoonte van gemaakt hun een kaartje te sturen. Deze middag toog ik op de fiets naar de boekhandel om een mooie kaart voor haar jongste zoon uit te zoeken. Halverwege bedacht ik me. Ik besloot het gezin een lange brief te schrijven. Aangezien ik van mening ben dat een brief nog steeds op de ouderwetse manier behandeld dient te worden, geschreven op mooi briefpapier, begon ik in de boekhandel een zoektocht naar briefpapier. Ze hebben daar ook een grote afdeling schrijfwaren. Dat hoefde dus geen probleem te zijn. Dat werd het wel, want hoe ik ook zocht, ik vond geen doos briefpapier. Nadat ik een tijdje had rondgelopen, besloot ik een verkoopster aan te spreken. Ik zag een jong meisje bezig met het prijzen van een aantal boeken. Ik glimlachte en liep op haar af. Iedereen die meer dan tien jaar jonger was dan ik, beschouwde ik als een meisje. Toen ze zich omdraaide, en ik haar gezicht kon zien, zag ik dat het inderdaad een jonge blom was. 'Ik hoop dat je mij kunt helpen. Ik ben op zoek naar briefpapier.'

Verlegen keek ze me aan. 'Briefpapier, mevrouw?'

Ik hoorde de aarzeling in haar stem. Ik werd verrast door de oprechte blik die zij me schonk.

'Kunt u misschien briefpapier omschrijven. Ik heb geen idee waar u het over hebt.'

Nu was het mijn beurt om verbaasd te kijken. 'Tja, het is papier op A4-formaat, meestal zit het in een doos van ongeveer tien stuks, met bijbehorende enveloppen. Meestal is het papier versierd met afbeeldingen van bloemen of paarden.' De verkoopster had zwijgend naar mijn verhaal geluisterd. Maar ik kon aan alles merken dat ze geen idee had wat ik bedoelde.

'Ik ga even naar achteren om te vragen of we dat wel verkopen.' Weg was ze.

Ondertussen nam ik een kijkje bij de boeken. Het duurde enige tijd voordat de verkoopster terug was. Opgelucht hoorde ik haar zeggen: 'Dit is het enige wat ik in het magazijn kon vinden.' Het meisje overhandigde me een setje briefpapier.

Het was briefpapier, dat moest ik toegeven, maar daarmee was dan ook alles gezegd. Voorzichtig blies ik het stof eraf. 'Inderdaad, dit komt regelrecht uit het magazijn,' grapte ik, en ik draaide het pakje om. De prijs stond er nog in guldens op vermeld. Geen mooie afbeelding van dieren of bloemen, maar het had een eigenaardige beigeachtige kleur. Het kon ook vergeeld zijn in de loop der jaren. Spijtig gaf ik het setje terug aan de verkoopster. 'Dit is niet bepaald wat ik zoek, maar hartelijk dank voor je moeite. Ik kijk nog even verder.' Ten slotte kocht ik een stoere, mannelijke verjaardagskaart voor de zoon van Johanna. Met die kaart in mijn hand wachtte ik op mijn beurt voor de kassa. Vergiste ik mij nu, of voelde ik onbekende ogen in mijn rug prikken? Ik draaide me om, maar ik zag niemand. Je ziet spoken, kalmeerde ik mezelf, maar ik kon het onbehaaglijke gevoel niet van me afzetten.

Ik dacht nog even terug aan de jonge verkoopster. Het moest voor haar toch al wereldschokkend zijn geweest, een vraag om briefpapier. Opgegroeid zijn in de moderne tijd van e-mails, sms'jes sturen en chatten, en dan krijg je een vraag om briefpapier! Wist zij veel dat je vroeger lange brieven schreef aan je correspondentievriendinnen. Briefwisseling per e-mail is veel makkelijker en sneller, maar toch gaat er niets boven een handgeschreven brief of kaart. Het idee dat iemand speciaal voor jou naar de boekhandel is geweest om zoiets te kopen, brengt al zo veel vreugde. Nog meer als je beseft dat iemand ook voor jou naar de brievenbus om de hoek moest. Kortom, het gaf zo veel meerwaarde aan een berichtje.

Het was gezellig druk in de winkel, en ik maakte een praatje met de man die voor mij stond te wachten.

Hij nam me oplettend op. 'Ken ik u niet ergens van?'

Ik schudde mijn hoofd en probeerde er een grapje van te maken. 'Misschien bedoelt u mijn tweelingzus?'

De man bleef me zo indringend aankijken dat ik me onbehaaglijk begon te voelen onder zijn blikken. Hij wilde een opmerking maken, maar de verkoopster zei: 'Goedemiddag. Waarmee kan ik u van dienst zijn?'

Wat was ik blij dat ik aan de beurt was. Ik rekende de kaart af. 'Heeft u er ook een velletje postzegels bij? Tien stuks, ja graag.'

Met een gevoel van opluchting zocht ik in mijn tas naar mijn fietssleutel. Ik werd op mijn schouder getikt, en geschrokken draaide ik me om. Er stond een onbekende man voor me. Doordat ik op zoek was naar mijn sleuteltje, had ik hem niet horen aankomen. 'Bent u Else-Marie Verbeke?'

Ik wist even niet wat ik moest antwoorden. Weer met dat grapje aankomen dat ik mijn tweelingzus was?

De man noemde zijn naam en het blad waarvoor hij werkte. Er werd een aantal vragen op mij afgevuurd. Terwijl ik nog bezig was een antwoord te bedenken op een vraag, had de man al een andere klaar.

'Wilt u me alstublieft met rust laten?' Haastig pakte ik mijn fiets. Ik stopte de tas in mijn mandje en reed met bonkend hart weg. Als ze maar niet achter me aan komen, flitste het door mijn hoofd. Ik reed door het rode stoplicht en dacht maar één ding: zo snel mogelijk naar huis.

Ik had er al op gerekend: ook dit verhaal werd breed uitgemeten in de pers. Ik werd afgeschilderd als hoogmoedig, arrogant en agressief.

Dit alles had ook een behoorlijke impact op me. Ik begon ertegen op te zien naar buiten te gaan. Alleen in huis voelde ik me nog veilig. Daar kon niemand me met zijn giftige pijlen raken. Wat zat ik in angst, wanneer Bob naar Amsterdam vertrok. De lamellen deed ik dan half dicht, en als er gebeld werd, deed ik niet open. Het zou iemand van de pers kunnen zijn. Ik probeerde mezelf wel te dwingen naar buiten te gaan. Tenslotte moest iemand dan Saartje uitlaten; de andere dagen deed Bob dat. Af en toe ging ik met hem mee, maar ik was doodsbang. De ervaring bij het kerkhof in Zeeland kwam weer levensgroot terug. Het werd er niet beter op toen *Valentijn* een groot achtergrondartikel plaatste. Ze waren naar Zeeland geweest en hadden gesproken met mensen uit mijn jeugd, vroegere klasgenootjes en zo. Maar ook de broer van Marion van der Laan kwam uitgebreid aan het woord. Hij vertelde onder meer dat hij mij tegen het lijf was gelopen bij het kerkhof, en dat een vreemde vrouw die bij me was, hem toen had aangevallen.

'Dat is de omgekeerde wereld,' brieste Anne toen ze het verhaal las.

Ik werd stil en teruggetrokken. Normaal ging ik op de fiets naar Anne voor de wekelijkse schoonmaakbeurt van haar flat. Nu smeekte ik Bob of hij mij met de auto wilde brengen en halen.

Maar dat was Bob niet van plan. 'Dit gaat de verkeerde kant op. Straks ontwikkel je zo'n angst dat je ons huis helemaal niet meer uit komt. Je gaat gewoon op de fiets naar Anne. Desnoods fiets ik met je mee en kom ik je met de fiets halen.'

Diep in mijn hart moest ik Bob gelijk geven, maar het was zo'n gevecht. Een gevecht tegen onbekende vijanden, de media, en mijzelf. Het dieptepunt vond ik een opiniepeiling die een krant deed onder bekende Nederlanders. 'Bob Petersen wist dat Else-Marie Verbeke een crimineel verleden had. Desondanks is hij met haar getrouwd. Wat vindt u daarvan?' Bekende Nederlanders die ik niet kende, en die mij ook niet kenden, konden ongegeneerd hun commentaar spuien. Niet alleen bekende Nederlanders, ook de man in de straat werd naar zijn mening gevraagd.

Steunbetuigingen kregen we ook. Johanna belde vaker dan ooit. Mijn elektronische postbus werd overspoeld met mails van Hellen en Els. Mevrouw Van Zanten, de directeur van de gevangenis, stuurde me een lange en hartelijke brief. Zelfs Mark en Marieke lieten van zich horen.

Ik troostte me met de gedachte dat het eens zou overgaan. Eens zou men er genoeg van krijgen. Maar voorlopig was het eind nog niet in zicht. Steeds opnieuw verschenen er artikelen in de pers, het ene nog sensationeler dan het andere. Anne opperde een kort geding aan te spannen tegen *Valentijn* om de schade enigszins binnen de perken te houden.

'Dat helpt niet. Dan hebben ze weer iets om over te schrijven, en zo blijven ze bezig.'

En er bestond nog altijd zoiets als persvrijheid, een van de grondbeginselen van de Nederlandse democratie.

Soms vloog het me allemaal naar de keel. Mochten 'de bladen' dan alles zomaar schrijven wat er bij hen opkwam? Nam iedereen alles dan voor waarheid aan? In deze tijd moest ik vaak denken aan prinses Diana. Aan handen en voeten gebonden in het strakke keurslijf van het Britse koningshuis. Als er iets gebeurde wat niet door de beugel kon, had Buckingham Palace een leger woordvoerders en persvoorlichters die alles recht mochten breien. Na haar scheiding van prins Charles veranderde dat, en viel deze koninklijke bescherming weg. Er werd jacht op haar gemaakt. De godin van de jacht was zelf een stuk aangeschoten wild geworden. Ik moest het in de juiste verhoudingen blijven zien. Op haar beurt manipuleerde prinses Diana ook de pers, en wist ze de bladen te vinden wanneer ze die nodig had. Natuurlijk kon je dat niet vergelijken met mijn situatie. Ik speelde geen rol van betekenis op het wereldtoneel, maar ik kon me wel indenken wat ze moest hebben doorstaan.

Op een morgen was ik boodschappen aan het doen in de supermarkt. Ik wilde een nieuw gerecht uitproberen en stond met het pak in mijn hand. In gedachten somde ik de ingrediënten op die ik nodig had. Een gevoel van angst overviel me. Verward draaide ik me om, maar er stond niemand achter me. Mijn knieën begonnen te trillen, en ik klemde me vast aan het winkelwagentje. Mijn knokkels waren verkrampt, en met moeite kreeg ik mijn handen los. Mijn hart bonkte als een bezetene in mijn lijf, en het klamme zweet brak me uit. Het was alsof mijn hoofd zou ontploffen. Wanhopig keek ik om me heen, maar niemand lette op mij. Alles duizelde, en het plafond van de supermarkt kwam op me af. Nog even, en ik werd geplet. Snel liep ik terug met mijn wagentje. Er lagen nog niet veel boodschappen in. Ik zette alles zette terug in de schappen en vloog met mijn karretje de winkel uit. Buiten, bij mijn fiets, kalmeerde ik een beetje. Het trillen van mijn knieën en handen bedaarde. Ik sprong op mijn fiets.

'Bob, o Bob.' Huilend wierp ik me in zijn armen. 'Ik werd niet goed in de winkel. Ik dacht echt dat ik dood zou gaan.' Door mijn tranen keek ik hem aan.

Zijn gezicht stond ernstig. 'Dit gaat de verkeerde kant op. Het lijkt me het beste dat we straks samen naar de supermarkt gaan.'

Ik klemde me aan Bob vast. 'Dat durf ik niet. Ik ben zo bang dat het weer gebeurt.' Smekend keek ik hem aan, maar Bob was niet te vermurwen.

'Zo ontwikkel je nog een fobie. Volgens mij kreeg je een aanval van hyperventilatie. Daar moeten we iets aan doen.'

Ik wilde alles doen om ervan af te komen, maar niet terug naar de supermarkt.

'Dat moet je juist wel doen. Je weet: als je van je paard valt, moet je er zo snel mogelijk weer op klimmen.'

Die middag gingen we dus samen. Tot aan de deur van de supermarkt ging het goed. Eenmaal binnen viel alles weer als een donkere, zware deken op me. Bob kneep me bemoedigend in mijn arm en verloor me geen seconde uit het oog. Gelukkig was het niet druk bij de kassa. We stonden dus in een mum van tijd weer buiten. Met een diepe zucht dat deze beproeving achter de rug was, nam ik een flinke teug adem.

Dit was het begin van een strijd. Een strijd tegen de angst. Een strijd tegen de voortdurende aanwezigheid van angst voor de angst. Het was zo raar. De ene keer was er niets aan de hand, en kon ik uren in bijvoorbeeld de bibliotheek doorbrengen. De andere keer kreeg ik het benauwd en wist ik niet hoe snel ik naar buiten moest komen. Er was geen peil op te trekken. Bob zag het allemaal met lede ogen aan. Iedere dag opnieuw moest ik het gevecht aangaan. Aan het eind van de ene dag kon ik trots zijn op mezelf omdat ik de angst had overwonnen, maar soms was ik teleurgesteld en verdrietig dat ik er weer aan had toegegeven.

Ik werd er moedeloos van. Was hier nu helemaal niets tegen te doen? Ik zal maar eerlijk zijn: als er een pilletje tegen hyperventilatie bestond, zou ik meteen een voorraad in huis nemen.

Mijn huisarts nam mijn klachten zeer serieus. 'Er bestaan geen medicijnen voor. Het beste advies dat ik je kan geven, is ademhalingsoefeningen doen. Alles staat of valt met je ademhaling. Als je die onder controle weet te houden, heb je al een flink stuk gewonnen.' Van een gezonde nachtrust was al tijden geen sprake meer. De huisarts schreef een kalmerend middel voor. Mijn dagelijks ritme was verstoord. Overdag viel ik zowat om van de slaap, terwijl ik 's nachts uren naar het plafond lag te staren.

Bob dook de bibliotheek in en kwam met een stapel boeken over hyperventilatie onder zijn arm thuis. Ik worstelde ze één voor één door en maakte ijverig aantekeningen. Natuurlijk het was allemaal theorie. Ik zette me voor de volle honderd procent in om deze theorie in praktijk te brengen. Ik bestelde een cd met ontspanningsoefeningen, en iedere avond deed ik ze trouw. Ik was zo druk bezig met het me eigen maken ervan dat de hele zaak-Else-Marie Verbeke wat naar de achtergrond schoof.

Maar andere mensen waren er wel degelijk mee bezig. Johanna bijvoorbeeld. Zij had vanaf het begin een abonnement op *Valentijn*. Ik kreeg haar op een dinsdagmorgen aan de lijn. 'Ik heb een daad gesteld,' vertelde ze triomfantelijk. Johanna was zo verbolgen geweest over de publiciteit dat ze een boze brief naar de hoofdredacteur had geschreven. 'Wees maar niet bang. Ik heb niets geschreven over onze vriendschap,' stelde ze me gerust. 'Maar ik heb wel ongezouten mijn mening gegeven en meteen mijn abonnement opgezegd.'

Ik dacht niet dat de hoofdredacteur van *Valentijn* wakker zou liggen van Johanna's actie, maar dat durfde ik niet tegen haar te zeggen.

'Ze zullen mijn brief wel plaatsen. Let op mijn woorden.'

Dat gebeurde niet. Eén lezeres meer of minder, wat maakte dat nu uit? Bladen als *Valentijn* moesten het hebben van de losse verkoop, en die cijfers stegen iedere week.

Niet veel later werd ik weer eens met de harde werkelijkheid geconfronteerd. Sonja kwam onverwachts langs. Dat gebeurde niet vaak. Meestal zocht Bob haar op in Amsterdam.

'Ik zal maar met de deur in huis vallen. De productie van je nieuwe film komt in gevaar. Sommige sponsors denken er serieus over zich terug te trekken.'

Ik legde mijn hand op de knie van Bob. 'En dat komt door mij.'

Sonja antwoordde niet, maar ze knikte.

De stem van Bob klonk hard en kil toen hij zei: 'Dat is dan erg jammer, maar ik peins er niet over mijn huwelijksgeluk op te geven.'

'Het filmen is je leven,' klonk mijn stem zacht. Ik verbaasde me erover dat ze me nog konden verstaan.

'Ik heb wel een idee,' zei Sonja. Ze ontvouwde haar plan.

Bob was het er niet mee eens en liet dat in niet mis te verstane woorden blijken.

Ik vond het idee van Sonja zo gek nog niet. 'Wellicht kan een dergelijk interview een hoop onrust wegnemen. We krijgen de kans om ons verhaal te doen, en misschien laten ze ons daarna met rust.'

'Misschien, misschien,' sneerde Bob. 'Voor hetzelfde geld ook niet, en dan zijn we nog verder van huis. Ik peins er niet over mijn privéleven voor heel Nederland op de buis te brengen en me te verantwoorden voor mijn keuzes.'

'Maar ik wel.' Strijdlustig keek ik Sonja aan. Ik wendde mijn blik naar Bob. 'Als jij niet wilt, goed. Dan ga ik wel alleen.'

Het bleef een paar minuten stil. Toen stond Bob op. Hij kwam achter mijn stoel staan. Hij legde met een teder gebaar zijn handen op mijn schouders. 'Goed, jij je zin. Ik zal achter je staan. Sonja, leg jij de eerste contacten maar.'

'Bij Thijs,' was de enige eis die ik stelde. 'Ik wil alleen in het programma van Thijs Brinkman. Hij is serieus en oprecht. Als we toch openheid van zaken geven, dan alleen bij hem.'

HOOFDSTUK 14

Het programma van Thijs Brinkman was een van de best bekeken televisieprogramma's van Nederland. Het werd dagelijks uitgezonden en was een van de pijlers van de publieke omroep. Het was een nieuwsprogramma, en regelmatig was er een optreden van een zanger of zangeres. Er werd veel aandacht geschonken aan de actualiteit en aan mensen die op dat moment in het nieuws waren. Maar alles gebeurde op een integere manier. Het belangrijkste voor mij was dat Thijs zijn gasten liet uitpraten en hen met respect benaderde. Het bleek dat de redactie van Thijs ook een verzoek voor een interview had ingediend. 'Dat maakt het leggen van een eerste contact wat eenvoudiger,' aldus Sonja. Thijs presenteerde het programma niet alleen. Iedere dag werd hij bijgestaan door een gastpresentator, die ook een deel van de presentatie voor zijn of haar rekening nam. Dat wilde ik beslist niet. 'Het interview wordt alleen afgenomen door Thijs, en er is niemand anders bij.'
Sonja trok een bedenkelijk gezicht. 'Ik weet niet of de redactie daarmee akkoord gaat.'
Ik liet me niet ompraten. 'Wil men dat niet, even goede vrienden, maar dan komt er ook geen interview.'
Sonja zocht in het diepste geheim contact met de redactie. Tot haar grote verrassing – en ook de mijne overigens – ging men akkoord met de voorwaarde dat Thijs alleen het woord zou voeren. Deze middag zat hij alleen met ons aan tafel. Zijn programma werd live uitgezonden. Er was dus geen mogelijkheid er dingen uit te knippen. Sonja kreeg de verzekering dat Thijs zich uitvoerig in mijn zaak had verdiept en geen waardeoordeel zou uitspreken. Hij zou alles op een journalistieke wijze benaderen.
'Wat dat ook betekenen mag,' snoof Bob. Hij had nog steeds grote

moeite met het idee dat we bij Thijs te gast zouden zijn. Het was voor mij de eerste keer dat ik een televisiestudio bezocht. Dat klinkt misschien raar voor een echtgenote van een filmregisseur. De tijd die ik samen met Bob had doorgebracht, was ik ook nooit op de set geweest. Vlak voor mijn vrijlating was Bobs nieuwste film in roulatie gebracht. Omdat Bob zeer betrokken is bij het maken van een film – zo schrijft hij het scenario ook meestal zelf –, duurt het een paar jaar voordat er weer een nieuwe film verschijnt. 'Beter vijf mooie films dan tien slechte,' was zijn motto.

Die middag was de spanning voelbaar, zeker toen we in de auto stapten op weg naar de studio. Regelmatig legde Bob zijn hand op mijn knie en kneep hij er bemoedigend in. Voor hem was het bijna dagelijks werk, voor mij was het de eerste keer.

'Hopelijk ook meteen voor het laatst,' merkte ik op.

Bob had een verrassing voor na de uitzending. Het was de bedoeling de spanning wat weg te nemen. Ik moest alleen een koffer met kleren inpakken. Ook weer zoiets typisch mannelijks. 'Ik weet toch niet waar we heen gaan? Voor hetzelfde geld pak ik winterkleren in, en vertrekken we naar het zuiden.'

'Goed geraden,' antwoordde Bob kalm. 'Zomerkleren dus. Ik heb alles geregeld. Na het interview met Thijs vertrekken we meteen naar Schiphol. We blijven een maandje weg. Ik hoop dat tegen de tijd dat we weer in Nederland zijn, de storm is gaan liggen. Dan kunnen we verder met ons leven.'

Ik verslikte me bijna. Een maand. 'Zo veel kleren heb ik niet,' bracht ik er nog tegen in.

'Daar hebben ze ook wasmachines.'

'Hoe moet het dan met Saartje?'

'Anne,' bromde Bob. 'Anne komt zolang op ons huis passen. Alles is al geregeld. Vertrouw me nu maar.'

'Er zit niets anders op.'

Met een zwaar gevoel in mijn maag stapte ik uit. Samen liepen we de opnamestudio in. Bij de receptie meldde Bob zich. We mochten doorlopen. Een medewerker van de redactie kwam ons tegemoet. We liepen door een enorme hal, en ik bleef even staan. Ik wilde alles op me laten inwerken. Mensen waren druk aan het werk. Een repetitie voor een praatprogramma was bezig. Gefascineerd keek ik ernaar. Plotseling bedacht ik waarvoor ik ook weer hier was, en ik zette er de pas in. Op enig moment keek ik naar boven en zag ik de enorme lampen hangen. Wat een joekels waren dat. Weer stond ik stil. Zo'n lamp zou maar naar beneden vallen en dan op je hoofd terechtkomen. Ik liep weer door, maar met mijn blik nog steeds naar boven gericht. Hoeveel watt zou daar wel niet in zitten? Ineens pakte iemand mijn elleboog. 'Mevrouw Verbeke, kijkt u uit waar u loopt? Er liggen hier overal kabels, waar u lelijk over kunt vallen.' Dankbaar keek ik de medewerker aan. Liep ik daar te dagdromen over wat er zou kunnen gebeuren in de lucht, terwijl het gevaar op de grond lag. Met de minuut werd ik nerveuzer.

Bob was de kalmte zelve. 'En dat zonder mediatraining,' spotte hij.

Ik maakte kennis met Thijs, die in het echt nog veel aardiger was. We namen plaats aan tafel, waar de glazen water al voor ons klaarstonden. Een diepe zucht ontsnapte uit mijn keel.

Bob legde zijn hand op die van mij en kneep er zachtjes in.

Ik voelde de ogen van het aanwezige publiek in mijn rug prikken. Nog even... De begintune van het programma klonk, en de camera richtte zich op Thijs.

'Goedenavond, dames en heren, ik ben Thijs Brinkman. Vandaag een andere uitzending dan u van ons gewend bent. U weet dat ik dit programma presenteer met een gastpresentator, een tafelheer of -dame. Vandaag dus niet. Dit op uitdrukkelijk verzoek van de betrokkenen. De afgelopen weken waren zij niet weg te slaan van de voorpagina's. Bob Petersen en zijn echtgenote Else-Marie Verbeke. Heel Nederland stortte zich op de vraag hoe het in vredesnaam kon gebeuren dat Bob verliefd werd op een ex-gedetineerde. Else-Marie Verbeke heeft een moord gepleegd en heeft zichzelf na verloop van tijd aangegeven. Ze is veroordeeld en heeft haar straf uitgezeten. Vandaag zijn ze bij me te gast om hun kant van het verhaal te vertellen in een exclusief interview. Bob Petersen en Else-Marie Verbeke.' Thijs liep naar ons toe en nam plaats aan de tafel. De camera draaide met hem mee. 'Dag, Bob en Else-Marie, welkom in mijn programma. Mag ik eerst vragen hoe jullie elkaar hebben leren kennen?'

Bob beantwoordde de vraag. Hij liet geen seconde mijn hand los. Ik was blij dat ik een blouse met korte mouwen had aangetrokken, want het was behoorlijk warm onder de felle studiolampen. Ik luisterde naar het verhaal van Bob. In de loop van het interview kwam ik ook uitgebreid aan het woord. Ik stelde me voor dat Thijs bij ons thuis op bezoek was en aan de keukentafel zat. Dat hielp een beetje om te ontspannen. Ik vertelde over mijn jeugd in Zeeland. Ik kon er niet omheen dat Thijs ook doorvroeg over de verhouding tussen Marion van der Laan en mij. 'We hebben niet bij elkaar in de klas gezeten, als je dat bedoelt, Thijs. Marion was een jaar of twee ouder dan ik. We waren niet bepaald vriendinnetjes. Ze plaagde mij vaak. Of nee, 'plagen' is het juiste woord niet, 'pesten' komt meer in de buurt.' Met enige schroom vertelde ik van haar poging om mij te wurgen. 'Ik heb er nog steeds last van. Ik kan bijna niets aan mijn hals verdragen, kettingen of iets in die trant. Ik ben dol op sjaaltjes, maar het heeft heel wat strijd gekost voordat ik zover was dat ik ze kon dragen. Nog steeds zal ik ze niet strak om mijn hals knopen, maar losjes.'

Thijs knikte begrijpend.

'Maar dat gaf me nog niet het recht een eind aan haar leven te maken. Ik heb het recht in eigen hand genomen, en dat had ik nooit mogen doen. Ik zou er alles voor overhebben als ik Marion weer levend kon maken.' Openhartig vertelde ik dat na verloop van tijd mijn geweten begon te spreken. 'Ik leerde iemand kennen van wie ik ging houden, en ik hoopte dat ik dat deel van mijn verleden kon vergeten. Alsof er nooit iets was gebeurd. Maar dat kon ik niet. Ik kreeg last van nachtmerries en kon niet meer in slaap komen zonder tabletten. Op den duur hielpen zelfs die niet meer. Op zijn huwelijksaanzoek heb ik in eerste instantie ja gezegd, maar diezelfde nacht besefte ik dat ik niet kon leven met zo'n afschuwelijk groot geheim. Daarna heb ik me aangegeven.' Ik aarzelde, en Bob kneep ter bemoediging zachtjes in mijn hand. Ik nam een diepe teug adem en vervolgde: 'Ik ben veroordeeld en heb mijn straf uitgezeten, maar de last van mijn geweten is iets waar ik nooit onderuit zal komen. Dat is de zwaarste straf die een mens kan krijgen. Je moet verder leven met de wetenschap dat je het nooit meer terug kunt draaien. Hoe graag je dat ook zou willen.'

Na afloop van het interview was ik leeg, totaal leeg. Toen we naar de parkeerplaats liepen, leunde ik zwaar op Bob. In de auto sloot ik van vermoeidheid mijn ogen. Ik probeerde me te ontspannen met ademhalingsoefeningen. Na een tijdje deed ik mijn ogen open.

'Bob, waar gaan we nu eigenlijk heen? Nu mag ik het toch wel weten?'

Bob lachte. 'Je mag raden. Welk liedje zing je altijd wanneer je de koffers pakt?'

'Gaan we op die toer? Een cryptische omschrijving?' Ik gaf het al snel op, te snel naar de zin van Bob.

'Nog één poging,' eiste hij.

'Sorry, maar mijn hersenen willen niet meer. Je hoort ze kraken, maar er komt niets uit.'

'Daarom is dit ook een hersenkraker,' grijnsde Bob. 'Maar vooruit, ik ben ook de moeilijkste niet. Ik geef je een hint: Marie, Marie, pak de koffers in.'

Verrast schoot ik overeind, voor zover dat kan in de autogordels. 'Bob, dat meen je niet.' Er lag een opgewonden klank in mijn stem. 'Je gaat me toch niet vertellen dat we naar Zanzibar gaan?'

'Nou en of. Ik heb een huisje gehuurd voor vier weken.'

Zanzibar. Als ik moe was of ik zag het even niet zitten, zong ik altijd de beginregels van een liedje: 'Marie, pak de koffers in, ik heb zo'n reuze zin, om daarheen te gaan. Laat de vaat maar staan en zing dan: Zat ik maar op Zanzibar.' En nu gingen we erheen. Nog een paar uur, en dan zou ik inderdaad op het strand zitten met een ijsco in mijn hand.

HOOFDSTUK 15

We hadden een heerlijke tijd op het eiland. Nederland en alles wat daar gebeurde, leek ver weg. Van Bob kreeg ik een leesverbod wat de kranten betrof. Maar Nederlandse kranten waren er niet te krijgen. Dus daar hoefde hij zich geen zorgen over te maken. Wat de buitenlandse kranten schreven, interesseerde mij niet. 'Als er iets wereldschokkends gebeurt, weten ze ons heus wel te vinden,' zei ik tegen Bob, terwijl ik rustig aan mijn ijsje likte. De dagen vloeiden in elkaar over. Soms moest ik diep nadenken wat voor dag het was. Het heerlijke, zonnige klimaat en de lange dagen maakten dat alle spanningen van ons af vielen. We genoten van elkaar en van de uitgebreide vakantie. Ik dacht wel eens aan thuis, maar dan meer hoe het met Saartje zou gaan, en met de kleinkinderen.

Het spreekwoord 'Geen zorgen voor de dag van morgen' hebben ze vast en zeker hier uitgevonden. De keuken was een exotische ontdekking, en stiekem hoopte ik dat Bob zou voorstellen hier een vakantiehuis te kopen. Ik was nog nooit zo ver van huis geweest en nu zat ik aan de andere kant van de wereld. Nee, niet overdrijven, het eiland Zanzibar ligt voor de Afrikaanse kust en hoort bij Tanzania.

Bob had het verlangen te gaan diepzeeduiken. De oostkust van Zanzibar stond bekend om zijn prachtige koraalriffen. Hij probeerde mij er ook warm voor te krijgen. 'Dan halen we samen ons duikbrevet,' opperde Bob terwijl hij mij verwachtingsvol aankeek. Ik schudde mijn hoofd. 'Nee Bob, geen haar op mijn hoofd die daaraan denkt. Ik vind het veel te eng onder water.' Het idee dat je afhankelijk was van een fles zuurstof op je rug, deed mij huiveren. Stel je voor dat je de tijd vergat en niet genoeg lucht meer had om naar boven te gaan.

Dus ging Bob zonder mij de onderwaterwereld van Zanzibar verkennen. Hij kreeg de smaak te pakken en was na het halen van zijn duikbrevet bijna iedere dag in de oceaan te vinden. Af en toe waagde hij nog eens een poging om ook mij de koraalriffen te laten ontdekken.

'Geen denken aan. Als ik de wondere wereld onder water wil zien, dan lekker thuis in mijn eigen luie stoel voor de buis. Er zijn schitterende documentaires over gemaakt. Misschien een nieuwe uitdaging voor jou?' grapte ik.

Vanaf dat moment liet Bob het onderwerp rusten. Er waren andere mooie dingen op Zanzibar te bezichtigen, waarvoor ik me niet in een duikpak hoefde te hijsen. Stone Town bijvoorbeeld, met zijn schitterende lanen en ronde torens. De vele deuren met houtsnijwerk vormden een klasse apart. Bob en ik brachten er menig bezoekje, en iedere keer ontdekten we weer iets nieuws. Wat cultuur aanging, overtrof Zanzibar al onze verwachtingen. Vooral ik was diep onder de indruk van het Huis van Wonderen. Dit paleis werd in 1883 onder sultan Barghasi gebouwd.

Hoe langzaam de dagen ook verliepen, toch kwam het moment dat we weer naar huis moesten. Als Bob zou hebben voorgesteld dat we ons verblijf met nog eens vier weken zouden verlengen, had ik daar geen bezwaar tegen gemaakt. Over dat vakantiehuis zweeg ik maar. Een mens moet toch iets te dromen hebben?

Voordat we naar Nederland terugvlogen, spraken Bob en ik af dat het niet bij deze ene keer zou blijven. 'We komen hier terug,' beloofde Bob.

In Nederland hernam het leven zijn gewone gang. De rust was weergekeerd. Niemand besteedde nog aandacht aan mij. De opnamen van Bobs nieuwste film waren in volle gang, en Bob was lange tijd van huis. Het was voor mij een goede oefening om alleen te zijn. Nog steeds had ik de kriebels als ik naar buiten moest, maar ik dwong mezelf ertoe. Ook nam ik de oppasbeurten van Bob over. Ik vond het heerlijk bij Jonathan, Martijn en Liese-Lotte te zijn. Wat Bob en ik hadden gehoopt, gebeurde ten slotte: Anne liet toe dat Lies contact met haar zocht. Voorzichtig zochten ze toenadering tot elkaar.

'Ik ben zo blij,' verzuchtte Anne toen ze bij ons op bezoek was. 'Eigenlijk had ik het veel eerder moeten doen.' Met een schuldbewuste blik keek ze ons aan.

'Misschien was de tijd er nog niet rijp voor,' opperde ik voorzichtig. 'Jullie kunnen nu proberen samen de verloren tijd in te halen.'

Toen Anne weer vertrokken was, nam Bob mij in zijn armen. 'Ben je nu niet een klein beetje jaloers?'

Verbaasd keek ik hem aan. 'Op wie? Je bedoelt Lies? Nee hoor, ik ben veel te blij dat ze eindelijk, na al die jaren, weer contact hebben. Dat staat onze vriendschap niet in de weg. Daar ben ik van overtuigd.'

Dat was ook zo. Ik begreep heel goed dat de vriendschap met Anne nu anders zou worden. Ze zou ook meer tijd met Lies doorbrengen, en daar had ik beslist geen moeite mee.

Toen ging de droomwens van Johanna in vervulling. Bob had haar lang geleden beloofd dat zij, zodra er na onze vrijlating een film van hem in première zou gaan, op de eerste rij zou mogen zitten. Johanna wilde zo graag eens een filmpremière bijwonen. Ik had zoiets al eens eerder meegemaakt, toen Bob nog een relatie had met Annet. Johanna kon van mijn belevenissen geen genoeg krijgen. Vele keren moest ik het verhaal opnieuw doen, dikwijls tot grote wanhoop van Hellen.

En Johanna hield haar belofte: ze zou voor mij bij die gelegenheid een avondjurk maken. Gewapend met een aantal zelfmaakmodebladen vertrok ik naar Arnhem. Samen met Johanna zocht ik een mooie stof uit, en enthousiast ging ze aan de slag.

'Johanna, heb ik niet te veel noten op mijn zang?' vroeg ik soms aan haar. Het moest een niet al te lange jurk zijn (omdat ik de neiging heb over mijn voeten te struikelen), niet te bloot (want daar had ik het decolleté niet voor) en liefst met een jasje erbij (omdat ik mijn armen iets te dik vond).

Johanna deed gewillig wat ik vroeg. Ze vond het heerlijk om iets chics te naaien, en iedere verandering voerde ze meteen door.

Eén ding durfde ik haar niet te noemen: de aanwezigheid van Annet. Als vanzelfsprekend kregen Annet en Peter ook een uitnodiging. Als Annet echter op de première zou verschijnen, kon ik wel inpakken. Ten eerste had zij een totaal andere lichaamsbouw dan ik. Alles wat Annet aantrok, al was het een aardappelzak, stond haar alsof het uit de eerste de beste Parijse modezaak kwam. Geen wonder dat Annet altijd hoog scoorde in de rubriek 'Wat dragen de sterren?'.

Bovendien was ik niet de ster van de avond. Dat waren de hoofdrolspelers. Als echtgenote van Bob moest ik er, zeker ook omdat dit het eerste publieke optreden na alle heisa was, wel rekening mee houden dat alle schijnwerpers op mij gericht zouden zijn. Thuis oefende ik daarom regelmatig met het in- en uitstappen van de auto.

Bob kon zich niet inhouden toen hij mij zo bezig zag.

'Wat sta je daar nu stom te hinniken?' beet ik hem toe na weer een vergeefse poging. 'Ik probeer zo elegant en stijlvol mogelijk uit de auto te stappen, en jij steekt geen hand uit.'

Bob veegde de tranen uit zijn ogen. 'Jij zou ook moeten lachen als je jezelf terug zou zien. Maar geen nood, ik help je wel uit de auto wanneer het zover is.'

Dan was er nog iets waarmee ik in mijn maag zat. Ik wilde Johanna graag voor een teleurstelling behoeden. Mensen kunnen elkaar zo genadeloos afkraken. Hoe zou Johanna het opvatten als de jurk die ze met zo veel liefde en aandacht gemaakt had, een mager zesje zou krijgen? Het was dan ook een enorme opluchting toen Bob mij vertelde dat Annet en Peter er niet bij zouden zijn. 'Door andere verplichtingen zijn wij helaas verhinderd. Anders waren we er vast en zeker bij geweest,' las Bob hun brief voor. 'Ik ben blij dat ze niet komen,' grinnikte Bob. 'Jullie zijn niet bepaald vriendinnen meer, en zeker niet nadat de pers achter je bestaan is gekomen.'

Dat laatste was nieuw voor mij.

Toen vertelde Bob dat Annet hem in die moeilijke periode een brief had geschreven. 'Via haar advocaat. Ze sprak de wens uit dat zij en haar bedrijf er niet bij betrokken zouden worden. Mocht het haar enige schade toebrengen, dan zou zij niet nalaten juridische stappen te zetten.'

'Dat heb je mij nooit verteld.'

'Jij had al zo veel moeite met je zelf, de aandacht van de pers voor je verleden, je aanvallen van hyperventilatie, de angst voor mensen. Je dacht toch niet dat ik je ook nog eens ging lastigvallen met dat soort kleinigheden?'

'Wat je kleinigheden noemt.'

De verontwaardiging moet in mijn stem hebben doorgeklonken, want Bob schoot in de lach. Op tedere toon ging hij verder. 'Maak je maar niet ongerust. Ik denk niet dat we het echtpaar Koningsde Vries nog ooit op een van mijn premières zullen zien. Mooi, dan hoef ik ook niet naar die van hem toe.'

Toen brak de dag aan dat ik voor het laatst mijn avondjurk bij Johanna ging passen. Trots showde ik hem voor de passpiegel. Ik weet niet wie er trotser was, Johanna of Bob.

Johanna speelde met haar ketting. Ze droeg hem bijna altijd, behalve wanneer ze naar bed of in bad ging. Het was een zilveren ketting met een hanger van Delfts blauw. Er stond een oer-Hollands plaatje op: een molen bij een waterplas, wat bloemetjes. Het was een kunstwerkje. Johanna deed haar ketting af en zei: 'Kom eens hier, meisje.' Johanna is niet zo lang, en dus ik moest ik me vooroverbuigen. Ze ging op haar tenen staan en deed de ketting om mijn hals.

Even raakte ik in paniek. Ik droeg nooit kettingen. Dat had alles te maken met het feit dat Marion van der Laan geprobeerd had mij, toen ik nog klein was, te wurgen.

Johanna wist dat dit een pijnpunt was en kalmeerde me. 'Er gebeurt niets, Else-Marie. Mijn ketting is lang genoeg om niet tegen je hals te drukken.'

Bob knikte geruststellend en langzaam ontspande ik me.

'Betast je hals maar,' ging Johanna verder. 'Voel maar. Er is niets engs aan.'

De tranen sprongen in mijn ogen. 'Johanna,' probeerde ik uit te brengen.

'Hij staat je schitterend. Wil je hem dragen op de avond van de première?'

'Natuurlijk,' stamelde ik. 'Maar jij dan?' Ik wist dat Johanna enorm aan haar ketting gehecht was.

'Dan draag ik een andere ketting.' Het bleef een momentje stil. Alleen het tikken van de klok klonk. 'Hij is straks voor jou, Else-

Marie. Ik heb geen dochter aan wie ik hem kan geven. Wanneer ik er straks niet meer ben, is hij voor jou. Daar zorg ik voor.'

Ik keek Johanna alleen maar aan. 'Johanna,' zei ik zacht, 'je hebt ook nog schoondochters. Hebben die niet meer...'

Johanna viel mij bruusk in de rede. 'Ja, ik heb schoondochters, lieve meiden, maar er is maar één Else-Marie. Die ketting is voor jou.'

Weer keken we elkaar aan. Soms zijn woorden totaal overbodig, en begrijpen mensen elkaar heel goed zonder ook iets maar te zeggen.

Op weg naar Delft begon Bob over de ketting.

'Daar zit een heel verhaal achter. Toen ik hem voor het eerst zag, dacht ik ook: een leuk dingetje. Op de rommelmarkt zou je er niet meer dan een euro voor geven.'

Bob grinnikte: 'Een euro voor een zilveren ketting met een hanger van echt Delfts blauw? Dat is wel wat meer waard dan een euro.'

'Johanna heeft hem gekregen van haar eerste vriend. Het was in de jaren vijftig. Kun je nagaan hoe oud hij al is. Haar vriend was een stukje ouder dan zij, gescheiden en vader van een zoontje, meen ik. Zeker weten doe ik het niet. Het was een verboden liefde. Ik vraag me af of liefde tussen twee mensen ooit verboden kan zijn, maar goed. De ouders van Johanna waren fel gekant tegen deze verkering, en onder druk heeft ze het uit moeten maken. Johanna en haar vriend zagen ook wel dat hun relatie geen toekomst had. Als afscheid heeft hij haar toen die ketting gegeven, als teken van zijn liefde. Niet veel later heeft Johanna de man ontmoet die haar echtgenoot zou worden. Niemand heeft de ware betekenis van de ketting ooit geweten. Ik was de eerste persoon aan wie Johanna haar geheim heeft verteld. Ik zal die ketting met liefde dragen.'

Wat was ik nerveus toen de dag van de première naderde. Heel de dag was ik bezig voor de avond van mijn leven. Bob probeerde me op allerlei manieren te kalmeren, maar dat lukte slechts ten dele. De kapper, de schoonheidsspecialiste en de manicure. Ik wilde dat Bob trots op me was.

'Dat ben ik ook. Ik begrijp niet waar je al die moeite voor doet.'

Ik kreunde zachtjes. 'Bob, straks staan al die fotografen en journalisten aan de zijkant van de rode loper. Dan moet ik er toch geweldig uitzien?'

'Dat begrijp ik wel, maar je ziet er zo al geweldig uit.'

Onderweg naar het theater werd ik steeds nerveuzer.

Bob stelde me gerust. 'Niet bang zijn. Je weet wat Sonja met de persmuskieten heeft afgesproken. Ze mogen zo veel foto's maken als ze willen, maar geen enkele vraag stellen over mijn privéleven, en zeker niet over jou.'

Dat stelde me enigszins gerust. Maar ik was ook nog bang voor het publiek. De aanvaring met de broer van Marion bij het kerkhof in Zeeland was ik nooit helemaal te boven gekomen. Ik was bang dat er rotte eieren of tomaten naar me zouden worden gegooid. Ook op dat punt had Bob zijn voorzorgsmaatregelen genomen. Zodra ik uit de auto was gestapt – na veel oefenen had ik het inderdaad onder de knie gekregen – zou ik omringd worden door bodyguards totdat ik veilig en wel in het theater zou zijn. Ook binnen waren verscherpte veiligheidsmaatregelen getroffen. Bob wilde niets aan het toeval overlaten.

Toen was het moment daar. De auto stopte. De chauffeur stapte uit, liep om de auto heen en opende het portier. Bob stapte aan de ene kant uit, ik aan de andere kant. Dit had ik zo vaak geoefend. Het lukte. Alles ging goed. Bob liep om de auto heen en pakte me bij mijn elleboog. Hij kneep er bemoedigend in.

'Ik ben zo blij dat Annet er niet is,' fluisterde ik. 'Tegen haar charme en kledingstijl had ik nooit op gekund.'

Onophoudelijk flitsten de fotocamera's. De fotografen verdrongen elkaar om maar niets te missen en de foto van het jaar te schieten. 'Mevrouw Verbeke, mevrouw Verbeke!' Meer dan eens werd mijn naam geroepen. Thuis voor de spiegel had ik herhaaldelijk mijn glimlach geoefend. Annet stond altijd zo leuk en zo natuurlijk op de foto's. Dat wilde ik ook proberen.

Hoe gek het ook klinkt, het ging allemaal vanzelf. Bobs hand verplaatste zich naar mijn rug, en hij duwde mij zacht naar de ingang. We namen uitgebreid de tijd om aan de verzoeken van de fotografen te voldoen. Mijn stralende lach was niet van mijn gezicht te krijgen. Halverwege de rode loper keek ik Bob lachend aan. Ik voelde zijn hand nog steviger in mijn rug. 'Ik houd van je.' Het kwam er spontaan en ongekunsteld eruit.

Bobs ogen twinkelden ondeugend. 'Wat dacht je ervan als ik je nu zou zoenen?'

'Een zoen op mijn wang, daar ben ik niet bang van.'

'Nee, geen zoen op je wang, maar een echte, speciale kus op je mond.'

'Dat durf je niet. Niet hier, in het bijzijn van al die mensen.'

'Wedden van wel?' Weer was er die geamuseerde blik in zijn ogen.

'Vooruit dan,' gaf ik mijn toestemming.

Bob trok zich naar me toe en zoende me vol op mijn mond.

Het was precies de foto die de volgende dag in alle kranten te zien was. 'Bob Petersen toont zijn liefde voor zijn Else-Marie,' stond er met grote letters boven.

De kritieken waren niet mals. De ene krant vond het een geweldige film, een andere recensent keurde de film af. Ik vond het altijd spannend hoe een film werd ontvangen. Bob maakte zijn films met veel liefde, vakmanschap en gedrevenheid. Dat eiste hij ook van zijn medewerkers. Ik kreeg het idee dat recensenten dat niet altijd zagen. Maar zoals altijd had het publiek hierin het laatste woord. De film brak alle bezoekersaantallen en werd het kassucces van het jaar. Wat was ik trots op Bob. Hij had het met zijn team, de mensen voor en achter de camera's, toch maar weer mooi gepresteerd. O ja, ik vergeet bijna de mening van de kledingontwerper en de styliste over mijn avondjurk tijdens de première. Ik kreeg een dikke zeven-plus. Dus Johanna vond het ook geweldig. Behalve de keus van mijn ketting. Daarmee was de styliste het niet eens. Ze schreef als commentaar bij mijn foto: 'De ketting die Else-Marie Verbeke droeg, kwam volgens mij regelrecht van de rommelmarkt.' Ze moest het verhaal achter de ketting van Johanna eens weten.

HOOFDSTUK 16

Ik was aan het werk bij Anne. Ik was bezig met het zemen van de ramen, toen de wagen van de PTT de parkeerplaats op draaide. PTT heet vandaag wel niet meer zo, maar voor mij is het nog altijd Tante Pos. Nadat ik de gordijnen had teruggehangen, pakte ik de sleutel en nam ik de lift naar beneden. In de hal probeerde ik de sleutel in de brievenbus te krijgen. Nu ben ik niet zo'n held in het openen van deuren. Deze keer klemde de brievenbus behoorlijk. 'Bob moet er binnenkort maar eens een druppeltje olie in gieten,' mompelde ik tegen mijzelf. Hè hè, eindelijk ging het deurtje open. Ik pakte het stapeltje post eruit en wilde het deurtje weer dichtduwen, maar ik schrok. De deur van de flat ging open, en er kwam weer een postbode binnen. Van schrik liet ik het stapeltje post uit mijn handen vallen. Ik ging door mijn knieën en raapte het op. Deze man droeg een aantal pakjes in zijn armen. 'Goedemorgen,' groette ik vriendelijk. 'Hebt u misschien iets voor Anne Petersen?'
'Het nummer, mevrouw. We werken alleen maar met nummers.'
Braaf noemde ik het huisnummer, en de postbode keek tussen de pakjes.
'Nee, ik heb niets voor u.'
Ik wenste hem een prettige dag en liep naar de lift terug. Terwijl ik wachtte totdat deze naar beneden kwam, viel mijn oog op de bovenste envelop. Mijn adem stokte in mijn keel, en ik moest me aan de muur vasthouden. In de flat liep ik naar de keuken en schonk ik een glas water in. Ik dronk het in één teug leeg. In de huiskamer pakte ik het stapeltje post weer op. Peinzend bekeek ik de bovenste envelop en aarzelend stond ik ermee in mijn handen. Het kon reclame zijn, hield ik mezelf voor. Deze gedachte verwierp ik meteen. Dit soort instellingen doet niet aan reclame-

boodschappen. Bovendien stond er 'Vertrouwelijk' op de envelop. Als het reclame was geweest, zou dat er beslist niet op staan. Ook was de envelop geadresseerd aan Anne zelf. Ik stopte de brief achter een rekening of iets dergelijks. Toen legde ik het stapeltje terug op de salontafel.

Die avond belde ik Anne op om te vragen of ze morgenavond thuis was.

'Natuurlijk ben ik er.'

Ik hoorde de verbazing in haar stem. Lachend vroeg ik: 'Is het goed dat ik een kopje koffie kom drinken?'

Anne snoof verontwaardigd. 'Jij drinkt geen koffie. Maar ik zet speciaal voor jou een kopje thee.'

'Heerlijk. Je ziet me wel verschijnen.'

Ik was behoorlijk zenuwachtig toen ik de volgende avond bij Anne op de stoep stond. Geen idee hoe je zoiets ter sprake moest brengen. Ik besloot maar open kaart te spelen. Dat leek me het beste in deze situatie. Nadat we een poosje over van alles en nog wat gebabbeld hadden, leek mij het moment aangebroken.

'Anne,' begon ik voorzichtig, 'je moet het me maar niet kwalijk nemen, maar gisteren liet ik de post uit mijn handen vallen. Tijdens het oprapen viel me een brief op.' Ik stopte even met praten, want ik wist niet goed hoe ik nu verder moest gaan. 'Wanneer komt je kindje?'

Met een klap zette Anne haar mok op de tafel.

Ik had raak geschoten.

Anne barstte in tranen uit.

Ik stond op en sloeg mijn armen om haar heen.

'Ja, ik ben zwanger,' zei ze kleintjes.

'Je hoeft het me niet te vertellen als je dat niet wilt.'

'Ik wil het graag. Weet je nog dat congres waar ik in januari ben geweest.'

'Werd dat niet ergens in Utrecht gehouden of zo?'

'Daar heb ik hem ontmoet. Hij was een van de andere deelnemers. We liepen allebei wat verloren rond, raakten aan de praat en zijn samen iets gaan drinken.'

Anne vertelde niet verder, maar de rest kon ik ook wel bedenken.

Hij was getrouwd en had een gezin, hij hield veel van zijn vrouw en wilde haar geen verdriet doen.

Maar ondertussen duikt hij wel met jou het bed in, schoot het door mijn hoofd, en ik schrok ervan. Anne was er zelf immers bij geweest. Als ze het niet had gewild, had ze dat wel kenbaar gemaakt.

'Heb jij in de tijd tussen Bram en Mark nooit behoefte gehad aan een warm lichaam tegen je aan. Het gevoel dat je, al is het maar voor één nacht, speciaal voor iemand bent?' Smekend keek Anne me aan, alsof ze iets van goedkeuring van me verwachtte.

Bram, mijn eerste echtgenoot, had mij verlaten voor een vrouw en kinderen. Hij riep zelf om het hardst dat hij niet voor het vaderschap in de wieg was gelegd. Bram werd niet lang na onze scheiding zelf vader. 'Je kunt jouw situatie niet met de mijne vergelijken. Bram had mij zo veel pijn gedaan. Ik was zo met haat vervuld geweest tegen alles wat maar man was. Ik moest eenvoudigweg niet aan een nieuwe relatie denken. Het verdriet om Bram en de manier waarop ik aan de kant was gezet, sleet met de jaren. Toen kwam Mark in mijn leven. Hij was de eerste man na Bram op wie ik verliefd werd en met wie ik graag een relatie wilde. Tussen Bram en Mark zat wel meer dan drie jaar. Een periode van verwerking, berusting en acceptatie. 'Ik kan je gevoelens goed begrijpen, meer dan je misschien zelf denkt.' Ik dacht terug aan het moment dat ik Mark tegen het lijf was gelopen bij de begraafplaats. Wat was ik kwetsbaar geweest, bij die groeiende afstand tussen Bob en mij. Het zoeken naar houvast en bovenal een beetje warmte.

'Ik wil hem niet dwingen voor mij te kiezen,' ging Anne verder. 'Hij heeft het me ook heel duidelijk gemaakt. We hebben afgesproken dat ik hem geregeld op de hoogte zal houden van mijn zwangerschap en de geboorte.'

'Ik vind je een dappere vrouw. Je gaat je verantwoordelijkheid niet uit de weg.' Bemoedigend kneep ik Anne in haar wang. Ongewild moest ik aan Lotte denken, die met het idee had gespeeld haar derde kindje te laten weghalen, om de reden dat een tweede zwangerschap op dat moment niet zo goed uitkwam. 'Je hoeft je niet flinker voor te doen dat je bent. Je hebt ons toch, en Lies.'

'Mijn moeder heeft altijd meteen haar mening klaar, ook over dit soort zaken, en helaas niet altijd positief. Ik kan me vergissen, maar ik heb het gevoel dat ik van haar niet veel hoef te verwachten.'

Weer waren we een tijdje stil, beiden vervuld van onze eigen gedachten.

'Else-Marie?' Weer die aarzeling in Annes stem. 'Wil jij het aan mijn vader vertellen? Ik vind het zo moeilijk.'

'Ik wil je met alle liefde helpen, maar dit gaat toch echt te ver. Je bent een volwassen vrouw. Dit zul je zelf moeten doen. Het is je vader, hoor, niet een of andere boeman.'

'Je hebt gelijk. Ik kan en mag je niet altijd voor mijn karretje spannen. Komen jullie volgende week donderdagavond op de koffie?'

Dat deden we.

'Bob, vergeet niet wat olie mee te nemen wanneer we naar Anne gaan. Het deurtje van de brievenbus klemt nogal. Een druppeltje olie kan volgens mij geen kwaad.'

Ik had me heel de week afgevraagd hoe Bob zou reageren op de zwangerschap van Anne. Ik vond het heerlijk, want dan kon ik me weer uitleven met het maken van allerlei dingen. In gedachten had ik de babykamer al ingericht. Anne had het daar toch te druk voor, en voordat haar zwangerschapsverlof begon, moest alles wel klaar zijn. Ik probeerde mijn gedachtestroom wat te minderen. Het kon altijd nog misgaan. Aan de andere kant, als je daar bij voorbaat al van uitging, had je ook geen leven.

Nadat Bob de brievenbus had gesmeerd, namen we de lift naar het appartement. De geur van koffie en thee kwam ons al tegemoet. Terwijl Bob geanimeerd over zijn klusje beneden in de hal vertelde, schonk Anne voor ons drieën in.

Ik keek verrast naar de mokken. Het waren gewone mokken die je overal tegenkomt: met je sterrenbeeld erop, met je naam en je huisnummer. Ook voor de juf, de meester, je vader en je moeder. Ik grijnsde, en mijn grijns werd steeds breder. Anne keek me geamuseerd aan, maar zei niets. Bob dronk van zijn koffie, maar had nog steeds niets door.

Ik kon het ten slotte niet meer voor mij houden. Ongeduldig stootte ik hem aan. 'Bob, houd nu eens even op met je geklets en kijk eens goed naar je mok.'

Geduldig deed hij wat ik hem vroeg, maar nog steeds viel het kwartje niet. 'Wat bedoel je? Het is een gewone mok, hoor.'

'Ja, dat zie ik ook wel,' bitste ik. Dat kwam deels door de zenuwen. Gewoonlijk reageer ik niet zo kattig. 'Kijk nou eens goed wat erop staat.'

'Nou gewoon, hier staat: opa.'

Het bleef een ogenblikje stil.

Bob keek van Anne naar mij. Hij pakte mijn mok op. Daar stond ook iets op: oma. Geëmotioneerd stond Bob van zijn stoel op. Hij liep naar zijn dochter toe. Anne had nog steeds niets gezegd, maar o, dat gezicht van haar. Dat zal ik mijn verdere leven niet meer vergeten. Dat van Bob ook niet, want die moest ineens hoognodig zijn neus snuiten. Voor de eerste keer in zijn leven had hij geen schone zakdoek bij zich. Gelukkig had ik er wel eentje.

Toen Bob van de eerste schrik bekomen was, kwamen de vragen. Anne beantwoordde ze geduldig allemaal. 'Ja, pa, ik ben dolgelukkig met mijn zwangerschap. Nee, ik heb geen relatie, en de vader, ach, dat doet er niet toe.'

Anne en ik wisselden een blik van verstandhouding die Bob niet ontging. Dat bleek wel die avond toen we thuis waren. Het zat Bob niet lekker. 'Volgens mij weet jij meer dan je loslaat.'

'Anne is een volwassen vrouw,' probeerde ik het onderwerp te omzeilen. 'Ze hoeft aan ons geen verantwoording af te leggen.'

'Dat ben ik met je eens, maar ik zou toch graag iets meer informatie over de vader willen hebben.' Bob keek me scherp aan.

Ik haalde mijn schouders op. 'Ik weet ook niet veel, hoor, mocht je dat soms denken. Het was een ONS.'

'Een ONS? Wat bedoel je? Waarvan een onsje?'

'Je moet wel met je tijd meegaan. Geen onsje rookvlees maar een ONS, een o - n - s, een *one night stand*.'

'Mijn vierde kleinkind is een gevolg van een *one night stand*? Dat had ik nou nooit van mijn zakelijke, zeer verstandige, oudste dochter verwacht. Je zou toch denken in deze tijd van voorbehoedmiddelen en weet ik al niet meer...' Bob zette zijn bril af en streek met een vermoeid gebaar over zijn oogleden.

Ik viel hem in de rede. 'Niet zo snel oordelen, Bob. Anne is ook een vrouw met gevoelens en verlangens, ook al heeft ze een toppositie.'

'Als ze eens zo nodig een man wil, huur je er toch een.'

Ik schoot in de lach. 'Bob, luister nou eens naar jezelf. Een escortman, kun je daarvan niet zwanger raken?'

'Onmogelijk,' vond Bob. 'Die mannen doen het alleen met een condoom.'

'Anne voelde zich eenzaam, en hij ook, ze hadden het gezellig samen.'

'Als je het mij vraagt, werd het op een gegeven moment dus te gezellig,' bromde Bob.

'Hij is getrouwd, Bob. Hij heeft een gezin. Hij wil zijn echtgenote niet verlaten, en Anne wil dat niet eisen.'

Vernietigend keek Bob mij aan. Hij wilde weer protesteren, maar nu vond ik het genoeg.

Ik legde mijn hand op zijn arm. 'Geen waardeoordeel uitspreken, Bob. Het is nu eenmaal gebeurd, en Anne is dolblij met haar zwangerschap. Wie zijn wij dan om haar te veroordelen? Haar kindje is net zo welkom als de kinderen van Lotte en Olivier. Ze heeft onze steun heel hard nodig, juist nu. Ze heeft geen partner die haar in alles kan bijstaan. Anne heeft alleen ons en – niet te vergeten – Lies en Hugo. Ze zal het nog moeilijk genoeg krijgen.'

Er kwam een zachte blik in de ogen van Bob. Teder veegde hij een lok uit mijn gezicht. 'Else-Marie Verbeke, je bent een moeder uit duizenden.' Deze opmerking maakte meer bij me los dan Bob kon vermoeden.

Bob en ik waren de eersten geweest aan wie Anne haar zwangerschap bekend maakte. Lies en Hugo waren de volgenden in de rij. Zij reageerden net zo verbaasd en verrast als wij.

Een van de grootste hobby's van Anne was borduren. Net als van mij overigens. In de handwerkzaak zag ik een schitterend borduurpakket liggen. Ik was er speciaal samen met Bob naartoe gegaan. Verlangend stond ik met het pakket in mijn handen. 'Wat denk je, Bob, zou Anne dit leuk vinden?'

Bob kwam achter mij staan en bromde: 'Dat moet je niet aan mij vragen. Dit soort dingen kun je beter aan vrouwen overlaten.'

Ik lachte. 'Ja, zo maak je je er wel met een jantje-van-leiden van af. Je kent de smaak van je eigen dochter toch wel?'

Dat was niet zo, en ik mocht de beslissing nemen. Ik hakte de knoop door en liep met het pakket naar de kassa. Het was een verrassing voor Anne, maar zij vroeg of ik ook een geboortemerklap voor haar wilde maken.

'Ik heb er eigenlijk geen tijd voor. Er moet zo veel geregeld worden.'

Allebei zagen we het borduren als een vorm van ontspanning. Het begon met een maagdelijk wit stuk stof. Onder je handen ontstond een kunstwerk, jouw creatieve schepping. Ik speelde graag met kleuren en veranderde er wel eens iets aan. Heel subtiel overigens, maar op zo'n manier dat ik toch mijn eigen voorkeur erin aanbracht. Even was ik bang dat het pakket dat Anne had gekocht, van een heel andere stijl zou zijn dan ons cadeau. Dat bleek gelukkig niet zo te zijn, en ik ging meteen aan de slag.

Bob werd ook ingeschakeld en hij droeg een steentje bij met het opknappen en inrichten van de babykamer. Natuurlijk hielp ik ook mee met behangen en schilderen.

Nu iets van een andere aard. Ik had een probleem met mijn hortensia. Ik vind het een schitterende plant, en toen we in Delft kwamen wonen, waren hortensia's de eerste struiken die ik plantte. Het was een soort eerbetoon aan mijn moeder, die ook veel van hortensia's hield. Een speciale voorkeur had zij voor de boerenhortensia met zijn bolle bloemen. Onze tuin stond er vol mee, en mijn moeder, creatief als ze was, verwerkte veel van de hortensia's in bloemstukken en zo. Als je hortensia's kon eten, zou dit gerecht bij ons thuis geregeld op het menu hebben gestaan. Mijn moeder had een voorkeur voor hortensia's met roze bloemen. Ik hield meer van de blauwe variant. Maar hoe ik het ook probeerde, het lukte niet.

'Je hebt geen groene vingers,' grapte Bob regelmatig wanneer ik me klagend afvroeg waarom de hortensia het niet deed.

Ik begreep het niet. 'Ik doe toch alles precies volgens het tuinboek.' Ik krabde achter mijn oor terwijl ik naar binnen liep. In onze huiskamer hing een geborduurd schilderij met hortensia's. Ik was nog getrouwd met Bram, toen ik het in een winterseizoen heb gemaakt. Peinzend bleef ik ernaar staan kijken. Ik zou willen dat mijn hortensia's er net zo mooi en goed uit zouden zien als op het schilderij. 'Misschien weet Hugo wel raad. Wanneer ik hem een volgende keer spreek bij Anne of Lotte, zal ik hem eens om raad vragen. Wie weet kan hij me op weg helpen.'

Ik zat enorm in mijn maag met mijn hortensia's. Alle tuinboeken die er maar bestonden, alle informatie die over deze struik maar te krijgen was, verslond ik. Maar nergens vond ik een oplossing voor mijn probleem.

'Doe niet zo flauw en bel Hugo,' was het korte en bondige advies van Bob. Hij vond dat mijn hortensiaprobleem nu wel lang genoeg geduurd had.

'Ja, dat durf ik niet.' Ik wist niet hoe Lies zou reageren. De verhouding tussen Lies en mij was er een van elkaar gedogen, meer niet. Stiekem hoopte ik dat ik Hugo eens bij gelegenheid naar zijn mening kon vragen. Maar Hugo zag ik voorlopig niet, wel Lies en Lotte.

Bob kwam me halen, toen ik op een middag weer voorovergebogen in onze tuin aan het werken was. Een minder leuk karwei deze keer: onkruid wieden. Het was beslist niet een van mijn favoriete tuinklussen. Als ik het Bob kon laten opknappen, deed ik dat zonder wroeging. Het zweet stond op mijn rug, en Saartje was bij me. Ik keek even naar haar en haalde haar aan. 'Nog even, Saartje, dan zijn we er weer voor een poosje vanaf.' Saartje kwispelde met haar staart. Zuchtend keek ik naar het stuk tuin dat nog voor me lag.

Bob kwam aangelopen. 'Else-Marie, we hebben onverwacht bezoek gekregen.'

Zuchtend en steunend kwam ik overeind. 'Leuk, is Sonja weer in Delft voor zaken?' Ik verheugde mij erop Sonja weer te zien.

Maar Bob schudde zijn hoofd. 'Lies en Lotte zitten binnen.'

Ik floot tussen mijn tanden. 'Waar hebben we die eer aan te danken?'

Bob schoot in de lach, en terwijl we samen naar de bijkeuken liepen, antwoordde hij. 'Ik vermoed dat de dames meer willen weten over de zwangerschap van Anne.'

'Dan moeten ze niet bij ons, maar bij Anne zijn,' was mijn korzelige reactie.

In de keuken waste ik mijn handen en schrobde ik mijn nagels. Tuinieren met tuinhandschoenen aan was niet aan mij besteed. Met een verhit gebaar bracht ik mijn haar een beetje in model. Dat lijkt misschien overdreven, maar ik voelde me altijd een beetje van mijn stuk gebracht als ik Lies ontmoette. Zij is zo'n dame die er, zelfs als ze midden in een storm terechtkomt, nog in slaagt er zonder kleerscheuren uit te komen. Met geen pluisje dat verkeerd op haar mantelpakje zit. Haar kapsel nog in model alsof ze net van de kapper vandaan kwam.

Bob had ondertussen koffie en thee klaargemaakt en liep met het dienblad in zijn handen de kamer in.

Ik ging er op een zenuwachtige draf achteraan. Else-Marie, kalm een beetje, zei ik tegen mijzelf. Je bent in je eigen huis. Ik begroette Lies en Lotte hartelijk.

Lies nam mij oplettend op, en ik zag een afkeurende trek op haar gezicht verschijnen.

Terwijl Bob inschonk, vroeg ik plompverloren naar de reden van hun komst. Uit mijn ooghoeken zag ik dat Lotte een glimlach niet kon onderdrukken. Lies daarentegen ergerde zich zichtbaar aan mijn opmerking.

Lotte nam het woord. 'Je neemt geen blad voor je mond, maar goed, we zijn nieuwsgierig naar de zwangerschap van Anne.'

Bob had dus gelijk. Ik haalde zo nonchalant mogelijk mijn schouders op. 'Hoe bedoel je?'

Lies nam het van Lotte over. 'Ik werd nogal overvallen door de aanstaande komst van mijn vierde kleinkind.'

Wat een taalgebruik. Mens, zeg dan gewoon wat je op je hart hebt. Je bent bloednieuwsgierig of wij weten wie de vader is. Dat waren allemaal gedachten. Zwijgend keek ik Lies aan. Ik was benieuwd hoe Bob reageerde.

Bob sloeg zijn lange benen over elkaar. 'Wij werden er ook door overvallen. Maar onze dochter is een volwassen vrouw met een eigen leven.'

Hé, die woorden kwamen me bekend voor. Ik kon een glimlach niet onderdrukken.

'We waren op z'n minst toch wel verrast. Ik heb nooit geweten dat Anne naar een kindje verlangde.'

Met deze opmerking van Lotte wist ik ook niet zo goed raad. Anne had mij in vertrouwen genomen, en ik vond mezelf niet de aangewezen persoon om over deze dingen met anderen te praten, ook al waren die anderen haar moeder en haar zus.

'Ik begrijp het probleem niet zo,' probeerde ik hun gedachten voorzichtig een andere kant op te duwen. 'Anne is een gewone, gezonde vrouw, met dito gevoelens en verlangens. En als twee mensen seks hebben, kan er een kindje ontstaan.' Ik beet op mijn lip. Had ik nu al niet te veel prijsgegeven?

'Het is dus niet van de spermabank?'

Mijn hemel, had dit mens nu een bord voor haar kop? Met uiterste krachtsinspanning probeerde ik mijn kalmte te bewaren. 'Het is toch niet belangrijk wie de vader is? Het gaat erom dat Anne moeder wordt en dat zij er alleen voor staat. We moeten haar niet kritiseren, maar haar juist omringen met onze liefde en aandacht. Ze zal het in de toekomst nog moeilijk genoeg krijgen. We moeten er voor Anne zijn.' Ik wierp een zijdelings blik op Lies.

Kennelijk voelde zij zich door mijn woorden wel aangesproken. Haar mond vertrok zich tot een smalle streep, en nijdig antwoordde ze: 'Dat kun jij makkelijk zeggen. Jij bent haar moeder niet. Wat weet jij er overigens van.'

Een moment begreep ik niet waar Lies op doelde. Bob greep echter mijn hand, en ik voelde de druk van de zijne. 'Ik ben haar moeder niet. Dat is waar. Maar dat wil niet zeggen dat ik geen begrip heb voor haar situatie.'

'Ik bedoelde ermee,' ging Lies op afgemeten toon verder, 'hoe kun jij nu weten wat het beste voor mijn dochter is. Jij bent nooit moeder geweest of geworden. Dus hoe kun jij dit nu beoordelen?'

'Lies, let een beetje op je woorden. Je bent hier te gast. Gedraag je daar dan ook naar,' klonk het dreigend uit de mond van Bob.

Ik was het ineens zat. Er lag buiten nog een lading werk op me te wachten. Daarna wilde ik me gaan douchen en lekker in mijn huisjurk op de bank tegen Bob aan kruipen met een goed glas wijn. Ik stond op en als een engel der wrake keek ik Lies aan. 'Ja zeg, kom daarmee aan. Wie heeft er nog niet zo lang geleden van haar dochter geëist dat ze een keuze moest maken tussen haar vader en haar zus? Het was tegen alle regels in dat haar vader met een ex-gedetineerde zijn leven wilden delen? Neem me niet kwalijk, maar dat is een goed voorbeeld van moederschap. Als je zo graag wilt weten wie de verwekker is geweest, ben je hier niet aan het juiste adres. Bob en ik zijn er niet bij geweest, als je dat soms bedoelt. Ik ga weer aan het werk. Nog een fijne dag verder.' Met opgeheven hoofd en pijnlijke knieën liep ik naar buiten. Uit mijn ooghoeken zag ik dat Bob alle moeite deed om zijn lachen te houden. In de tuin kwamen de tranen. Het beeld van Barbara kwam, al was het inmiddels vijftien jaar geleden, weer zo helder voor mijn geest alsof het gisteren was. Dat stille, tedere verlangen stak weer de kop op. Ik aaide Saartje, die mij met haar trouwe bruine ogen aankeek. 'Ik geen moedergevoelens of begrip? De kakmadam.' Zuchtend bekeek ik mijn hortensia, althans wat ervan over was. Nu durf ik mijn probleem natuurlijk helemaal niet aan Hugo voor te leggen. Mistroostig aaide ik nogmaals over de kop van Saartje. Misschien is de enige oplossing nieuwe hortensia's te planten en van voren af aan te beginnen. In het leven is het ook vaak zo, filosofeerde ik er in stilte achteraan. Huilen, je tranen drogen, neus snuiten en doorgaan.

'Ik laat Saartje even uit.'
Bob zat de krant te lezen en keek me over zijn brilletje fronsend aan.
Even was ik bang dat hij zou voorstellen mee te gaan, maar dat deed Bob gelukkig niet. Ik had er behoefte aan alleen te zijn. Alleen met mijn gedachten, mijn gevoelens die in alle hevigheid naar boven kwamen. Saartje, die het woord 'uitlaten' heel goed begreep, sprong al voor mijn benen. 'Rustig aan, dame, we gaan heus wel.' Glimlachend haalde ik haar riem tevoorschijn.
Niet veel later sloegen we de weg naar het bos in. Het was er zoals altijd rustig. Met mijn gedachten ver weg maakte ik de riem los. Saartje stoof voor me uit. Met een glimlach om mijn mond keek ik haar na. Op het bankje plofte ik neer, vechtend tegen

allerlei emoties. Ik probeerde ze thuis te brengen. Diep vanbinnen wist ik wel waar het allemaal om draaide. Het verlangen naar een kindje van Bob en mij. De beide zwangerschappen van Lotte hadden me lang niet zo aangegrepen als de zwangerschap van Anne. Kwam dat doordat zij dichter bij me stond dan Lotte? Anne betrok me zo veel mogelijk bij haar zwangerschap. Daar kon het dus niet aan liggen. Ik had er spijt van dat ik er nooit met Bob over had gepraat. Ik voelde me ook een beetje schuldig. Ik was verdrietig vanwege dat stille, tedere verlangen. Bob wist dat er iets aan de hand was, en ik durfde er niet met mijn eigen man over te praten.

Saartje kwam weer op me af gerend, en met mijn beide handen wreef ik over haar kop. Een paar verdwaalde tranen vielen op haar neus. Met haar kop schuin keek ze me aan alsof ze wilde zeggen: 'Niet verdrietig zijn. Het komt allemaal wel goed.' Toen hoorde ze weer geritsel, en zoef, weg was ze.

Mijn gedachten gingen terug naar Barbara. Ik was zo verdiept in het verleden dat ik niet in de gaten had dat er een voetganger naderde. Ik schrok dan ook enorm toen er iemand naast me kwam zitten die een arm om me heen sloeg.

'Bob,' stamelde ik verward, want hij was het.

'Inderdaad. Niet schrikken. Ik ben het. Wat is er aan de hand? En nu niet met de smoes aankomen dat er niets is, want er is wel degelijk iets. Ik ben je man en ik wil het weten.'

Nog steeds een aarzeling van mijn kant. Was het de moeite wel waard erover te praten? Maakte ik misschien niet iets kapot?

Bob trok me dicht tegen zich aan. 'Het vreet aan je, Else-Marie. Dat zie en merk ik aan je. Heeft het iets te maken met de zwangerschap van Anne?'

Met een trieste glimlach keek ik mijn man aan. 'Je slaat de spijker op z'n kop, maar ik vind het zo moeilijk erover te beginnen.'

Bob liet mij los en ging voor mij staan. 'Ik heb alle tijd. Ik luister.' Hij stak zijn hand uit, en ik pakte deze vast. Toen liepen we samen naar huis, terwijl Saartje vrolijk voor ons uit rende en met haar staart kwispelde.

In de keuken nam Bob me opnieuw in zijn armen. 'Zeg het maar,' zei hij alleen.

Een verdere aanmoediging had ik niet nodig. Een stortvloed van woorden kwam over Bob heen.

Hij luisterde zwijgend, zonder me maar ook één keer in de rede te vallen. Hij trok me nog dichter tegen zich aan. 'Waarom heb je me dat nooit gezegd? Dan hadden we er serieus over kunnen praten.' Hoorde ik daar een stil verwijt in zijn stem?

'Ik was bang, Bob, bang voor je reactie. Je was zo gelukkig met de komst van de jongens, je verheugde je zo op je toekomstige rol als opa. Ik dacht dat het vaderschap voor jou een gepasseerd station was.'

Bob schudde meewarig zijn hoofd. 'Als jij zo naar een kindje van ons beiden verlangde, denk je nu echt dat ik je dat zou weigeren?' Wat klonk zijn stem teder. 'Natuurlijk zou een zwangerschap niet zonder risico's zijn geweest, maar dat is het net zo goed wanneer je dertig bent.' Bob keek me ernstig aan. 'Ik ben ook een rund. Nog niet zo lang geleden heb ik de opmerking gemaakt dat je een moeder uit duizenden bent. Daar moet ik je ongewild veel pijn mee hebben gedaan.'

'Het heeft wel iets bij me losgemaakt,' moest ik Bob eerlijk bekennen. 'Je had het met mij aangedurfd? Het ouderschap, bedoel ik?'

Bob pakte mijn voorhoofd en drukte er een zachte kus op. 'Nou en of. Ik zou er trots op zijn geweest als jij de moeder van mijn derde kindje was geworden, en van misschien nog wel meer kinderen. Ik zou je met alle liefde die ik voor je voel, hebben bijgestaan.'

Het was te laat om er nu nog over na te denken, laat staan aan een gezin te beginnen, hoewel onze grootmoeders daar anders over dachten. Het idee dat Bob toch met mij die sprong in de diepte had durven nemen, vervulde me met dankbaarheid. Ik besefte eens te meer hoe blij en gelukkig ik was, maar bovenal hoe bevoorrecht ik was met een man als Bob aan mijn zij.

HOOFDSTUK 18

De zwangerschap van Anne verliep voorspoedig. Ik mocht een keer met haar mee naar de verloskundige.

Zij verwelkomde ons hartelijk. 'Mevrouw Petersen? Dan bent u vast de moeder van Anne.' Ik liet haar maar in de waan. De moeder van Anne – zag ik er dan al zo oud uit?

Anne gaf mij een vette knipoog.

Wat was het een mooi moment toen de monitor aanging en niet veel later het beeld van haar kindje tevoorschijn kwam. Een ontroerend moment, dat met geen pen te beschrijven is.

Ook Lies mocht een keer met Anne mee. Wat zou de verloskundige gedacht hebben? Twee moeders van Anne?

Op een zaterdagavond zaten we gezellig bij elkaar. Anne had ons uitgenodigd, en ook Lies en Hugo waren van de partij.

'Fijn,' reageerde ik verheugd. 'Ik heb een probleem met mijn hortensia en ik hoop dat Hugo mij advies kan geven.' Ik had het ook met Lies kunnen bepraten, maar zij hield mij duidelijk op een afstand. Lies was aardig, daar niet van, maar niet echt toeschietelijk. Na het bezoek van Lies en Lotte was de verstandhouding tussen Lies en mij er niet bepaald beter op geworden.

Ik legde Hugo mijn vraag voor en hij gaf mij advies. Dat het een goed advies was, daar twijfelde ik niet aan. Toen ik die ene keer bij hen in Amsterdam was, was mij meteen al opgevallen dat de hortensia's in hun tuin het best deden. 'Ik zal het van de week meteen proberen,' beloofde ik Hugo.

Als vanzelf kwam het gesprek ook op de zwangerschap. Lies vroeg onomwonden of zij bij de bevalling aanwezig mocht zijn. Gespannen keek ik Anne aan. In sommige culturen is het heel gewoon dat andere vrouwen bij de bevalling aanwezig zijn.

Anne schudde haar hoofd. 'Nee, mam, liever niet. Ik heb mijn aandacht al te hard nodig, denk ik. Nee, de verloskundige is erbij en de kraamverpleegkundige. Dat vind ik meer dan genoeg.'

De teleurstelling was op het gezicht van Lies te lezen, maar ze ging er verder niet op in. Als zelfs Lies er niet bij mocht zijn, hoefde ik er helemaal niet op te rekenen. Ik moet toegeven dat ik een beetje jaloers begon te worden op de goede band die er tussen Lies en Anne groeide. Doe niet zo flauw, riep ik mijzelf regelmatig tot de orde. Dat is toch logisch, zij zijn moeder en dochter.

Op een dag was ik in de tuin bezig. Ik onderzocht mijn hortensia's. Ik had de raad van Hugo opgevolgd. Of het nu aan mij lag, wist ik niet, maar het gewenste resultaat bleef uit. 'Misschien kan Hugo, als hij weer eens bij Anne is, een kijkje komen nemen,' zei ik tegen Saartje. Ik grinnikte bij mezelf. Ik zou nog vreemd opkijken als Saartje ineens terug zou gaan praten. Of niet.

Achter me hoorde ik stemmen. Bob en Anne kwamen de hoek om. Anne plofte neer in een tuinstoel, en ik kwam overeind. Terwijl ik plaatsnam in de andere stoel, ging Bob weer naar binnen.

Verlegen keek Anne me aan. 'Else-Marie, ik wil je iets vragen. Weet je, ik zou best borstvoeding willen geven, maar ik weet niet of dat kan, met mijn mastopathie.' Daar wist ik ook geen antwoord op te geven. Door de hormonale veranderingen kon mastopathie tijdens een zwangerschap verergeren of juist verminderen. Bij Anne leek het laatste het geval te zijn. 'Als je de literatuur er op naleest, adviseren ze je geen koffie, thee en chocolade te gebruiken. Het gebruik van extra vitamine E wordt juist aangeraden. Neem dus maar een extra boterham met pindakaas. Je kunt toch altijd proberen of je borstvoeding kunt geven? Als het niet lukt, en je hebt te veel pijn, stap je alsnog op flesvoeding over. Dat is toch geen enkel probleem?'

Anne besloot dat ze er eens goed over na zou denken. Verlegen ging ze verder. 'Mag ik nog iets aan je vragen? Je hoeft niet meteen te antwoorden, hoor, maar wil je er wel over nadenken?' Toen ik bevestigend knikte, ging ze verder. 'Je weet dat ik mijn kindje heb opgegeven voor het kinderdagverblijf. Maar ik zou het fijn vinden als jij, al is het maar één dag in de week, ook zou willen oppassen.'

Verrukt sloeg ik mijn handen voor mijn mond. In mijn hart had ik al ja gezegd, maar Bob was er ook nog. 'Ik zal er over nadenken en het met je vader bespreken.'

Bob had geen bezwaar. 'Geweldig. Dat moet je doen.'

Ik had zo mijn twijfels. 'Je weet wat er gebeurd is met de tweeling. Ik wil dit niet nog eens doormaken. Als ik ja zeg tegen Anne, moet ik nog maar zien hoe begripvol Lotte is. Het is heel goed mogelijk dat zij denkt dat we dan net zo goed de tweede dag erbij hadden kunnen houden.'

Bob was het er niet mee eens. 'Dat was toch wel een andere situatie. Hier kun je op de fiets naartoe. Desnoods kun je het lopend af.'

Ik sputterde voor de vorm nog wat tegen, maar ik was al voor de bijl gegaan. Met Anne sprak ik af dat donderdag mijn vaste schoonmaakdag bleef. Bob was dan bij Lotte in Amsterdam. Dinsdag kreeg ik erbij, en de overige dagen zou het kindje bij het kinderdagverblijf zijn. Zou het kindje daar voldoende aandacht krijgen, vroeg ik me bezorgd af.

Anne wuifde mijn bezwaren weg. 'Else-Marie, het is beneden bij mijn werk. Als er iets is, ben ik in een tel bij hem.'

Bob, die in de kamer was en het gesprek met een half oor volgde, veerde meteen op. 'Hem. Je hebt het over hem. Is het een jongen dan?'

'Welnee, pa. Ik wil het geslacht niet weten. Dan is het geen verrassing meer. Maar 'hem' ligt makkelijker in de mond dan 'haar'.'

Anne en ik moesten lachen om het teleurgestelde gezicht dat Bob trok.

Mijn bewondering voor Anne groeide met de dag. Er zijn genoeg vrouwen die alleen een of meer kinderen opvoeden. Ook ben ik me ervan bewust dat er vrouwen zijn die tijdens hun zwangerschap verlaten zijn door hun partner of er wellicht zelf voor gekozen hebben bij hem weg te gaan. Ik vroeg me af wat er gebeurd zou zijn als ik mijn zwangerschap had mogen uitdragen. Wat als Barbara gezond en wel ter wereld had mogen komen. Ik geloof dat in de gevangenis geboren baby's tot negen maanden bij hun moeder mochten blijven en daarna bij de vader of familie werden ondergebracht. Als die er niet waren, kwam de Raad voor de Kinderbescherming in actie, en werden de kinderen, indien mogelijk, in een pleeggezin geplaatst.

Soms kunnen bepaalde gedachten je zo bezighouden dat ze je dagelijks leven beïnvloeden. Zo ook deze vraag. Tijdens de afwas was ik er weer eens mee bezig.

'Waar ben je met je gedachten?' vroeg Bob lachend terwijl hij zijn jas aantrok. Hij was van plan Saartje uit te laten.

'Wat had je gedaan als Barbara wel levensvatbaar was geweest?' Ik stond met de theedoek in mijn handen.

Bob kwam naar me toe en trok mij tegen zich aan. 'Zit je daar de laatste dagen over te peinzen? Ik zie het wel aan je. Maar om antwoord op je vraag te geven: baby's die in de gevangenis geboren worden, gaan later toch naar familie? Ik zou met jou overlegd hebben of je toestemming wilde geven dat ik haar voogd zou worden, en zou de opvoeding voor mijn rekening genomen hebben tot de dag dat je weer vrij zou zijn en je draai in de maatschappij had gevonden.'

Ik nam Bobs gezicht in mijn handen en zoende hem vol op zijn mond. We werden onderbroken door Saartje. Ze blafte luid als teken dat zij ook haar portie aandacht wilde, en wel in de vorm van een wandeling. En meteen!

Ik liet mijn naam veranderen. Dat had nogal wat voeten in de aarde. Bij de Burgerlijke Stand van Delft stond ik ingeschreven als Else-Marie Verbeke. Eén telefoontje naar het stadhuis zou wel voldoende zijn, dacht ik, om mijn naam te veranderen in Else-Marie Petersen. Nee dus. Ik moest persoonlijk langskomen om een formulier in te vullen. Dus togen Bob en ik op een ochtend op de fiets naar het stadhuis.

'Wat moet je daar nu doen?' was Bobs verbaasde reactie op mijn voorstel.

'O, ik moet iets regelen,' gaf ik als antwoord.

Bob vroeg niet verder en haalde zijn schouders op. Maar zijn verrassing was groot, en het ontroerde hem zichtbaar, toen ik het formulier 'naamsverandering gehuwde vrouw' invulde en aan de medewerker overhandigde.

'Zo, gaat meneer Petersen weer met mevrouw Petersen mee?' Lachend keek ik hem aan.

'Ga je zaterdag met mij mee naar 'De Ooievaar'?' Het was een berichtje van Anne. Ze had het op een kladpapiertje geschreven. Een pen lag eronder voor een eventueel antwoord.

'Leuk. Hoe laat spreken we af?' pende ik neer.

Die zaterdagochtend was ik al om tien uur in het centrum. Even daarbuiten, in een van de vele winkelstraatjes die Delft rijk is, staat 'De Ooievaar'. Een nadere beschrijving is overbodig, dacht ik zo. Zwangerschapskleding, alles voor de verzorging van de baby en babykleertjes verkochten ze daar.

Anne en ik liepen er op ons gemak naartoe.

'Ik wil wat dingetjes kopen en ik vind het gezellig dat je meegaat.'

'Ik ook,' lachte ik.

We liepen gearmd de straat in.

'Weet je dat Bob erg jaloers is?' grinnikte ik. 'Hij had dolgraag mee gewild en keek ook erg teleurgesteld toen ik zei dat het een vrouwenonderonsje werd.'

'Ach, die pa,' klonk spottend de stem van Anne. 'De volgende keer krijgt hij een extra aai over zijn bol van me, en dan neem ik hem eens mee op winkeltocht. Eens kijken of hij het dan nog steeds zo leuk vindt.'

Gierend van de lach liepen we 'De Ooievaar' binnen.

Het is en blijft leuk spul, al dat kleine goed. Vertederd streelde ik een paar witte schoentjes, met broderie bekleed. Liese-Lotte was al weer anderhalf jaar oud en al een groot kind in vergelijking met dit kleine spul.

'Wat kun je toch leuke kleren kopen voor meisjes,' zei ik tegen Anne, toen we langs de kinderkledingafdeling liepen. 'Je kunt een meisje veel leuker aankleden dan jongens. Dat is bijna allemaal hetzelfde: blauw of rood.' Ik kon weer niet nalaten een jurkje uit een rek te halen. Het was een spijkerjurkje. 'Dat is toch schattig met een blauw-wit T-shirtje eronder?'

Lachend gaf Anne me een por tussen mijn ribben. 'Ik zou zeggen: probeer zelf nog moeder te worden.'

Ik schudde mijn blonde krullen. 'Nee, die tram is voorbij, zou mijn moeder zeggen.'

Anne kocht het een en ander, en ook ik kwam niet met lege handen thuis.

'Zo zo', zei Bob plagend toen ik thuiskwam. 'Oma Else-Marie kon zich weer eens niet inhouden?'

Ik sloeg mijn armen om zijn nek en zoende hem op zijn wang. Daarna gaf ik hem een speelse tik op zijn neus. 'Het spijt me. Ze verkopen daar zulke leuke dingen.' Ik keek zo onschuldig mogelijk.

Een week later vonden Anne en ik onszelf terug in *Valentijn*. 'Else-Marie Verbeke en Anne Petersen aan het shoppen' stond er boven het artikel. Er was een heldere foto geplaatst van Anne en mij, gemaakt in 'De Ooievaar'. We stonden samen gebogen over het vak met rompertjes en luierhemdjes. Het artikel vermeldde dat wij een goede band hadden en dat de zwangerschap ons dichter bij elkaar had gebracht.

'Wat een onzin,' snoof Anne verontwaardigd toen ze *Valentijn* las. Even was ik bang dat dit weer een begin zou zijn van een mediahetze. Het bleef gelukkig bij dit ene artikeltje.

Op een middag voelde ik me wat onrustig. Ik liep van de huiskamer naar de keuken en terug. Kortom, ik kon mijn draai niet vinden. Na het avondeten pakte ik mijn jas van de kapstok en ik stak mijn hoofd om de hoek van de deur. 'Bob, ik houd het niet meer uit. Ik ga naar Anne. Ik heb het gevoel dat ze me nodig heeft.'

Bob, die de krant zat te lezen, stond meteen op. 'Dan ga ik met je mee.'

Ik schudde mijn hoofd. 'Dat lijkt me geen goed idee. Ik ga liever alleen.'

'Prima, maar neem je dan wel je mobieltje mee? Als er iets aan de hand is, spring ik zo in de auto in.'

Ik grinnikte. Het had even geduurd, maar ten slotte was ik overstag gegaan. 'Je moet een mobieltje nemen.' Hoe vaak had ik dat al niet gehoord. Ik ben echt niet tegen de moderne tijd. Tenslotte zit ik ook geregeld achter de computer om lange mails naar Hellen te schrijven. Ook telebankieren heeft geen geheimen voor me, maar een mobieltje… 'Ik wil niet overal en altijd bereikbaar zijn,' was mijn standaardantwoord wanneer Bob en Anne me van de noodzaak ervan probeerden te overtuigen. Ik ergerde me groen en geel wanneer ik in de supermarkt liep en iemand stond te bellen bij het vak toiletpapier. 'Hallo? Ja, met mij. Ik sta hier, maar wat voor merk wil je nu hebben? Het huismerk of dat andere?' Dan schrijf je het toch duidelijk op je boodschappenlijstje, dacht ik vaak. Of wanneer ik in de trein ongewild moest meeluisteren naar de meest intieme gesprekken die mensen via hun mobiele telefoon voerden. Niets voor mij. Maar Bob en Anne bleven druk uitoefenen. Ik vermoedde dat ze een dealtje hadden gesloten. En om van het gezeur af te zijn – 'Je wordt ook een dagje ouder, Else-Marie. Er kan zomaar iets gebeuren.' – ging ik ten slotte samen met Bob naar de Belwinkel om er een aan te schaffen. Omdat ik van plan was er beslist niet te veel gebruik van te maken, koos ik voor een kaart met beltegoed. Het opwaarderen ervan liet ik aan Bob over, die ook bereid was er een aantal telefoonnummers in te programmeren. Daardoor kon ik met één druk op de knop Anne bellen, of Bob of Lotte.

Met mijn mobieltje in mijn tas fietste ik naar Anne. Als het te laat werd, zou ik Bob bellen. Met mijn nachtblindheid was ik werkelijk een gevaar op de weg.

'Hé, Else-Marie, wat leuk,' begroette Anne me via de intercom. 'Ik doe open en zet meteen thee voor je.'

Eenmaal boven omhelsde ik haar hartelijk. Ze zag er een beetje moe uit, vond ik, maar daar maakte ik geen opmerking over. 'Ik kwam zomaar eens buurten,' zei ik terwijl ik op de bank ging zitten.

Al snel kwam Anne terug met de bekers thee en koffie in haar handen. 'Ik heb pijn, Else-Marie,' zei ze.

Ik schrok ervan. Mijn handen zochten mijn handtas, op zoek naar mijn mobieltje. 'Bob. Ik moet Bob bellen.'

Maar Anne legde geruststellend haar hand op mijn tas. 'Nee, het is niet wat je denkt. Ik heb geen weeën of zo, maar mijn borsten doen zo'n pijn.'

Een zucht van opluchting ontsnapte uit mijn keel. 'Anne toch, waarom heb je dat niet eerder gezegd? Dan was ik meteen naar je toe gekomen voor een massage.'

Anne werd verlegen onder mijn priemende blik. Het bleek dat ze niet durfde. 'Ik weet dat je eigenlijk geen massages meer doet, maar o, wat verlang ik de laatste dagen naar je handen. Ik heb het zelf wel geprobeerd, maar het deed pijn en...' Anne barstte in tranen uit. 'Ik voel me ook zo alleen. Het is allemaal toch zwaarder dan ik dacht. Overdag gaat het wel. Dan heb ik mijn werk en afleiding genoeg. Maar 's avonds ben ik best moe en dan moet ik nog zo veel dingen doen.'

Zwijgend luisterde ik naar haar verhaal.

'Dan mis ik toch die arm om me heen.' Haar stem werd steeds zachter. 'Ik weet niet of ik het allemaal wel red in mijn eentje. Ik zie ook zo tegen de bevalling op. Niemand die me bijstaat. Ja, ik weet wel dat de verloskundige er is, maar die is er niet heel de tijd bij.' Flinke, flinke Anne, die alles alleen wilde dragen.

'Lies wilde je bij de bevalling ondersteunen,' zei ik zachtjes.

Anne keek me schamper aan. 'Ja, zij wil al te graag, maar daar voel ik niet veel voor.' Ze aarzelde. 'Ik wil jou er graag bij hebben, Else-Marie, maar ik weet niet hoe jij daarover denkt.'

Ik werd overrompeld door haar vraag.

'Als je het niet wilt, moet je het eerlijk zeggen. Jij hebt het toch ook doorgemaakt? Daarom lijkt het mij fijn als...' De rest slikte ze in omdat ze niets meer kon zeggen.

Ik gaf haar namelijk een grote knuffel. 'Ik zal er zijn. Maar Bob?' Driftig schudde Anne haar hoofd. 'Ben je mal? Mijn vader bij de bevalling? Ik moet er niet aan denken. Die wacht maar in de keuken of zo. Hij mag wel als eerste foto's maken van zijn kleinkind.'

Stralend keek ik Anne aan. 'Zo, dat is dan geregeld. Heb je iets van massageolie in huis? Dan zal ik je borsten eens onder handen nemen.'

HOOFDSTUK 19

Ik kon wel janken. Weer nieuwe hortensia's geplant en ze keurig behandeld volgens het tuinboek. Informatie opgezocht op internet, kwekers benaderd en nog geen groei of bloei. Bob had zelfs voorgesteld een bomendokter te raadplegen, wat hem een vernietigende blik van mij opleverde.

'Die beroemde televisietuinman dan? Heeft hij niet een telefonisch spreekuur waar je met al je vragen terecht kunt?'

Maar ook dat idee van Bob haalde het niet. 'Ik weet het niet meer. Ik weet het echt niet meer. Dit is de laatste keer dat ik er geld aan spendeer. Bob, je moet ze maar weghalen. Ik ga er wel lavendelstruiken planten. Misschien doen die het wel op deze grond.' Van mijn droom – een schitterende hoek met boerenhortensia's – was niets over.

Bob was al verder de tuin in gelopen, met Saartje op zijn hielen. Ik stond er een tijdje stil naar te kijken en wilde me omdraaien, toen Saartje op me af kwam stormen.

'Ik haal de riem,' riep Bob van een afstandje.

Ik knikte ten teken dat ik hem verstaan had.

Saartje rende langs me heen en zakte door haar pootjes. Voordat ik het goed en wel besefte, kwam er een flinke straal uit, zo tegen mijn hortensia's.

'Hé, Saartje, stoute hond, dat mag niet,' berispte ik haar. Opeens besefte ik dat dit het misschien was.

Bob kwam aangelopen, en Saartje rende blaffend op hem af.

'Ik denk dat ik het weet,' jubelde ik, en opgewonden liep ik naar binnen, terwijl Bob me verbaasd nastaarde.

In de telefoonklapper zocht ik haastig het nummer van Lies en Hugo op. Hugo kon als geen ander deze vraag beantwoorden. Ongeduldig wipte ik van mijn ene been op de andere, totdat er eindelijk opgenomen werd. Gelukkig was het Hugo, niet Lies. Struikelend over mijn woorden vertelde ik mijn ontdekking. 'Is het mogelijk, Hugo, dat mijn hortensia's niet tegen hondenurine kunnen? Ik zag Saartje daar zojuist bezig. Dan zullen andere honden daar wellicht ook plassen.'

Toen Bob terugkwam van zijn wandeling, keek ik hem stralend aan. 'We hebben het: de hortensia's kunnen niet tegen hondenurine. Door de zuren in de urine kunnen ze te weinig voedingsstoffen opnemen, en dan stikken ze. Maar er is iets tegen te krijgen volgens Hugo. Bij de dierenwinkel verkopen ze speciale korrels die je om de hortensia's heen moet strooien. De geur ervan verjaagt honden en katten. Om de drie maanden moet je de korrels ververssen.'

Ik kon het niet nalaten Saartje even verwijtend aan te kijken. Misschien vergiste ik me, maar ze trok een gezicht alsof ze van de prins geen kwaad wist.

Bob ging meteen naar de dierenwinkel om een potje van het spul te halen. Nog dezelfde middag strooide ik wat korrels rondom mijn hortensia's. Tevreden bekeek ik van een afstandje mijn werk, met een lachende Bob op de achtergrond. 'Zo, en nu maar bloeien met de boerenbloemen.'

Anne ging met zwangerschapsverlof, en dat werd hoog tijd. Althans, dat vond ik, en de verloskundige was het met me eens. Eerst was het plan dat Anne zou doorwerken tot ongeveer een maand voor de uitgerekende datum, maar de verloskundige vond dat het verlof beter zes weken van tevoren kon ingaan. Ten slotte liet Anne zich ervan overtuigen dat het zowel voor haar als voor haar kindje beter zou zijn. Toen begon het wachten totdat de geboorte zich zou aankondigen.

'Toch wel fijn, hè, zo'n mobieltje,' plaagde Bob me geregeld.

'Ik ben nog zenuwachtiger dan Anne, geloof ik,' mopperde ik tegen hem.

De uitgerekende datum kwam in zicht, maar niets wees erop dat de geboorte aanstaande was. Om de tijd door te komen legde ik de laatste hand aan de geboortemerklap voor Anne. Het schilderij dat ik voor de babykamer had gekocht, was er al eerder. Ik had dekbedovertrekken gemaakt, slabbetjes geborduurd en spuugdoekjes met motiefjes versierd. Johanna had zich ook niet onbetuigd gelaten. Zij had sokjes gebreid en gehaakt in alle maten die je kon bedenken.

Ik werd wakker en had het idee dat het midden in de nacht was. Ik had hoofdpijn, en na mijn medicijnen te hebben ingenomen was ik in mijn mandje gedoken. Saartje ook trouwens. Ver weg hoorde ik een telefoon overgaan. Het was nog niet zo laat in de avond. Bob zou dus wel opnemen. Maar er nam niemand op, en dat ding bleef maar overgaan.

'Bob, neem nou toch op,' mompelde ik slaapdronken. Het zou wel niet belangrijk zijn. Vast en zeker weer een of andere dame of heer over verzekeringen, hypotheken of energie.

Plotseling hoorde ik Bobs stem bij mijn oor. 'Neem jij maar op. Het is vast voor jou. Of je aan een of ander onderzoek mee wilt doen.' Langzaam drong het tot mijn benevelde brein door dat dit niet kon. Toen ik naar bed ging, zat Bob te lezen. Ik opende één oog en ontdekte dat hij naast me lag. 'Bob, neem nou op.' In mijn onderbewustzijn begon een belletje te rinkelen.

Bij Bob ook.

We schoten met een ruk overeind. 'Anne,' zeiden we allebei tegelijk. Terwijl ik het dekbed van me af gooide, sprong Bob overeind en rende hij naar de huiskamer.

'We komen eraan,' hoorde ik hem zeggen.

'Het is zover,' zei ik tegen Saartje. Ik stond te trillen op mijn benen.

Saartje was ook wakker geworden en lag met haar kop over de rand van haar mand rustig alles in zich op te nemen.

Rustig blijven, probeerde ik mezelf te kalmeren. Het is het eerste kindje. Dit kan nog wel even duren. Toch merkte ik dat mijn ademhaling wat sneller ging. Met de lessen over hyperventilatie en ontspanningsoefeningen nog vers in mijn geheugen ging ik op de rand van het bed zitten. Ik concentreerde me op mijn ademhaling en voelde al snel de spanning uit mijn lichaam wegvloeien. Ik stond op en liep naar de badkamer. Hup, een koude plens water in mijn gezicht, tanden poetsen en in de kleren.

Bob was inmiddels ook aangekleed. 'Een belangrijk moment,' zuchtte hij toen we de nacht in reden. 'We staan op het punt een nieuwe generatie te verwelkomen. Als alles goed gaat, zijn we over een paar uur opa en oma.'

De straatlantaarns zoefden voorbij.

'Ja, opa Petersen,' antwoordde ik plagend. 'Dat betekent wel dat je met oma Petersen naar bed mag.'

Anne was blij ons te zien. Ik zag haar gezicht vertrekken van de pijn. Bob kuste haar en wenste haar veel sterkte toe. Daarna ging hij weer naar huis.

'Ik bel je wel zodra het zover is,' fluisterde ik hem bij de deur toe. Zo te zien zou het nog wel even duren. Tussen de weeën door praatten Anne en ik zachtjes met elkaar. Kwam er weer een wee, dan trok Anne zich terug in haar eigen wereldje. Ik schonk iets te drinken voor ons in en stopte nog een was in de wasmachine. Er lag nog wat strijkgoed, en ook dat werkte ik weg.

De verloskundige kwam een kijkje nemen. 'Dat schiet aardig op,' zei ze met een goedkeurend knikje, nadat ze Anne had onderzocht. 'Ik blijf maar meteen hier en ga het kraamcentrum bellen. Dan kunnen ze alvast iemand sturen.'

Op mijn telefoontje kwam Bob er ook aan. Ik hoopte dat hij op tijd zou zijn om de eerste foto's na de geboorte te kunnen maken. Nee, ik waag mij daar niet aan. Als ik foto's neem, zijn het altijd halve hoofden en benen die erop staan.

De kraamverpleegkundige – 'Anke is de naam' – en Bob arriveerden tegelijk.

Toen was het moment daar dat Anne mocht persen.

Bob had zich teruggetrokken in de huiskamer. Ik hield Annes hand vast en sprak bemoedigende woorden tegen haar. Wat was het een ongelooflijk mooi gebeuren toen haar kindje ter wereld kwam.

Daarna ging alles snel. Het kindje werd op de buik van Anne gelegd, en Bob maakte de eerste foto's. Ik was zo gebiologeerd door de aanblik van de nieuwe wereldburger dat het niet in me opkwam te vragen of het een jongen of een meisje was.

De verloskundige maakte het geslacht bekend. 'Zo, Anne, dit is zo te zien een kerngezonde dochter.'

Wat was dat een mooi geschenk: vier kleinkinderen, twee jongens en twee meisjes. Stralend keek ik Bob aan, die me een vette knipoog gaf.

Niet veel later lag Anne uitgeput maar voldaan in het kraambed met haar dochter in haar armen. Ze kon haar ogen niet van het kleine meisje afhouden, evenmin als ik.

Bob kwam aan de andere kant van het bed staan. 'Zo, kleine meid, lach eens tegen je opa.' Daarna wendde hij zich tot Anne. 'Nu ben ik toch wel reuze benieuwd hoe je deze toekomstige Miss World zult noemen.'

Ik moest mijn lachen inhouden.

'Else-Marie, kom eens hier,' vroeg Anne.

Ik boog me voorover.

'Wil je haar vasthouden?'

Voorzichtig nam ik het kleine hoopje mens van haar over.

'Dan kun je kennismaken met je naamgenootje. Dit is Else-Marie Petersen.'

Else-Marie Petersen. Anne had haar dochter naar mij vernoemd. Van ontroering kon ik geen woord uitbrengen. Ook Bob was zichtbaar geëmotioneerd. Even flitste de vraag door mijn hoofd wat Lies hiervan zou zeggen. Die gedachte verwierp ik meteen. Het was de keuze van Anne, en bovendien was Lies al een keer vernoemd.

'Dag Else-Marie Petersen,' zei ik zacht, terwijl ik voorzichtig een kus op haar bolletje gaf. 'Dag Else-Marie, welkom op deze wereld.'

Else-Marie antwoordde met een grote geeuw.

Niet lang daarna gingen we op huis aan. Het was al bijna ochtend. Van slapen zou toch niets meer komen.

Na het ontbijt ging Bob naar de stad om de gegevens bij de drukker af te leveren.

Ik ruimde wat op in huis en nam Saartje mee voor een fikse wandeling.

Toen Bob terug was, gingen we samen op pad. Anne had gevraagd of ik Else-Marie bij de gemeente wilde aangeven. Tenslotte was ik bij de bevalling geweest, en het leek Anne een leuk idee als ik dat wilde doen. Ik was vereerd met haar verzoek, en dus vervoegden Bob en ik ons bij de publieksbalie van de gemeente Delft. Het was er druk, en het duurde dan ook enige tijd voordat we aan de beurt waren. Een vriendelijke ambtenaar vulde het formulier in. Op de vraag hoe het kindje moest heten, antwoordde ik trots: 'Elizabeth Maria Petersen. En haar roepnaam is Else-Marie.' Van spanning kneep ik Bob in zijn arm, maar hij keek nog trotser dan ik.

Niet veel later stonden we met de geboorteakte weer op straat. 'Zo,' zei Bob terwijl hij me bij mijn elleboog pakte, 'nu is het tijd voor een lekkere kop koffie. Daar ben ik na al die inspanningen hard aan toe.'

Johanna werd ziek. Ze kreeg een flinke griep, en het duurde enige tijd voordat ze hersteld was. We waren blij dat ze weer op de been was. Ziek zijn was niets voor Johanna. Ze was nog van de oude stempel, zoals ze altijd spottend zei, en wilde niet graag in bed liggen. 'In bed sterven de meeste mensen,' was een gevleugelde uitdrukking van haar. Maar nu had de griep haar toch te pakken gehad.

Toen ze weer aan de beterende hand was, bezochten Bob en ik haar.

Ik schrok toen ik haar zag. Ik wilde dat niet laten blijken, maar Johanna keek daar dwars doorheen.

'Zeg het maar eerlijk,' snoof ze verontwaardigd. 'En kijk niet zo onschuldig, Else-Marie. Daar ken ik je veel te goed voor. Je schrikt van dat oude lijk.' Uitdagend keek ze me met haar felle oogjes aan, en ongewild schoot ik in de lach.

'Je hebt gelijk, Johanna. Je ziet er slecht uit, als ik het zo mag zeggen.'

Weer snoof Johanna. 'Ja, ik ben ook niet meer een van de jongsten. Ik ben al vijfentachtig. Het grootste gedeelte van mijn leven heb ik achter me liggen.'

Van deze uitspraak schrok ik. Johanna was altijd zo strijdlustig, zo moedig en vol levenslust. 'Ze is vijfentachtig, maar dat zou je haar beslist niet geven,' was dan ook mijn opmerking tegen Bob toen we weer in de auto zaten.

'Dat ben ik met je eens. Een mens is zo oud als hij zich voelt. Maar toch, haar lichaam is wel vijfentachtig jaar. Johanna mag dan jong van geest zijn, de jaren tellen wel mee.'

Een onverklaarbare angst overviel me. Johanna maakte al zo lang deel uit van mijn leven. Ik beschouwde haar min of meer als mijn moeder. Met al mijn zorgen en verdriet, maar ook met de leuke dingen, kon ik altijd bij Johanna terecht. Altijd had ze een luisterend oor, en met haar levenswijsheid gaf ze me dikwijls goede raad. Het idee dat Johanna er straks niet meer zou zijn, besprong me. Een leven zonder Johanna op de achtergrond kon ik me niet voorstellen.

'Daar moet je toch rekening mee gaan houden,' was de ernstige reactie van Bob toen ik hem deelgenoot maakte van mijn angst. 'Natuurlijk. Ik weet het wel. Ons kan ook iets overkomen, maar menselijkerwijs gesproken...' Hij sprak niet verder.

Ik wilde zijn woorden ook niet horen. Ik wilde er niet over praten. Hellen zat er ook mee. Ze stuurde me een lange mail, waarin ze haar bezorgdheid over de gezondheid van Johanna uitte. Ik moest het wel onder ogen zien, of ik het nu wilde of niet. Johanna was, nadat ze de griep had gehad, de oude Johanna niet meer.

Nog steeds spraken we eens per maand af. Hellen ging Johanna dan halen, en samen kwamen ze naar Delft. Als Bob en ik naar Johanna gingen, kwam Hellen ook naar Arnhem. Na Johanna's ziekte veranderde dat.

'Meisjes,' waren haar woorden toen we de laatste keer bij Johanna op bezoek kwamen. 'Ik zie ertegen op iedere maand naar jullie te reizen. Wat vinden jullie ervan als we voortaan onze bijeenkomsten bij mij houden? Ik hoef dan niet te reizen, en voor jullie maakt het toch niets uit.'

Natuurlijk gingen we akkoord, al had ik er wel een dubbel gevoel bij. Aan de ene kant was ik blij en dankbaar dat Johanna weer zo ver opgeknapt was, maar aan de andere kant wisten we dat het einde naderde.

Johanna woonde aan de rand van Arnhem in een rustige buitenwijk. Twee van haar zoons waren enthousiaste tuinliefhebbers. Nee, niet van het soort van Lies en Hugo. Ze hadden allebei een moestuin. De mannen deden niets liever dan zaaien, poten en oogsten.

'Het doet me denken aan vroeger, toen mijn vader nog leefde,' zei ik heel vaak tegen Bob. 'Hij vond het een heerlijke gedachte dat er worteltjes of boontjes uit de eigen moestuin op tafel stonden.' Er gaat niets boven groente uit eigen tuin, vond mijn vader, en zo dachten de zoons van Johanna er ook over. Alleen hadden ze vaak veel over. En wat doe je als er zo veel overblijft uit eigen tuin?

'Verkopen natuurlijk.' Dat was Bob met zijn zakelijk inzicht.

'Dat werkt hier niet,' lachte ik. 'Iedereen heeft hier een eigen moestuin of kent wel iemand die er een heeft. Iedereen profiteert ervan. Groente en fruit raak je aan de straatstenen niet kwijt.'

Hellen en wij gingen nooit met lege handen weg. We kregen zelfs zo veel mee dat ook Anne ervan at. Aardappelen kopen bij de groenteboer? Vergeet het maar. Als wij naar Johanna gingen, reden we even door naar haar oudste zoon, en vertrokken we met een lading aardappelen tegen een schappelijke prijs in de kofferbak.

Toch kon ik maar moeilijk accepteren dat Johanna ouder werd. Op een middag na de lunch nam ze mij apart. Bob en Hellen maakten een wandeling, terwijl Johanna en ik naar buiten gingen. Voor haar huis had ze een bankje staan met uitzicht op de kerk. Het was er heerlijk rustig. Een uitgelezen plek om eens ongestoord met elkaar te praten.

Johanna nam geen blad voor de mond. Ze was heerlijk direct. 'Jij kunt er niet tegen dit oude mens te zien aftakelen.'

Ik schrok van haar woorden. 'Je hebt gelijk. Ik wil je niet kwijt, Johanna. Je maakt al zo lang deel uit van mijn leven.' Er klonk wanhoop in mijn stem.

Johanna legde berustend haar hand op mijn arm.

Met tranen in mijn ogen keek ik haar aan.

'Toch zul je moeten accepteren dat ook ik het eeuwige leven niet heb. Ik voel mijn krachten afnemen. De langste tijd heb ik hier op aarde wel doorgebracht.'

Wat deden haar woorden pijn. 'Ik weet het niet, Johanna.' Bijna smekend keek ik haar aan.

'Ik heb een goed leven gehad. Ik heb nergens spijt van, ook niet van de dingen die zijn misgelopen.'

Doelde Johanna nu op de liefde van haar leven of op iets anders? Het was alsof ze mijn gedachten kon lezen, want ze ging op vastberaden toon verder. 'Je bedoelt de moord op mijn schoondochter? Daar heb ik absoluut geen spijt van. Ze maakte het leven van mijn jongen tot een hel. Hij zat gevangen in een liefdeloos huwelijk. Wat heeft hij veel van haar gehouden. Maar zij...' Johanna schudde haar hoofd. 'Ik heb er lang over nagedacht, maar dit was de enige weg naar zijn vrijheid. Ik besloot het lot een handje te helpen. Ik wist wat de gevolgen waren, maar nee, ik heb geen moment spijt gehad van mijn daad.'

Er sprongen tranen in mijn ogen.

'Jij hebt wel onnoemelijk veel last van je geweten gehad, en nog steeds draag je die last op je schouders. Dat is het grote verschil tussen ons beiden, meisje. Mijn daad was weloverwogen, jij hebt in een opwelling gehandeld. Jij zou er alles voor overhebben om Marion weer tot leven te wekken en de tijd terug te kunnen draaien. Ik zou hetzelfde gedaan hebben als mijn schoondochter mijn pad opnieuw had gekruist.' Johanna stond op, rechtte haar rug en keek me streng aan. 'Kom op, Else-Marie, laten we genieten van de tijd die nog voor ons ligt. Laten we terugkijken op de mooie dingen die we samen hebben meegemaakt.'

Ik bewaarde deze woorden in mijn hart. Ik wist dat Johanna gelijk had, maar ik kon het onvermijdelijke maar moeilijk aanvaarden. Wat de mensen ook van haar mochten denken, ze was een mooi mens, dat vocht voor het welzijn van haar kinderen. Dat had ze in het verleden gedaan en dat zou ze blijven doen, tot haar laatste dag op deze aarde.

In de auto op weg naar Delft was ik opvallend stil. Met mijn gedachten was ik nog steeds bij het gesprek met Johanna. Ik merkte wel dat Bob af en toe een bezorgde blik op me wierp.

'Je zit in je maag met Johanna?' vroeg hij.

'Ik vind het zo moeilijk,' antwoordde ik zacht. Verdere uitleg was overbodig.

'Weet je,' begon Bob na een tijdje, 'het leven is net een klimoprank. Op een gegeven moment kom je iemand tegen op je weg. Je trekt een poosje met elkaar op en dan gaan de wegen uiteen. Net als klimopranken die elkaar bereiken, met elkaar verweven raken en dan uiteenwaaieren. Misschien komen ze elkaar nog eens tegen, kruisen hun wegen elkaar, misschien ook niet. Maar houd de herinnering dan levend aan iets wat mooi en goed was.'

Tegen de schutting hadden we klimop geplant. Anders dan naar mijn hortensia's had ik er geen omkijken naar. Binnen twee jaar was de hele schutting begroeid met klimop, en zag je van het hout niets meer. Bob gebruikte een mooi beeld. Het zou mij niets verbazen als hij die regels uit een gedicht had geplukt.

HOOFDSTUK 21

Iedere maand waren we bij Johanna te vinden. In het verleden hadden we er wel eens iets tussen laten komen, maar dat was nu voorbij. Aan onze maandelijkse afspraak kon niemand tornen.

Er veranderde veel in Arnhem. Johanna kreeg een nieuwe buurman, een jonge kerel nog.

'Hij is gescheiden,' vertelde Johanna. 'Nu loopt hij een beetje met zijn ziel onder zijn arm.'

Ik lachte om dit verhaal. Johanna's moederhart stond wagenwijd open om ook Rutger een plekje te geven. Johanna vertelde veel over Rutger, zodat wij allemaal nieuwsgierig werden naar deze buurman. Op een middag was het zover. Johanna was met Bob en Hellen in de tuin. Achter haar huis lag een grote moestuin. Ik zat binnen aan tafel. Er werd op de deur geklopt, en voordat ik kon opstaan, zwaaide deze al open. Een wildvreemde man stapte de keuken binnen. Verbaasd keken wij elkaar aan.

'Ik dacht dat ik Johanna hoorde,' zei hij terwijl hij om zich heen keek.

'Dat klopt. Ze is in de tuin. Ik zal haar even halen.' Ik wilde langs hem heen naar buiten lopen.

'Dat hoeft niet, hoor. Ik kan zelf ook wel naar haar toe gaan.' Hij nam mij nieuwsgierig op en bleef wel lang naar me kijken.

Ik voelde mij onbehaaglijk worden onder zijn blikken.

'U hebt een bekend gezicht,' zei hij aarzelend.

'Dat zeggen er wel meer.' Ik stak mijn hand uit. 'Ik ben Else-Marie Petersen, een vriendin van Johanna.'

Zijn ogen lichtten op. 'Ik ben Rutger Kamphuis. Ik ben de buurman. Ik ben hier nog niet zo lang geleden komen wonen.'

'Johanna heeft ons alles over je verteld.'

Stemmen klonken van buiten, en even later was de keuken vol.

Natuurlijk bleef Rutger een kopje koffie meedrinken. Hellen dook de keuken in.

We kwamen heel wat over de buurman te weten. Hij had een eigen zaak in de wijk. Een tuiniersbedrijf, was de eerste gedachte die bij me boven kwam. Hij leek me wel iemand die de hele dag met bloemen en planten in de weer was. Maar tot mijn grote verbazing bleek hij een zaak in baby- en kinderkleding te hebben.

'Ik ontwerp ook kleding,' vertelde Rutger, zichtbaar verlegen.

Een man die babykleding ontwierp? De verbazing moet van mijn gezicht te lezen zijn geweest, want Bob barstte in lachen uit. 'Dat had ik nooit achter je gezocht. Een zakenman in kinderkleding.' Nieuwsgierig vroeg ik tot welke maat Rutger in zijn winkel verkocht. Het antwoord dat hij gaf, bevredigde me. 'Bob, we gaan binnenkort eens kijken of hij iets leuks heeft voor onze kleinkinderen.'

Rutger keek me bevreemd aan, maar zei er niets van. Johanna wierp me een waarschuwende blik toe, die ik niet begreep.

Toen Rutger weer naar huis was, kwam Johanna erop terug. 'Het is een heel dure zaak. Je betaalt je groen en geel. Bij de opening ben ik ook geweest. Nou, Rutger weet met zijn prijzen wel raad.' Johanna noemde een aantal merken op.

Nu ben ik nooit zo goed op de hoogte geweest met merkkleding, maar het waren wel merken die de kinderen van Lotte droegen. Ook Anne was zeer onder de indruk van een bepaald merk. 'En dat verkoopt Rutger in zijn winkel?' vroeg ik voor alle zekerheid. 'Nee,' zei Johanna, en ze schudde haar hoofd. 'Hij is de ontwerper.'

Ik floot bewonderend tussen mijn tanden. 'Laat Anne en Lotte het maar niet horen. Ze lopen weg met zijn ontwerpen.'

Ik kon het niet nalaten op de terugweg een kijkje in de winkel te nemen. 'Wat hebben ze een leuke dingen,' zei ik enthousiast tegen Bob, die al een greep naar de binnenkant van zijn colbertje deed.

De volgende keer dat we bij Johanna waren, vond ik dat ze er moe uitzag. Het zal de leeftijd wel zijn, dacht ik. Het was net alsof ze met haar gedachten ergens anders was. Johanna sliep nu beneden. Ze was een paar keer van de trap gevallen. Eigenwijs als ze was, wilde ze niet luisteren naar de smeekbeden van haar jongens om beneden te slapen. Maar toen ze weer een keer van de trap viel, vonden haar zoons het mooi geweest. Haar bed werd van boven gehaald en in een aparte kamer neergezet. Vroeger was het een soort rommelkamer geweest, zoals Johanna het spottend noemde. Alle overbodige rommel werd nu de deur uit gedaan. Een fris behangetje en een likje verf. Dat werd de nieuwe slaapkamer van Johanna. Ze wilde het eerst niet toegeven, maar uiteindelijk, zo vertrouwde Johanna me toe, was ze toch wel blij met deze oplossing. Zoals gebruikelijk ging Bob na de middagboterham Arnhem onveilig maken. In een zijstraat even verderop bij Johanna was een kunsthandel gevestigd, en Bob nam daar graag een kijkje. Dat gaf ons de gelegenheid om ongestoord bij te praten. Want zonder Bob erbij was het toch anders. Vrouwen onder elkaar. Het waren genoeglijke uurtjes, die ons niet lang genoeg konden duren.

Iedere keer vond ik het zwaar afscheid te moeten nemen van Johanna. Ik sprak er wel niet over, maar ik moest nog vaak aan Bobs woorden terugdenken.

Op een dag in de voorzomer was het zover. In de morgen kregen we een telefoontje van de oudste zoon van Johanna. Ze was de nacht ervoor haar slaap overleden.

Bob en ik vertrokken naar Arnhem. In dezelfde wijk waar Johanna woonde, was een rustig familiehotel gevestigd. Daar boekte ik een tweepersoonskamer voor ons en een eenpersoonskamer voor Hellen. 'Anders blijven we heen en weer rijden,' zei ik tegen Bob. Woensdag was de condoleance, donderdag de begrafenis.

Na de begrafenis zaten Hellen en ik op het muurtje bij de kerk met uitzicht op het huis van Johanna.

'Wat zou er nu met haar huis gebeuren?' vroeg Hellen zich af.

Ik haalde met een triest gebaar mijn schouders op. 'Het zal wel verkocht worden. Ik denk niet dat het lang te koop zal staan.' Het was een gewilde buurt. Vaak stond er niet eens een bord met 'te koop' erop in de tuin. 'Ik hoop dat de toekomstige bewoners het huis in stand zullen houden, dat ze zullen proberen de stijl te bewaren.'

Hellen lachte. 'Je weet toch hoe het er vanbinnen uitziet?'

Dat wist ik maar al te goed. Johanna hield niet van veranderingen, en van moderne dingen moest ze eigenlijk niets hebben. De badkamer bijvoorbeeld was dringend aan vernieuwing toe. De buitenkant van haar huis zat prima in de lak en de verf. Daar zorgden haar jongens wel voor. Maar binnenshuis hadden ze niets in te brengen dan lege briefjes. 'Het was zo op en top Johanna's huis.'

Hellen sloeg een arm om mij heen. 'Je kunt er geen museum van maken. Dat zou Johanna ook niet gewild hebben.'

'Nee.' Ik schudde mijn hoofd. Ongewild moest ik lachen om Hellens opmerking. 'Weet je, ik heb haar altijd als mijn tweede moeder beschouwd. Ze maakte zo lang deel uit van mijn leven, van mijn verleden. Dat stuk moet ik nu loslaten.' De tranen sprongen weer in mijn ogen. Ik liet ze de vrije loop. 'Ik voel me nu weer net zo verloren als toen mijn moeder overleed.' Het bleef een poosje stil. Toen ging ik verder. 'Er wordt iets afgesneden wat zo'n belangrijk deel van je is. Misschien voelt niet iedereen dit zo. Het ligt er ook wel aan hoe je band met je ouders is, denk ik. Ik heb heel veel van mijn ouders gehouden, en ik had ze nog graag een poosje bij me willen houden. Ze zeggen wel eens: hoe ouder je wordt, des te minder kun je ze missen. Nou, dat geloof ik graag. Bij mij was dat in ieder geval zo.' Ik haalde eens een diepe teug frisse lucht.

'Ik voel het net zo,' antwoordde Hellen zacht. 'Wat Johanna ook in haar leven heeft gedaan, ze was een bijzonder mens.'

HOOFDSTUK 22

Voor ons op de keukentafel lag de brief die de gemoederen al een paar dagen bezighield. Een simpele, zakelijke brief, en we wisten niet wat we ermee aan moesten. Althans, Bob wist het niet, want het ging om hem. Het was een brief van de Arnhemse Toneelschool. Althans, zo heette de school vroeger. Nu is de toneelschool onderdeel van de Hogeschool voor Schone Kunsten geworden. Als ik dat woord hoor, krijg ik altijd een raar gevoel van binnen. Voor mij verschijnt dan het beeld van talentvolle jongeren die aardig kunnen schilderen, denken dat ze met ideeën de wereld kunnen vernieuwen, alles *love and peace*, lang haar en ogen die een andere wereld zien. Een wereld die normale, nuchtere, uit de boerenklei getrokken mensen als ik niet kunnen of willen zien. Maar goed, dat zijn mijn gedachten. Bob had een uitnodiging gekregen om in het nieuwe schooljaar een aantal gastlessen te verzorgen. Hij was daar best vereerd mee, maar nu drong zich de vraag op of hij het zou doen en hoe hij het dan moest aanpakken. De brief van het schoolbestuur werd bijna een obsessie. We stonden ermee op en gingen ermee naar bed.

Ten slotte vond ik dat Bob de knoop moest doorhakken. 'Je bent gevleid dat ze je gevraagd hebben. Maar nu even praktisch. Hoeveel dagdelen denk je nodig te hebben?' Ik schrok van het antwoord dat Bob me gaf.

'Daarom twijfel ik ook zo,' verklaarde Bob. 'Op en neer rijden is eigenlijk geen optie, want dan ben ik nog eens zo veel uur kwijt.'

'Het beste is een appartement of een gemeubileerde kamer te zoeken in Arnhem,' opperde ik. 'Ik weet dat je dit graag wilt doen, Bob, maar jij moet de keuze maken. Ik vind alles best.'

'Je vergeet Anne en Else-Marie.' Daar had Bob een punt.

'Je hebt gelijk. Ik weet dat je je kennis en ervaring dolgraag wilt overdragen aan de jongere generatie, maar toch vind ik het niet verantwoord dat je het doet. Je moet het schoolbestuur maar schrijven dat je na rijp beraad hebt besloten niet op hun aanbod in te gaan.'

'Hé, je bent wel erg snel van gedachten veranderd. Hoe komt dat nu ineens?' Er lag een verbaasde klank in zijn stem.

Ik ging achter zijn stoel staan en sloeg mijn armen om hem heen. 'Je moet het wel economisch bekijken. Als jij al je geheimen aan de jeugd vertelt, hebben we over een jaar of vijf allemaal van die topregisseurs hier in Nederland rondlopen. Dan is er voor jou, m'n lieve ouwetje, geen plaats meer. En wat dan? Ik wil toch graag in mooie ontwerpen van Nederlandse couturiers blijven rondlopen, hoor.'

Bob hoorde de plagende toon in mijn stem. Mijn lachende gezicht kon hij niet zien. Dezelfde dag ging er een brief terug naar Arnhem dat Bob graag zijn diensten aanbood.

'Ze zullen je vast en zeker helpen bij het zoeken naar geschikte woonruimte,' was mijn mening. Ik zocht op internet een aantal makelaars in Arnhem en verzocht om informatie. Maar dat bleek toch niet zo eenvoudig te zijn.

'Ik kan altijd nog een hotel nemen,' verzekerde Bob me, maar dat vond ik weer geen goed idee.

'Dan mis je toch de huiselijkheid, in je eentje op zo'n onpersoonlijke hotelkamer. Dat is niets voor een man als jij,' bedisselde ik voor hem. 'Dan zou ik nog liever zien dat je in huis kwam bij een hospita.'

Bob schaterde. 'Lieveling, die bestaan vandaag de dag niet meer.'

'Dat zul je nog eens zien,' zei ik, en ik zwaaide met mijn pollepel. 'Desnoods zet ik een advertentie in de Arnhemmer Courant of hoe het blad daar ook heten mag: Kosthuis gevraagd voor enkele dagen per maand voor serieuze onderwijzer.' De pretlichtjes blonken in mijn ogen. 'Denk erom, Bob Petersen, damesbezoek is ten strengste verboden.'

Bob schudde zijn hoofd.

Maar met alle gekheid die we erover maakten, zaten we toch wel met de benoeming van Bob in onze maag. De tijd verstreek, en de zomervakantie kwam steeds dichterbij. Wilde ik eigenlijk wel naar

Arnhem verhuizen? Arnhem was voor mij zo verbonden met Johanna. Maar ik had heel mijn leven al in verschillende dorpen en steden doorgebracht: mijn geboortedorp in Zeeland, Rotterdam, Utrecht, Breukelen, Delft. Waarom dan niet in Arnhem?

'Bob,' zei ik ineens, toen we op een keer Saartje uitlieten. 'Misschien staat het huis van Johanna nog wel te koop. Het laatste wat ik erover gehoord heb, was via een mail van Hellen. Zij wist te vertellen dat het huis nog steeds te koop stond. Geen wonder, volgens haar, omdat ze er veel te veel voor vroegen. Geen mens wilde dat huis kopen. Er moest zo veel aan gebeuren, en dan wordt het te duur.' Toch kon ik de gedachtegang van de jongens van Johanna wel begrijpen. Ze waren met z'n vieren en wilden zo veel mogelijk winst maken. Voordat Bob kon antwoorden, stak ik mijn arm door de zijne. 'Ik bel morgen meteen naar Willem, haar oudste zoon.'

Met een tevreden gevoel legde ik de hoorn neer. Ik liep naar de werkkamer, waar Bob zijn correspondentie zat te beantwoorden. 'Het huis is nog te koop. Alleen de vraagprijs…' Ik noemde het bedrag dat de jongens van Johanna in gedachten hadden.

Bob trok een bedenkelijk gezicht. 'Ik weet hoeveel het huis van Johanna voor je betekent, maar dat bedrag voor een soort weekendhuis…'

Ik leunde tegen de deurpost. 'Ik weet het. En dat heb ik ook tegen Willem gezegd. Hij zal zijn broers inlichten dat wij serieuze bedoelingen hebben, maar dat we de prijs te hoog vinden.' Er moest zo veel gebeuren om het enigszins bewoonbaar te maken. Dat was beslist niet overdreven. Johanna hield niet van opsmuk, en er was zeker in geen vijfendertig jaar iets veranderd. Er was een douche en een toilet, maar dan had je het ook wel gehad. Ik hoopte dat Willem zijn jongere broers ervan kon overtuigen dat ze met een lagere prijs genoegen zouden moeten nemen. We waren van plan er inderdaad een soort tweede huis van te maken. Bob had dan onderdak voor de dagen dat hij doceerde, en we konden er meteen een weekendje aan vastknopen. En niet te vergeten de schoolvakanties. Leuk voor de kleinkinderen. Maar als ik zag wat er allemaal moest gebeuren, zonk de moed me in de schoenen. 'Ik weet niet of ik dat nog allemaal aankan,' zei ik aarzelend tegen Bob. Op een tweede verhuizing zat ik niet te wachten. Schilderen en behangen, daar zag ik niet tegen op. Maar een complete verbouwing…

Bob wuifde mijn bezwaren weg. 'In Arnhem hebben ze ook aannemers. Maak je daar dus maar niet druk over.'

Toch vond ik dat Bob er te licht over dacht.

Een paar dagen na ons telefoongesprek belde Willem. 'We hebben erover gepraat en we gaan akkoord met jullie bod.'

Bob en Willem maakten een afspraak bij de notaris, en alles werd geregeld. De kinderen van Johanna zorgden ervoor dat het huis bezemschoon werd opgeleverd, en ik kon gaan nadenken over de kleuren van de verf en het behang.

Toen het nieuwe schooljaar begon, was ons huis nog lang niet klaar. Bob verbleef zolang in een hotel. Ik popelde van verlangen om ook iets te doen, maar ik moest wachten totdat de aannemer en zijn mensen weg waren. 'Het is zo frustrerend,' mopperde ik ietwat ongeduldig tegen Anne. 'Ik wil zo graag gaan beginnen. Voor mijn gevoel werken ze als slakken.'

Anne moest hartelijk lachen om deze opmerking. 'Geduld, geduld en nog eens geduld. Je zult zien: wanneer ze straks klaar zijn, kom je om in het werk.'

'Was het maar zover,' antwoordde ik strijdlustig.

Eindelijk, eindelijk was de aannemer klaar. Ik was bewust niet zo vaak naar Arnhem gegaan. Ten eerste omdat ik geen vooruitgang zag en ten tweede omdat ik bang was dat ik dit zou laten blijken. Maar ik slaakte een zucht van opluchting toen de dag aanbrak dat de heren er voor het laatst waren. Nu kon ik aan de slag.

De eerste dag was het al meteen raak. Bob wilde koffie inschenken, maar kwam tot de ontdekking dat er geen koffiemelk in huis was.

'Geen probleem,' antwoordde ik terwijl ik naar buiten keek. 'Ik zie daar de wagen van Rutger staan. Ik vraag wel of hij een kopje melk heeft.' Ik drukte aarzelend op de bel, en net toen ik op het punt stond terug te gaan, zwaaide de deur open.

'Goedemorgen, Else-Marie. Wat leuk dat je er weer bent. Kom binnen.'

Verlegen en nieuwsgierig volgde ik Rutger naar binnen. 'Joh, wat heb je het hier gezellig ingericht.' Het bleek dat Rutger van een klassieke stijl hield. 'Dat had ik nu nooit achter je gezocht,' grinnikte ik, terwijl we door de woonkamer naar de open keuken liepen. 'Jij bent kledingontwerper. Ik verwachtte iets van een ultramoderne vormgeving.'

'Ik begrijp wat je bedoelt. Van die ongemakkelijke lage banken waar je met goed fatsoen niet uit kunt komen. Veel glas waarschijnlijk. Als klap op de vuurpijl van die regisseursstoelen waar een normaal mens ook niet in durft te gaan zitten, bang als hij is dat hij erdoor zal zakken.' Rutger keek me met twinkelende ogen aan.

'Dat was inderdaad mijn eerste gedachte.' Ik vroeg hem of hij een kopje melk voor me had. Ondertussen viel mijn blik op schetsen die op tafel lagen. 'Mag ik ze eens bekijken,' vroeg ik, 'of valt dit onder topgeheim?'

'Ga je gang,' nodigde Rutger uit terwijl hij een duik in zijn koelkast nam.

Met bewondering bekeek ik de schetsen. 'Vreemd. Je zou denken: babykleding is babykleding, je hebt zachte en felle kleuren, maar dat dit materiaal ook aan mode onderhevig is, daar sta je niet bij stil.'

Rutger kwam naast me staan. 'Toch is het zo. Maar als je er niet in zit, is het allemaal één pot nat.'

Ik legde uit dat Anne en Lotte zeer gecharmeerd waren van zijn ontwerpen.

Verlegen nam Rutger de complimenten in ontvangst. 'Hoe zit het precies met je kleinkinderen? Jij bent toch veel te jong om al grootmoeder te zijn?'

Ik ging tegenover Rutger zitten. 'Dat mag je gerust vragen, hoor. Anne en Lotte zijn de dochters van Bob uit zijn eerste huwelijk. Ik ben zijn tweede echtgenote. Anne heeft een dochtertje, Else-Marie, mijn naamgenootje. Lotte is getrouwd met Olivier, en die hebben samen drie kinderen: twee jongens, een tweeling, en een meisje.'

Openhartig vertelde ik Rutger over Barbara. 'Ik ben wel moeder geweest, maar mijn dochtertje is na een zwangerschap van tweeëntwintig weken levenloos ter wereld gekomen.' Als vanzelfsprekend vertelde ik over Johanna, maar opeens stopte ik midden in een zin. Ik wist immers niet in hoeverre Rutger van haar verleden op de hoogte was. Goed, Johanna had Rutger als haar eigen kind beschouwd, maar dat wilde nog niet alles zeggen.

Rutger voelde haarfijn aan wat ik bedoelde. 'Ik weet wat zij gedaan heeft. Johanna was daar heel open en eerlijk in. Jullie hebben elkaar in de gevangenis leren kennen?'

Ik knikte. 'Ja, Hellen, Johanna en ik kwamen op dezelfde dag aan. We hadden alle drie dezelfde misdaad gepleegd.' Na al die jaren had ik nog steeds moeite met het woord 'moord'.

Handig stapte Rutger over op een ander onderwerp. 'Hoe zag je dochter eruit?'

'Het was zo'n mooi meisje toen ze in mijn armen werd gelegd. Net een klein engeltje. Maar de kleertjes waren veel te groot.' Ik vertelde dat Johanna sokjes had gebreid, maar dat het wel laarsjes leken toen Barbara ze aanhad. 'Met het rompertje en het pakje was precies hetzelfde aan de hand.'

Peinzend keek Rutger mij aan. 'Als je Barbara toen had mogen aankleden, hoe had je het dan gedaan?'

'Een jurkje, alles in het wit, en dan precies op maat gemaakt. Eenvoudig, maar toch mooi, met van dat kant, broderie. Ja, zo zou ik het hebben gedaan.'

Plotseling sprong Rutger op. Hij rommelde in een kast en kwam terug met papier en een potlood. 'Zou je dat kunnen tekenen?' vroeg hij. Ik hoorde de spanning in zijn stem.

'Tekenen?' Verwonderd staarde ik naar het vel papier.

'Een schets maken.'

'Ik weet het niet, hoor. Tekenen was nu niet bepaald mijn sterkste vak op school.'

'Wil je me een plezier doen? Gewoon proberen. Ik kom er wel uit.'

Dus stond ik even later met pen en papier weer bij Bob. Ik vertelde hem wat er was gebeurd, en nog steeds beduusd keek ik naar de tekenspullen. 'Nu moet ik tekenen welke kleertjes ik Barbara had willen aantrekken als ik daar de kans toe had gekregen.'

Bob glimlachte. 'Dat kun je dan mooi doen. Ik ben ervan overtuigd dat je dat best kunt. Maar nu even iets anders. Misschien een rare vraag, maar je ging toch naar Rutger om koffiemelk?'

Ik sloeg met mijn hand tegen mijn hoofd. 'Ik ben ook een domoor. Helemaal vergeten. Die staat nog op het aanrecht. Ik loop meteen terug.'

Die avond probeerde ik mijn ideetjes uit te tekenen. 'Het is toch moeilijker dan ik dacht,' zuchtte ik tegen Bob, die belangstellend over mijn schouder keek.

De volgende dagen bleek Rutger niet thuis te zijn. Ik kreeg een mailtje van hem dat hij met zijn zakenpartner naar een vakbeurs in het buitenland was. 'Over vier dagen ben ik terug. Ik ben heel benieuwd naar je schetsen. Denk ook maar eens na over een naam.'

Dat laatste begreep ik niet. 'Een naam? Wat bedoelt Rutger daar nu mee?'

Anne hoorde mijn laatste opmerking. Ze kwam net de kamer in gelopen. Met veel interesse bekeek ze de tekeningen die ik had gemaakt. 'Ik denk dat Rutger hier een markt in ziet. Je hoopt allemaal dat je zwangerschap voorspoedig verloopt. Eigenlijk ga je er zonder meer van uit dat je na ruim negen maanden een gezond kindje in je armen houdt. Het is net als met geboortekaartjes. Niemand staat erbij stil dat het ook wel eens rouwkaartjes kunnen worden. Jij hebt dat aan den lijve ondervonden, Else-Marie. Ik vermoed dat Rutger een aantal kleertjes wil ontwerpen voor kindjes die levenloos zijn geboren.'

Ik was er stil van. 'Zover was ik nog niet eens, maar je hebt waarschijnlijk gelijk.'

Anne ging verder, terwijl ze een stoel nam en naast mijn computer ging zitten. 'Je hebt nu een aantal schetsjes gemaakt voor meisjes. Je zou ook eens moeten proberen iets voor jongetjes te maken. Trouwens, met die naam bedoelt Rutger een merknaam voor die kledinglijn. Misschien kun je de naam Barbara erin verwerken?'

Ineens zag ik het voor me. Ik antwoordde resoluut: 'Nee, geen Barbara. Ik noem het *Little Angel*. Barbara leek immers net een engeltje toen ze in mijn armen lag. *Little Angel*.'

Rutger was onder de indruk van mijn ontwerpen. Stiekem was ik er best een beetje trots op.

'Ik zal ze uitwerken en een van mijn naaisters op het atelier een paar proefmodelletjes laten maken.'

Maar de weken gingen voorbij, en ik hoorde of zag niets meer van Rutger.

'Hij ziet er geen gat in,' zei ik teleurgesteld tegen Bob.

'Niet zo somber,' probeerde deze me op te monteren. 'Het is ook wel veel werk, moet je bedenken. En vergeet de aanschaf van de materialen niet.'

'Je gaat naar de markt en bij de eerste de beste lapjeskraam vraag je om een metertje broderie. Zo veel werk is dat nu ook weer niet.'

'Waarom probeer je het dan zelf niet?'

'Bob, ik ben alleen geschikt voor het grovere werk: gordijnen, kinderdekbedovertrekken, kussenslopen, weet je nog wel?'

'Juist,' zei mijn man met een glimlach. 'Wacht nu maar af. Rutger komt erop terug.'

Inmiddels was het nieuwe jaar begonnen. De vakantie was voorbij, en Bob ging verder met zijn lessen aan de toneelschool. In Rutgers winkel werd grootscheepse uitverkoop gehouden, en vergezeld van Anne en Lotte ging ik erheen, de kleinkinderen bij opa Bob achterlatend. We kwamen niet met lege handen terug.

'Ik vind het jammer dat we die Rutger nog nooit hebben ontmoet,' verzuchtte Anne. 'Ik wil best eens met hem kennismaken. Ik ben reuze benieuwd hoe hij eruitziet.'

Ik grinnikte om die opmerking. 'Het gebeurt maar zelden dat Rutger in zijn winkel staat. Hij is meestal op pad. En als hij aanwezig is, zit hij op zijn kantoor. Hij ziet er heel normaal uit, hoor. Toen

Johanna me over hem vertelde, had ik ook meteen een wereldvreemd figuur in gedachten. Maar hij is heel gewoon.' Ik haalde mijn schouders op. 'Hij is gewoon Rutger en hij staat met beide benen op de grond.'

'Maar een ontwerper van kinderkleding...' deed Lotte een duit in het zakje.

'Ik weet precies wat je bedoelt. Maar geloof me, als je hem ontmoet, zou je echt niet denken dat het een modeontwerper is.'

De beide dames waren razend nieuwsgierig naar onze buurman, maar helaas het kwam er deze keer niet van.

'Een volgende keer beter,' zei ik.

Niet veel later kreeg ik een mailtje van Rutger dat hij een verrassing voor me had. 'Dat kan maar één ding betekenen,' zei ik tegen Bob. 'De ontwerpen zijn klaar.'

Dat was ook zo, en de eerstvolgende keer dat we in Arnhem waren, ging ik bij hem langs.

Rutger zette twee doosjes voor mij op tafel. Voorzichtig opende ik het deksel van het eerste en ik keek erin. Vol bewondering haalde ik er een piepklein jurkje uit, met schoentjes en een mutsje erbij, gemaakt van broderie. 'Wat is dat mooi.' Ik keek er geruime tijd naar. Mijn gedachten gingen terug naar Barbara. O ja, als ze dat toen verkocht hadden, had ik haar zo aangekleed. Ik kwam terug in het heden en met een beverig lachje keek ik Rutger aan. 'Wat is dat mooi,' zei ik nogmaals. 'Mijn complimenten aan de naaister.' Rutger beloofde dat hij de complimenten aan haar zou overbrengen.

Toen was het andere doosje aan de beurt. Daar lag een stelletje voor een jongetje. Het was nog kleiner dan poppenkleertjes. Ik haalde het pakje eruit en moest hier ook even voelen aan de stof. Toen kwam het zakelijke gedeelte aan bod. Rutger wilde *Little Angel* op de markt brengen via zijn website. 'Ik zal mijn reclamebureau opdracht geven om een paar teksten op te stellen.'

Eerlijk gezegd duizelde het me, maar ik had het volste vertrouwen in de zakelijke capaciteiten van Rutger. 'Als het maar op een integere manier wordt beschreven,' was de enige eis die ik stelde.

'Maak je maar geen zorgen,' stelde Rutger mij gerust. 'Het komt allemaal in orde.'

Nog geen week later zat er bij mijn mail een concepttekst. Of ik die aandachtig wilde doornemen en eventuele op- en aanmerkingen wilde doorgeven.

Bob keek over mijn schouder mee. 'Het is een mooie tekst, zonder poespas of opsmuk.'

Ik was het met hem eens, maar toch had ik een dubbel gevoel. Mijn naam stond er ook onder: *Little Angel* van Rutger Kamphuis en Else-Marie Petersen. 'Eigenlijk wil ik dat niet.'

Bob keek me aandachtig aan. 'Ik bedoel... Ik ben bang dat de mensen zullen denken: die Else-Marie moet weer zo nodig.' Ik probeerde mijn gevoelens onder woorden te brengen, maar ik was bang dat dit mislukte.

Toch begreep Bob de strekking van mijn woorden. 'Misschien dan toch maar onder je meisjesnaam?' opperde hij.

Maar ook dat vond ik geen goed idee. 'Zou het wellicht kunnen dat mijn naam helemaal komt te vervallen?'

'Je hebt toch vanaf het begin meegewerkt? Het is toch jouw idee?'

Dat wist ik wel, maar ik hoefde niet zo nodig op de voorgrond. Ik hoopte dat Rutger mijn gevoelens kon begrijpen.

Dat was gelukkig het geval. 'Als jij dat graag wilt, maken we een optie dat je een stille vennoot wordt.'

Dat was precies de bedoeling.

Ik had nog een paar schetsjes in gedachten, die ik aan Rutger gaf. Hij werkte die uit en lette daarbij op de technische details. Dan maakte hij een patroon, en zorgde zijn naaister ervoor dat alles in elkaar werd gezet. De pagina op de website werd toegevoegd, en ook het marketingoffensief kon beginnen. We hadden alleen wat problemen met de prijs. Omdat het allemaal handwerk was, en behoorlijk exclusief – er zouden van ieder ontwerp maar twee exemplaren zijn –, was de prijs daar ook naar.

'Zouden mensen dit ervoor betalen?' vroeg ik toen we weer een vergadering bij Rutger thuis hadden.

Rutger, die alles van de zakelijke kant bekeek, haalde een kladblok tevoorschijn. Daar stond de prijsberekening op.

Ik moest hem wel gelijk geven. 'Weet je, ik heb het onaangename gevoel dat we een slaatje willen slaan uit het verdriet van anderen.'

Daar dacht Rutger heel anders over. 'Als wij het niet doen, doet iemand anders het wel.'

Het is best moeilijk zakelijk te zijn en je gevoelens niet de overhand te laten krijgen. We deden allebei een beetje water bij de wijn.

'Je moet het me maar niet kwalijk nemen,' verontschuldigde ik me. 'Mensen komen soms voor torenhoge kosten te staan. Sommige verzekeringen betalen niets uit omdat een doodgeboren kindje volgens de polisvoorwaarden geen mens is.'

Rutger begreep mijn gedachtegang, en daarna stond niets onze verdere samenwerking meer in de weg. Rutger liet een folder ontwerpen en drukken en verspreidde deze onder de ziekenhuizen.

'Misschien kun je ook verloskundigenpraktijken aanschrijven?' opperde Anne.

Ik schudde mijn hoofd. 'Als zwangere word je, als het misgaat, toch doorverwezen naar een ziekenhuis. Laten we het daar maar op houden.'

Anne keek me met een trieste glimlach aan. Ik kreeg het vermoeden dat achter haar woorden meer schuilging dan ze op het eerste gezicht wilde laten blijken.

'Als er iets is...' begon ik.

Met een onverschillig gebaar haalde Anne haar schouders op. Net alsof ze zich schaamde dat ze zich in haar hart liet kijken. 'Soms heb ik het er zo moeilijk mee,' antwoordde ze kleintjes.

Ik ging naast haar op de bank zitten en sloeg een arm om haar heen.

'Ik ben dolgelukkig met Else-Marie, maar bij tijd en wijle mis ik een partner. En vrouwen met kinderen zijn niet zo populair op de huwelijksmarkt. O ja, liefde voor één nacht is overal verkrijgbaar, maar een langdurige relatie...'

Ik vroeg me af of Anne nog steeds contact onderhield met de vader van Else-Marie. Dat was een teer onderwerp. Ik durfde er niet zo goed naar te vragen. Ik hoefde tenslotte niet alles te weten, al brandde de vraag wel op mijn lippen.

We zaten een poosje naast elkaar, toen Anne weer het woord nam. 'Weet je, Else-Marie, dat ik diep in mijn hart best jaloers ben op het huwelijksgeluk van Lotte en Olivier? Ze vormen zo'n hecht gezin met hun kinderen. Ik ben dol op mijn kleine meid, eerlijk waar, maar ik sta overal alleen voor.'

Ik drukte Anne stevig tegen me aan. 'Als je ooit om een extra oppasbeurt verlegen zit, bel dan. Je moet misschien ook meer onder de mensen komen.'

Anne en ik gingen nog steeds samen met Ciska sporten. Daar kwam niemand tussen. Maar het was een feit dat Anne leefde voor haar werk en voor Else-Marie. Als werkende moeder kon ze niet anders. Waar moet je naartoe op je vrije zaterdagavond als je de vijfendertig bent gepasseerd, ook al heb je een liefhebbende oppas in de buurt?

We brachten veel tijd door in Arnhem. Af en toe zei ik voor de grap tegen Bob dat we ons huis in Delft maar moesten verkopen. 'We zijn meer in Arnhem dan in Delft.' Maar dan herinnerde Bob me er weer haarfijn aan dat Anne en Else-Marie in Delft woonden. Ik hield ontzettend veel van mijn naamgenootje. Natuurlijk hield ik ook van de kinderen van Lotte, maar Else-Marie had toch een speciaal plekje in mijn hart. Nee, dat kwam beslist niet doordat ze naar mij was vernoemd. Maar je krijgt nu eenmaal een band met je kleinkind als je iedere week op haar past. Je maakt zo veel mee van de ontwikkeling. Daar krijg je automatisch een band mee, of je het nu wilt of niet. Ik moest er niet aan denken dat ik Anne en Else-Marie bij wijze van spreken maar één keer per maand zou zien.

'Dat zal wel gebeuren, mochten we voorgoed naar Arnhem vertrekken,' zei Bob.

Ik wist dat hij gelijk had. 'We brengen ook Anne in de problemen, want waar vindt die zo snel een andere oppas?'

Daar had Bob ook een oplossing voor: 'Het kinderdagverblijf.' Ik rilde bij die gedachte alleen al. Natuurlijk was Else-Marie daar in goede handen, maar er ging toch niets boven je opa en oma als oppas?

Gelukkig wist Anne niets van onze gedachten. Na het vertrouwelijke gesprek had zij noch ik het onderwerp nieuwe relatie nog aangeroerd. Ik hoopte dat zij op haar werk nog eens tegen een leuke man aan zou lopen. Ik sprak er wel met Bob over.

'Misschien kan Rutger er een voor haar ontwerpen en op maat laten maken.'

'Nou, misschien wil hij dan meteen ook een reserve voor mij maken.' Guitig keek ik Bob aan.

Deze stoof verontwaardigd op. 'Wat nou reserve? Ben je niet tevreden met me dan?'

'Natuurlijk wel,' suste ik. 'Maar je weet maar nooit. Gewoon voor achter de hand.'

Bob keek me aan met een blik waaruit bleek dat hij niet goed wist of ik het meende of niet. Ik liet hem maar in die onzekerheid.

HOOFDSTUK 24

Toen Else-Marie tweeënhalf jaar werd, mocht ze voor het eerst naar de peuterspeelzaal. Een groot moment in haar leventje, evenals in dat van haar moeder en mij. Anne en ik probeerden elkaar moed in te spreken. Dat het zo goed was voor de ontwikkeling van Else-Marie, dat het ook leuk was met andere kinderen te spelen. En het kinderdagverblijf dan? Daar waren ook kinderen. Dat het niet goed was dat een kind altijd aan moeders rokken bleef hangen (al droeg Anne bijna altijd broeken, waardoor die vergelijking niet helemaal opging). Kortom, alle theoretische kennis uit de opvoedboeken en bladen haalden we tevoorschijn. Toen we eenmaal buiten de peuterspeelzaal stonden, deden we samen een deuntje.

'Hè hè, dat lucht op.' Het kwam uit de grond van mijn hart. Ik pakte mijn zakdoek, die ik voor de verandering nu eens wel bij me had, en snoot mijn neus.

Door haar tranen heen lachte Anne naar me.

Ook andere moeders die voor de eerste keer hun peutertje hadden gebracht, lachten door hun tranen mee.

Voor Anne was het nu een mooie gelegenheid om kennis te maken met andere vrouwen. Ze had wel een cursus zwangerschapsgymnastiek gevolgd, maar de contacten met die vrouwen waren verwaterd. Anne was makkelijk in de omgang en had zo aanspraak.

Else-Marie had even gehuild toen we weggingen, volgens de leidster. Maar na een paar minuten was haar aandacht afgeleid en ging ze lekker spelen met een ander kindje.

'Wij hebben in spanning gezeten of het allemaal wel goed zou gaan,' snifte Anne nog na.

'We hebben ons zorgen gemaakt om niets,' concludeerde ik terwijl ik mijn kleindochter eens lekker knuffelde. Wat werd ze al groot.

Als de dag van gisteren herinnerde ik me haar geboorte. De eerste keer dat ze 'oma' zei, stond in mijn geheugen gegrift. En nu ging ze als een parmantig dametje naar de peuterspeelzaal.

Geregeld was Anne er te vinden als oppasmoeder. Ik kon natuurlijk niet achterblijven en schreef me ook in om een ochtend of middag bij de peuters door te brengen. Zo leerde ik ook de leidsters kennen. Ook voor hand- en spandiensten konden de leidsters en het bestuur een beroep op mij doen. In het reglement stond dat grootouders geen deel mochten uitmaken van het bestuur, maar anders had ik me zeker kandidaat gesteld voor een functie.

Eén keer per jaar was het Zomerfeest. De kleintjes verkochten dan zelfgemaakte spulletjes, en er werd een kleine maar gezellige rommelmarkt gehouden. De netto-opbrengst werd geheel aan de peuters besteed. Onnodig te vermelden dat ik mezelf ook opgaf. Heel de ochtend stond ik bij de rommel.

Else-Marie kwam samen met moeder Anne en opa Bob langs mijn kraampje. Bob kocht een mooie ketting voor zijn kleindochter, en ik werd zogenaamd een beetje jaloers. Om de lieve vrede te bewaren kocht Bob dan ook maar een kleinigheidje voor mij. Met stralende ogen bekeek Else-Marie het feest.

De onderlinge contacten deden ook Anne goed. Ze maakte kennis met andere moeders, en er ontstonden leuke vriendschappen. Ik wist wel dat deze vrouwenvriendschappen een partner niet konden vervangen, maar ik hoopte dat ze het gemis ervan draaglijker zou maken.

'Else-Marie?' Bob keek me vragend aan. 'Rutger vraagt of je even langs wil komen. Hij heeft weer iets nieuws ontworpen.'

Dankbaar keek ik Bob aan, terwijl ik Else-Marie aan de hand hield. 'Zo, kleine meid, als jij nu bij opa blijft, wip ik even bij buurman Rutger aan.'

'Buurman,' zei Else-Marie parmantig. De naam Rutger was nog net te moeilijk voor haar.

Anne zat heerlijk ontspannen in de tuin te lezen. Ze was zo verdiept in haar boek dat ze niets van de wereld rondom haar merkte. Ik besloot haar niet te storen en liep voorzichtig achter haar langs naar Rutger. Daar wachtte me weer een verassing. Mijn laatste schetsen waren nu uitgevoerd, en vol bewondering bekeek ik ze. Geregeld vroeg ik bij Rutger of er belangstelling voor was. Eigenlijk hoopte ik, hoe tegenstrijdig dit ook mocht zijn, dat hij dan zijn hoofd zou schudden, omdat de verkoopcijfers zodanig waren dat hij ermee stopte. Dat zou immers betekenen dat er weinig kindjes overleden waren. Maar zolang ik geen geluiden van Rutger in die richting hoorde, ging ik er gewoon mee door.

We schrokken allebei toen er tegen het raam werd geklopt.

'Else-Marie,' zei ik gehaast, en ik liep naar de deur om open te doen. Ons huis lag weliswaar niet aan zo'n drukke straat, maar je wist maar nooit.

'Buurman,' zei kleine Else-Marie stralend tegen Rutger, die al onderweg was naar de snoeppot. Ook de kinderen van Lotte wisten inmiddels dat de snoeppot bij Rutger altijd gevuld was.

'Zo, kleine meid, kom jij weer om een snoepje?' Rutger zakte door zijn knieën.

Op dat moment werd er weer gebeld, en ik haastte me naar voren. Nu stond Anne op de stoep, met een lichte paniek in haar ogen.

'Heb je Else-Marie ook gezien?'

'Maak je maar niet ongerust. Ze is hier.'

'O ja, ik zie haar al. Gelukkig. Ik was even bang dat ze was weggelopen. Ik was zo verdiept in mijn boek. Ze heeft het poortje opengemaakt. Ik dacht dat pa haar wel in de gaten zou houden, maar dat was niet zo.'

Anne stoof langs me heen en nam Else-Marie in haar armen. In gedachten maakte ik Bob uit voor alles wat mooi en lelijk was. Dat vergat ik overigens ook meteen, want mijn aandacht werd getrokken door Anne.

Het was de eerste keer dat zij Rutger ontmoete, en ze bleef hem maar aanstaren.

Rutger keek verlegen terug

Ik had het gevoel dat hier geschiedenis werd geschreven.

Een paar dagen later, toen we naar Delft teruggingen, begon ik erover. 'Wat zou je ervan vinden als Rutger onze nieuwe schoonzoon zou worden?'

Ik hoorde de verbazing in de stem van Bob. 'Rutger, onze buurman? Else-Marie, jij bent een romantische ziel.'

Dat had ik vaker gehoord, maar dat kon me niet deren. 'Let op mijn woorden. Ik zie het wel gebeuren tussen Anne en Rutger.'

'Ik hoop niet dat je gaat zitten koppelen.'

'Bob toch. Je weet dat ik dat niet eens durf.'

Een luid gesnuif was het enige commentaar dat ik van mijn man kreeg.

'Anne lijkt in dat opzicht sprekend op jou. Ze laat zich niet dwingen.'

Mijn ogen kregen weer een dromerige uitdrukking. In gedachten schreef ik verschillende scenario's om Anne en Rutger bij elkaar te brengen. Door middel van een etentje wellicht, als een soort dankjewel wanneer straks de verhuizing voorbij was? Voorlopig was ik de enige die er zo over dacht. Ik probeerde een visje uit te gooien bij Anne, maar ze beet niet. Je hoorde of las wel eens van die verhalen van koppelaarsters. Dit werk was dus niet aan mij besteed. Een paar dagen later kreeg ik wel een mailtje van Rutger met de vraag of hij het telefoonnummer van Anne mocht hebben. Hij kreeg meteen een mail terug van mij. Ik zou het overleggen met Anne, en als zij het goedvond, zou ik hem haar nummer geven.

'Rutger wil mijn telefoonnummer?' Ik hoorde de verbazing in haar stem toen ik Anne erover benaderde. 'Wat wil hij daar nu mee?'

'Jou mee uit vragen natuurlijk,' flapte ik eruit zonder er verder bij na te denken. 'Naar de film, een tentoonstelling of een etentje.'

De spottende lach van Anne klonk pijnlijk in mijn oren. 'Else-Marie, zet die romantiek nu eens uit je hoofd. Zeg eens eerlijk: wat zou een zakenman als Rutger Kamphuis nu in mij zien?'

'Ja, hoor eens, dat weet ik ook niet. Zo komen we er niet. Mag ik hem nu wel of niet je telefoonnummer geven?'

'Vooruit maar.' Het klonk meer als 'Goed, omdat je zo aandringt. Jij je zin'. Echt van harte ging het niet.

Na ons telefoongesprek mailde ik meteen naar Rutger en met een tevreden glimlach sloot ik de computer af. Nu begon het wachten op de dingen die komen zouden. Als ze al komen zouden.

Voorlopig gebeurde er niets, en ik had de moed niet om Anne ernaar te vragen. Toch leek er wel iets in die richting te ontstaan, want Anne vroeg mij voor een extra oppasbeurt, op zaterdagavond.

Nietsvermoedend vroeg ik naar de reden. 'Een bedrijfsfeestje?' Lachend wuifde Anne dit weg. 'Nee, ik ga uit eten met Rutger.' Het bleef even stil aan mijn kant. 'Zo zo, onze buurman.' Ik negeerde de rode blos die de wangen van Anne kleurde.

'Er is niets tussen ons, hoor, als je dat soms mocht denken.' Natuurlijk dacht ik dat, maar dat vertelde ik niet.

'We zijn goede vrienden, meer niet. Rutger moet voor zaken in de buurt zijn en daarom komt hij even langs.'

'Geen enkel probleem. Breng Else-Marie maar hier. Weet je wat? Laat haar hier ook maar een nachtje slapen. Dan hebben jullie alle tijd om bij te kletsen, en hoef je niet telkens op de klok te kijken.' Met een triomfantelijk gezicht kwam ik thuis. 'Bob, het gaat gebeuren.'

Er gebeurde vooralsnog niets.

'Het was reuze gezellig, maar meer ook niet,' verklaarde Anne na afloop van het avondje uit. Het was zondagmorgen, en ze kwam haar dochtertje halen.

Terwijl Bob met Else-Marie speelde, hing ik aan Annes lippen. Ik wilde alles weten over haar avondje uit, maar ze liet niets los.

Ze moet de teleurgestelde trek op mijn gezicht hebben gezien, want ze barstte in lachen uit. Maar er lag een vertederende blik in haar ogen toen ze zei: 'Else-Marie, je lijkt mijn moeder wel.'

Dat was even slikken. Ik werd nu eenmaal niet graag met Lies vergeleken. Ondanks haar stijl en elegante voorkomen vond ik haar een harde vrouw. Maar ze was wel de moeder van Anne en Lotte. Dus hield ik deze gedachte voor me, al bekroop me wel eens het gevoel dat de meiden het heel goed doorhadden. Voor Bob hoefde ik geen toneel te spelen. Hij kende mij van haver tot gort en wist precies hoe ik over zijn ex-vrouw dacht.

Af en toe vroeg ik langs mijn neus weg aan Anne of ze nog met Rutger contact had.

'Soms,' antwoordde ze ontwijkend, en ze zei het op een toon waaruit ik kon opmaken dat ik niet verder moest vragen, omdat ik me op gevaarlijk terrein begaf. Die hint hoefde Anne maar één keer te geven. Voortaan liet ik het onderwerp Rutger Kamphuis rusten.

HOOFDSTUK 25

Mijn hoofd zal vol gedachten. Ze buitelden en dansten door elkaar. Daar was maar één middel tegen: een flinke fietstocht. Dus trok ik er op een nazomerse middag op uit. Helaas kreeg ik Bob niet achter zijn bureau vandaan. Hij was druk in de weer met van alles en nog wat. De enige die wel met me mee wilde, was Saartje. 'Ik weet het, jongedame, maar jij mag niet mee.' Teleurgesteld droop Saartje af, en ze liet zich met een grote plof in haar mand vallen. Met haar kop over de rand keek ze me verongelijkt aan. 'Niet zo zielig kijken, Saartje,' wees ik haar terecht, terwijl ik op zoek ging naar mijn sweater. 'Als de baas mee zou zijn gegaan, had je ook mee gemogen. Dat weet je best.' Bob had er geen moeite mee te fietsen en tegelijkertijd Saartje aan haar riem voort te trekken. Ik wel. Ik vond het eng en was bang dat ik zou vallen. Dan was immers de ellende niet te overzien. Sinds ik was gevallen bij het kerkhof, toen Anne en ik in Zeeland waren en we de broer van Marion van der Laan tegen het lijf liepen, was er altijd de angst dat ik iets zou breken. 'Ja, Saartje,' zei ik spottend, 'we worden er niet jonger op.' Ik trok de buitendeur achter me dicht, pakte mijn fiets en sprong handig op het zadel. Mijn woorden van zojuist kwamen weer in mijn herinnering. 'We worden er niet jonger op.' Maar niemand van mijn leeftijd zou me dit nog nadoen. Met een triomfantelijk gezicht sloeg ik de weg in naar de buitenwijken van Arnhem. Ik snoof eens diep de heerlijke herfstlucht op. Wat was de natuur toch mooi wanneer ze speciaal voor ons haar herfsttooi opzette. Ieder jaargetijde had zo zijn charme, maar de herfst had toch wel mijn voorkeur. Als de dagen wat korter werden, en het leven zich weer naar binnen richtte, de kaarsjes en waxinelichtjes weer op tafel kwamen... Het was alsof ik me bewust werd van alle zegeningen die me ten deel waren gevallen:

Bob, Anne, Lotte en Olivier, Martijn, Jonathan, Liese-Lotte en Else-Marie. Ongewild dwaalden mijn gedachten af naar Anne. Ik had gehoopt dat ze in Rutger de man van haar leven zou vinden. Maar Bob had gelijk: liefde kun je niet dwingen, net zomin als vriendschap. Zelfs dat zat er niet in.

Bij een bankje hield ik een kleine stop. Met mijn ogen gesloten luisterde ik naar het ritselen van de bladeren. Ik was dol op de bosrijke omgeving van Arnhem, maar soms miste ik de weidsheid van de Zeeuwse polders. Je kon er zo heerlijk ver weg kijken, en iedere keer had de polder weer een ander gezicht. Door de lichtval, wel of geen zonnetje, en dan die wolkenvelden. Nederland op z'n mooist. De zilte lucht van het water waarvan alles doortrokken leek te zijn. Ik keek eens op mijn horloge en schrok. Het was al later dan ik dacht. Wilde ik nog voor de thee thuis zijn, dan moest ik maar weer eens op de trappers gaan staan.
Bij de volgende afslag sloeg ik naar links. Ik was verder van huis dan de bedoeling was. Ik had ook geen briefje voor Bob achtergelaten, in de veronderstelling dat ik binnen anderhalf uur wel terug zou zijn. Dat lukt me dus nooit, mopperde ik in mezelf. Maar ik had ook geen zin om me te haasten. Daar was het veel te lekker weer voor. Als het erg laat werd, kon ik altijd nog bellen.
Op het fietspad kwam een stel scholieren aanfietsen. Ze waren met zijn drieën en hadden geen erg in mij. Ik rinkelde met mijn fietsbel, maar ze waren zo druk in gesprek dat ze ook daarvan geen notitie namen. Dan maar de berm in. Eén jongen keek mij bij het passeren verbaasd aan. Ik had moeite om mijn stuur recht te houden en weer veilig en wel op het fietspad te komen. 'Pff,' verzuchtte ik. Dat was op het nippertje. Toen hoorde ik een vervaarlijk gesis achter me. Welja, heb je alles gehad, dan kan dit er ook nog wel bij. Ik was zeker door een stuk glas gereden, of een spijker. Anders had mijn achterband nooit zo snel leeg kunnen lopen. Ik stapte af en nam de schade op. Achter mij zag ik inderdaad iets glinsteren in het gras. Geen nood, even een telefoontje naar de bezemwagen. Verbaasd keek ik in mijn fietstas. Ik wist toch zeker dat ik daar mijn handtas in had gestopt. Dat doe ik altijd wanneer ik een eindje ga fietsen. Dat was een gewoonte van me, mar ken-

nelijk was ik het nu vergeten. Terwijl deze gedachte door mijn hoofd flitste, zag ik de tas op de keukentafel liggen. Mijn goede humeur daalde snel. Er zat niets anders op dan te gaan lopen. Met een gevoel van 'de paden op, de lanen in' op weg naar huis dan maar. Nu heb ik niets tegen wandelen, ik vind het heerlijk, maar dan wel zonder fiets aan mijn hand. Als de buitenwijken van Arnhem nu maar dichterbij kwamen. Het fietspad ging over in een verharde weg. Het zweet liep in straaltjes over mijn rug. Wat was het nog een eind naar huis.

Opeens hoorde ik getoeter achter me. In de veronderstelling dat het een automobilist was die me wilde passeren, ging ik nog dichter bij de berm lopen. Maar ik werd niet ingehaald. Weer klonk er getoeter. Mijn ergernis werd groter. 'Uilskuiken,' schold ik hardop. 'Je ziet toch dat ik niet verder de berm in kan. Moet ik soms in de sloot terechtkomen?' Ik wierp een boze blik achterom. Maar die auto... Ik keek midden in het lachende gezicht van Rutger. Ik was nog nooit zo blij geweest hem te zien als op dat moment.

Rutger gooide het portier open en boog zich voorover. 'Hé, Else-Marie, zo te zien kun jij wel wat hulp gebruiken. Ik hoef zeker niet te vragen of je wilt meerijden?' Rutger stapte uit en liep meteen naar mijn fiets. 'Je bent wel ver van huis.'

Ik zette mijn fiets tegen een boom, terwijl ik opgewonden mijn verhaal vertelde. 'Ik moest uitwijken voor een stel scholieren en ben vermoedelijk in een stuk glas gereden. Wat ben ik blij je te zien. Ik denk dat ik al een ongeveer een halfuur heb gelopen.'

Rutger keek me lachend aan, terwijl hij zijn kofferbak opendeed. 'Dat is ook van je gezicht te lezen.' Hij nam de fiets van me over. 'Ik zou willen dat er nog iemand was die zo blij zou zijn me weer te zien.'

Ik werd getroffen door deze opmerking. Anne, schoot het door me heen. Hij bedoelt Anne. Ik besloot wijselijk niet op zijn opmerking in te gaan, en ook Rutger deed er verder het zwijgen toe.

Hij rommelde wat in zijn kofferbak en hield een stuk touw in zijn handen. 'Waarom heb je Bob trouwens niet gebeld? Ik kan me niet voorstellen dat hij je heel dat stuk laat lopen.'

Met mijn handen in mijn zij keek ik toe hoe handig Rutger mijn fiets in de kofferbak neerlegde en alles stevig vastbond. 'Dat klopt, maar mijn mobieltje zit in mijn tas, en die heb ik thuis laten liggen. Dan zit er niets anders op dan de benenwagen te gebruiken. Maar ik ben maar al te blij dat je bent gestopt.'

'Ik zou niet durven zomaar door te rijden,' lachte Rutger terwijl hij nog een laatste blik op mijn karretje wierp. Hij controleerde of alles echt goed vastzat.

We liepen naar voren.

'Vertel eens,' vroeg Rutger nieuwsgierig, 'ben jij goed in banden plakken?'

'O nee,' wimpelde ik af. 'Helemaal niet. Wat dat betreft, ben ik enorm verwend, hoor. Vroeger deed mijn vader dat altijd. Maar ja, ik was ook enig kind. Later, toen ik in Rotterdam woonde, gebruikte ik mijn fiets niet zo vaak meer. Dat is pas weer gekomen toen ik naar Utrecht verhuisde. Ook daar had ik iemand die mijn fiets controleerde.' Ik vertelde van Yvon, die zo handig was met dit soort dingen en over een soort technische knobbel beschikte. 'En nu doet Bob het voor me. Dat levert wel eens opmerkingen van Anne of Lotte op. Ze klagen dan altijd dat ze het vroeger zelf moesten doen.'

'Daar zit iets in,' vond Rutger.

'Ik heb het wel geprobeerd, hoor, dat banden plakken onder de knie te krijgen. Ik ben een middagje in de leer geweest bij Bob. Maar ik was zo aan het hannesen en klungelen. Bob kon het op een gegeven moment niet langer meer aanzien. Hij duwde mij opzij en riep dat hij het voortaan zelf wel zou doen. Maar ik heb mijn goede wil laten zien.' Ik zuchtte van opluchting toen we onze straat in reden.

Tja, toen stond ik voor een gesloten huisdeur. Was de beproeving dan nog niet voorbij? Want ook mijn huissleutels zaten in mijn tas. Een blik op mijn horloge leerde me dat Bob met Saartje aan de wandel zou zijn. Hen zou ik dus voorlopig niet terugzien. Met lood in mijn schoenen draaide ik me om en liep ik naar het huis van Rutger.

Rutger keek me verbaasd aan toen hij opendeed. 'Sleutels vergeten, baas met hond weg,' rapporteerde ik in telegramstijl.

Met een brede zwaai gooide Rutger de deur wijd open. 'Geeft niet, buurvrouw. Kom er maar in. Ik zal eens een lekkere kop thee voor je zetten. Of heb je misschien trek in iets anders.'

Ik liep achter Rutger aan zijn woonkamer in. In de eerste de beste fauteuil die ik tegenkwam, liet ik me neerploffen. Met een pijnlijk gebaar wreef ik over mijn kuiten. 'Heb je ook iets fris voor me? Het geeft niet wat het is, als het maar koud is.'

Rutger rommelde al in zijn keukenkastje, en even later werd er een glas koud drinken voor me op tafel neergezet.

Gulzig dronk ik alles in één teug op.

Rutger stond naast me om het glas van me aan te pakken en het bij te vullen.

Nu ik ontspannen achterover in een luie stoel zat, voelde ik pas aan mijn benen hoe moe ik wel was. 'Ik denk dat ik toch wat meer lichaamsbeweging moet nemen, alle wandelingen met Saartje ten spijt. Mensenlief, ik voel mijn benen niet meer.' Met een pijnlijk gezicht keek ik Rutger aan, die tegenover me was gaan zitten.

'Nog even geduld, dan is Bob er weer. Dan kan hij je benen masseren.'

Van dat vooruitzicht kikkerde ik wel op.

'Ik weet dat ik me er niet mee mag bemoeien, en misschien ga ik mijn boekje ook wel ver te buiten,' zei ik, 'maar hoe gaat het tussen Anne en jou?'

Rutger keek naar de bodem van zijn koffiekopje en toen naar mij. Ik schrok van de trieste blik die in zijn ogen lag. 'Ik zou willen dat ik het wist. Ik weet het niet. Ik probeer van alles om dichterbij te komen, maar ze wijst me iedere keer af. Ik heb de moed maar opgegeven.'

Het bleef even stil na deze ontboezeming, want ook ik wist geen woorden te vinden.

'Ik geef zielsveel om haar, net als om de kleine meid. Ik zou niets liever willen dan dat ze deel gingen uitmaken van mijn leven. Maar ja, liefde kun je nu eenmaal niet dwingen. Het is bij mij alles of niets: met vriendschap van Anne ben ik niet tevreden. Illusies maak ik me inmiddels niet meer. Weet jij of er misschien een andere man in haar leven is?' Zijn stem klonk bitter.

Ik schudde mijn hoofd. 'Niet dat ik weet. Maar ik durf jouw naam niet meer te noemen. Dan klapt ze dicht als een oester.'

Er sprong een vonkje hoop in de ogen van Rutger.

Ik wilde nog iets zeggen, maar er werd op het raam getikt. Het lachende gezicht van Bob kwam tevoorschijn, en ik hoorde het geblaf van Saartje.

HOOFDSTUK 26

Ik liep mezelf op te vreten. Ik kon het niet uitstaan: Rutger gaf zo veel om Anne en leed daaronder. Ik wist zeker dat Anne ook gevoelens voor Rutger had. Toen besloot ik het heft in eigen hand te nemen. Als Rutger het niet meer aandurfde toenadering tot Anne te zoeken, ging ik wel in zijn plaats. Maar het is wel de laatste keer dat ik zoiets doe, hield ik mezelf voor.

Op een middag vertrok ik naar Delft voor een zwaarweergesprek. Ik wist dat Anne een vrije dag had, en ik gokte erop dat ze thuis zou zijn. Het was alles of niets. 'In oorlog en in de liefde is alles geoorloofd,' mompelde ik in mezelf terwijl ik aanbelde.

Anne was verbaasd toen ze me zag. Wat onzeker keek ze me aan. Had ze misschien een voorgevoel waarvoor ik kwam? Ze liep meteen bedrijvig naar de keuken om thee te zetten.

Geen uitvluchten meer, geen excuses, gewoon zeggen waar het op staat, zei ik tegen mezelf. En ik stak van wal. Gelukkig had Else-Marie mij nog niet in de gaten. Ze was op haar kamertje met blokken aan het spelen.

'Wat voel jij nu voor Rutger? Moet je die arme jongen nu zo laten lijden? Hij kust nog net niet de grond waarop je loopt. Hij wil alles voor je zijn, en jij...' Ik kon niet meer uit mijn woorden komen. Nog even, en ik stikte zowat in mijn verontwaardiging.

Anne wist heel goed wat ik bedoelde, want ze kleurde felrood tot achter haar oren.

'Je kunt toch niet zo met iemands gevoelens spelen? Jij hebt toch ook gevoel.' Of was Anne toch meer dochter van Lies dan ik voor mogelijk had gehouden. Op mijn gezicht moet een en al verbazing en ongeloof hebben gestaan, want Anne schoot in de lach. Ik kon de humor van het geheel niet inzien en wilde een nijdige opmerking maken, maar ze was me net voor.

Ze antwoordde serieus: 'Nee, Else-Marie, dat is het niet. Ik voel wel degelijk iets voor Rutger. Maar ik ben bang dat ik toch weer op het verkeerde paard wed. Dat ik straks weer aan de kant wordt gezet. Dat ik weer alleen achterblijf met een gebroken hart en gebroken dromen.'

Het bleef even stil voordat Anne verderging. 'Ik denk dat ik daar wel weer overheen zou komen. Iedereen komt toch over een verloren liefde heen? Maar Else-Marie is dol op Rutger, en ik wil ook haar behoeden voor de pijn.'

'Dat is nu het meest stompzinnige wat ik ooit van je heb gehoord.' Ik probeerde mijn woorden beheerst te laten klinken, zoals Lies ongetwijfeld in zo'n situatie zou doen. Maar dat lukte niet. Er klonk dan ook onmiskenbare woede in mijn stem, toen ik zei: 'Tjonge, Anne, neem me niet kwalijk, maar je gunt die jongen niet eens een kans om tot je hart door te dringen. Je gaat er al bij voorbaat van uit dat jullie relatie op de klippen loopt. Dat is een goed begin. Nee, garanties voor levenslang geluk kan niemand je geven, ook Rutger niet. Maar ik vind dat jullie elkaar wel een kans moeten geven om elkaar beter te leren kennen. Je maakt van je gevoelsleven een puinhoop, als ik het zo mag zeggen.'

Anne keek me ongelukkig aan en ik zag haar onder mijn fronsende blikken in elkaar krimpen.

Zo had ik het natuurlijk ook niet bedoeld. Maar soms moet de waarheid gezegd worden, ook al is deze niet altijd leuk om te horen. Misschien nog minder om te vertellen. Ik sloeg een arm om Annes schouders. 'Ga naar hem toe. Rutger zal je niet afwijzen. En nee, niet tegensputteren dat hij de eerste stap moet zetten. Hij heeft al genoeg keren geprobeerd je voor zich te winnen. Dat weet je net zo goed als ik. Ja, Rutger heeft me alles verteld. Als jij nu echt een vrouw bent, een vrouw die haar hart laat spreken, dan ga je naar hem toe. Voor het overige zul je het zelf moeten doen. Ik ben niet van plan met je mee te gaan om je hand vast te houden.'

Anne keek me schuchter aan, en er kwam een aarzelende lach om haar lippen. En in haar ogen zag ik het glinsteren van een traan.

'En wat Else-Marie betreft, hoe graag je het ook zou willen, je kunt haar niet beschermen tegen verdriet, pijn en teleurstelling. Iedereen krijgt zijn of haar deel in het leven, ook jouw dochter. Als ze maar weet dat ze altijd op haar moeder kan terugvallen, welke keuzes ze in het leven ook maakt.'

Bob was het met mijn werkwijze niet eens, maar ik was niet voor rede vatbaar. Deze keer niet. 'Sommige dingen voelen vrouwen nu eenmaal beter aan dan mannen.'
Aan zijn gezicht te zien dacht hij daar anders over.
'Het is heel simpel, Bob Petersen. Anne houdt van Rutger, en Rutger houdt van Anne. Alleen moeten ze het zelf nog ontdekken.'
'Als dat zo is, hebben ze jouw hulp toch niet nodig?'
'Nou en of. Anders blijven ze maar om elkaar heen draaien, en gebeurt er nooit iets. Rutger is de wanhoop nabij, en Anne durft haar masker niet te laten vallen.'
'Jij ook altijd met je romantiek,' bromde Bob.
'Wat zou het leven zijn zonder romantiek?' wierp ik tegen.

Anne had een paar vrije dagen opgenomen en besloot op onze uitnodiging in te gaan om bij ons in Arnhem te komen logeren.
'Dan zie ik Else-Marie ook weer eens,' grapte ik.
'Ik ben even naar Rutger. Ik ben zo terug,' zei Anne. Voordat ik antwoord kon geven, was ze het poortje al uit.
'Weet jij nog,' hielp Bob mij terug in mijn herinnering, 'dat jij zo graag wilde dat ze een stel zouden vormen?'
'Ja ja,' wimpelde ik af. 'Ik weet wat je zeggen wilt. Ik heb nu eenmaal een romantische inslag, en die zal ik ook wel nooit kwijtraken.' Plagend trok ik aan zijn oor. 'Ik gun iedereen het liefdesgeluk. Zelfs Annet. Weet je nog, lang geleden?'
'Nou en of,' fluisterde Bob, en hij trok me dicht tegen zich aan.
Ik pakte het gezicht van Bob tussen mijn handen. Mijn mond zocht voorzichtig de zijne. Met alle liefde die ik in me had, kuste ik hem teder, en mijn kussen werden met dezelfde tederheid beantwoord. 'Ik denk dat er straks een heel gelukkig stel onze tuin komt binnenwandelen. Let maar eens op mijn woorden.'
'O, vrouwtje toch van me, je bent een carrière als cupido misgelopen. Dat meen ik echt.'
'Wat dacht je van een relatieadviesbureau?'
Bob keek me grinnikend aan en boog zich voorover om mijn

mond te zoeken. Ik beantwoordde ook deze kussen. Hoelang we daar hebben gestaan, weet ik niet meer. We werden gestoord door Else-Marie, die het poortje opengooide en ons met een luid indianengejoel uiteendreef. In haar kielzog volgde Saartje, die kwispelend en blaffend om ons heen sprong. Daarachter keek ik in de lachende gezichten van Anne en Rutger.

Anne hield Rutgers hand stevig vast. Ik kon niet nalaten beide duimen in de lucht te steken, als teken van overwinning.

Van Els van Wageningen verscheen eerder

Bitterzoet verleden

Else-Marie Verbeke is door
haar man op een botte manier
aan de kant geschoven, en
daar heeft ze het erg moeilijk
mee. Gelukkig vindt ze afleiding in haar werk in de massagepraktijk die ze samen met
twee studievriendinnen runt.
Langzamerhand pakt ze de
draad van haar leven weer op.
Maar dan belandt Marion
van der Laan op haar behan-
deltafel. Uit Marions dossier
blijkt dat Else-Marie en zij in
hetzelfde dorp geboren zijn.
Verdrongen jeugdherinnerin-
gen komen weer boven. Else-
Marie confronteert Marion
hiermee, maar die reageert
heel laconiek. Dat valt bij
Else-Marie zo verkeerd dat ze
in een vlaag van verstandsver-
bijstering overgaat tot iets af-
schuwelijks. Aanvankelijk
voelt ze zich opgelucht, maar
die opluchting verdwijnt snel.

ISBN 978 90 205 2940 1
NUR 301

www.kok.nl

Bitterzoet verleden

ELS VAN
WAGENINGEN